U0517449

陈斐 主编

诗歌文学纂要

蒋祖怡 编著
孙羽津 整理

華夏出版社
HUAXIA PUBLISHING HOUSE

图书在版编目（CIP）数据

诗歌文学纂要 / 蒋祖怡编著；孙羽津整理． -- 北京：华夏出版社有限公司，2024.2

（国学通识 / 陈斐主编）

ISBN 978-7-5222-0608-0

Ⅰ.①诗… Ⅱ.①蒋… ②孙… Ⅲ.①诗学－研究 Ⅳ.① I052

中国国家版本馆 CIP 数据核字（2023）第 234417 号

诗歌文学纂要

编 著 者 蒋祖怡
整 理 者 孙羽津
责任编辑 杜晓宇 吕 方
责任印制 周 然

出版发行 华夏出版社有限公司
经 销 新华书店
印 装 三河市万龙印装有限公司
版 次 2024 年 2 月北京第 1 版
2024 年 2 月北京第 1 次印刷
开 本 880×1230 1/32
印 张 10
字 数 190 千字
定 价 46.00 元

华夏出版社有限公司 地址：北京市东直门外香河园北里 4 号 邮编：100028
网址：www.hxph.com.cn 电话：（010）64663331（转）

总序

近期，人工智能和自动化技术迅猛发展，ChatGPT（聊天机器人）横空出世，除了能与人对话交流外，甚至能完成回复邮件、撰写论文、进行翻译、编写代码、根据文案生成视频或图片等任务。这对人类社会的震撼，无异于引爆了一颗“精神核弹”：人们在享受和憧憬更加便捷生活的同时，也产生了失业的恐慌和被替代的虚无感，好像人能做的机器都能做，而且做得更好、更高效，那么，人还怎么生存，活着还有什么意义？

这种感觉并非无源之水、无本之木，而是有着深久的教育、社会根源。长期以来，我们的教育过于专业化、物质化、功利化，在知识传授、技能培训上拼命“鸡娃”，社会也以科技进步、经济发展为主要导向，这导致了人们对“人”的认知和实践都是“单向度”的。现在，“单向度”的人极力训练、竞争的技能，机器都能高效完成，他们怎能不恐慌、失落呢？人是要继续“奋斗”，把自己训练得和机器一样，还是要另辟蹊径，探索和高扬“人之所以为人”的独特品质与价值，成了摆在所有人面前的紧迫问题。

答案显然是后者。目前社会上出现的“躺平”心态，积极地看，正蕴含着从“奋斗”“竞争”氛围中夺回自我、让人更像人而不异化为机器的挣扎。“素质/通识教育”“科学发展观”等理念的提出，也是为了纠偏补弊，倡导人除了要习得谋生的知识、技能外，还要培养博雅的眼光、融通的识见，陶冶完美的人格、高尚的情操；衡量社会发展也不能只论GDP（国内生产总值），而要看综合指数。

这么来看，以国学为核心的中华优秀传统文化，就大有用武之地。孔子早就说过，“君子不器”，“为政以德”（《论语·为政》）。庄子也提醒，“有机事者必有机心。机心存于胸中，则纯白不备”，“神生不定”，“道之所不载也”（《庄子·天地》）。慧能亦曾这样开示：“心迷《法华》转，心悟转《法华》。”（《坛经·机缘》）这些经过数千年积累、淘洗的箴言智慧，可以启发我们在一个日益由机器安排的世界中发展“人之所以为人”的独特品质，从而更好地安身立命、经国济世。可见，国学不是过时的、只有少数学者才需要研究的“高文大册”，而是常读常新、人人都应了解的“通识”。

这套“国学通识”系列丛书，即致力于向公众普及国学最基本的思想观念、知识架构、人文精神和美学气韵等，大多由功底深博的名家泰斗撰写，但又论述精到、篇幅短小、表达深入浅出，有些还趣味盎然、才情四射。一些撰写较早的著作，我们约请当代青年领军学者做了整理、导读或注释、解析，以便读者阅读。

我们的宗旨是弘扬并激活国学，让优秀传统文化滋养智能时代中国人的心灵，同时也期望读者带着崭新的生命体验和问题意识熔古铸今，传承且发展国学。在这个过程中，相信人人都能获得更加全面、自由、和谐的发展，社会也会变得更加繁荣、公正、幸福！

陈斐

癸卯端午于京华

《国学汇纂》新版序○

《国学汇纂》十种，是先祖父蒋伯潜和先父蒋祖怡合作撰写的，在1943—1947年由上海正中书局陆续出版。

《国学汇纂编辑例言》的第一条，说明了编撰这套《汇纂》的缘由：

> 我国学术文艺，浩如烟海。博稽泛览，或苦其烦；东挦西扯，复病其杂。本书汇纂大要，别为十种，供专科以上学子及一般程度相当者，阅读参考之资。庶于国学各得其门，名曰《国学汇纂》。

在《例言》中，这十种书的顺序是:《文章学纂要》《文体论纂要》《文字学纂要》《校雠目录学纂要》《诗歌文学纂要》《小说纂要》《史学纂要》《诸子学纂要》《理学纂要》《经学纂要》。出版时也把这十种书按顺序排列，称为《国学汇纂》之一到《国学汇纂》之十。

这十种书中的《文章学纂要》《文体论纂要》《文字学纂要》

《校雠目录学纂要》《诗歌文学纂要》《小说纂要》属于语言文学范畴,《史学纂要》属于史学范畴,《经学纂要》《诸子学纂要》《理学纂要》属于哲学范畴。也就是说，这十种书，涉及了中国传统的文、史、哲的基本方面，是国学的基本知识。

总起来说，这十种书有三方面的内容：

（一）介绍基本知识。这十种书，每一种都是一个单独的学科领域，涉及的范围非常广，有关的知识非常多。为了适合读者的需要，作者对有关知识加以选择、概括、组织，把一些最基本的知识以很清晰的面貌呈现在读者面前，使读者既不苦其烦，也不病其杂。

（二）阐述作者观点。这些学术领域都有不同学术观点的争论，或者有不同的学派。面对这些不同观点，初学者可能感到无所适从。作者对这些问题介绍了不同观点，并阐述了自己的看法。这有助于读者了解这些学科历史发展的过程，也有助于读者从不同的侧面来看待和掌握这些基本知识。

（三）指点学习门径。这十种书都是入门之学。读者入了门以后，如何进一步学习？这十种书常常在介绍基本知识和阐述作者观点的同时，给读者指点进一步学习的门径。如提供一些参考资料，告诉读者进一步学习该从何入手，需注意什么问题等。

这些对于初学者都是十分有用的。所以,《国学汇纂》出版后很受欢迎。著名学者四川大学教授赵振铎曾对我说：你祖父和父亲的那两套书（指《国学汇纂》十册和《国文自学辅导丛书》十二册），我们当时在中学里都是很爱读的。我很感谢赵先生告诉我这个信息。

《国学汇纂》不仅在上个世纪的四十年代末出版后受欢迎，在以后也一直受到欢迎。1990年，北京大学出版社重印了《校雠目录学纂要》。1995年，我在台北看到的《文字学纂要》已经是第二十九次印刷。2014年《小说纂要》收入《民国中国小说史著集成》第九卷，由南开大学出版社出版。首都经济贸易大学出版社的领导和编辑蓝士斌先生很有眼光，看到了《国学汇纂》的价值，在2012年重印了《文字学纂要》，2017年重印了《诸子学纂要》，2018年重印了《文章学纂要》。这些都说明这套书并没有过时。

但《国学汇纂》一直没有完整的再版，这是一件憾事。很感谢主编陈斐先生和华夏出版社有限公司，决定把《国学汇纂》作为《国学通识》的第一辑出版。他们约请相关领域的青年学者对《国学汇纂》的每一种都细加校勘，而且撰写了“导读”。“导读”为读者指出了此书的特色和重点，以及阅读时应注意的问题。这就给这套七十年前出版的《国学汇纂》赋予了新的时代气息。

在此，我对陈斐主编、各位整理并写“导读”的专家和华夏出版社有限公司表示深切的感谢！我相信，广大读者一定会欢迎这套新版的《国学汇纂》。

蒋绍愚

2022年5月于北京大学

《国学汇纂》编辑例言 ○

一、我国学术文艺，浩如烟海。博稽泛览，或苦其烦；东捋西扯，复病其杂。本书汇纂大要，别为十种，供专科以上学子及一般程度相当者，阅读参考之资，庶于国学各得其门，名曰国学汇纂。

二、文章所以代口舌，达心意，为人人生活所必需，而字句之推敲，章篇之组织，意境之描摹，胥有赖于文法之活用，修辞之技巧；至于骈散之源流，语文之沟通，亦为学文章者所应谙悉。述《文章学纂要》。文体分类，古今论者，聚讼纷纭，而各体之特征、源流、作法，更与习作有关，爰折中群言，阐明体类，附论风格，力求具体。述《文体论纂要》。

三、研读古籍之基本工夫，在文字、目录、校雠之学。我国研究文字学者，声韵形义，歧为两途；金石篆隶，各成系统；晚近龟甲之文，简字拼音之说，益形繁杂；理而董之，殊为今日当务之急。而古籍文字讹夺，简编错乱，书本真伪，学术部居，校勘整理，尤当知其大要。述《文字学纂要》及《校雠目录学纂要》。

四、我国古来文艺以诗歌、小说为二大主流，戏剧则曲词胞育于诗歌，剧情脱胎于小说。而诗歌之演变，咸与音乐有关，其间盛衰递嬗，可得而言。至于小说，昔人多不屑置论，晚近国外文学输入，始大昌明。而话剧亦骎骎夺旧剧之席。述《诗歌文学纂要》及《小说纂要》。

五、我国史书，发达最早，庞杂最甚，而史学成立，则远在中世以后，且文史界限，迄未厘然；至于诸史体制，史学源流，亦罕有理董群书，抽绎成编者。是宜以新史学之理论，重新估定我国之旧史学。述《史学纂要》。

六、我国学术思想，以先秦诸子为最发展，论者比之希腊，有过之无不及也。秦汉以后，儒术定于一尊，虽老庄玄言复昌于魏晋，而自六朝以至五代，思想学术，俱无足称。宋明理学大盛，庶可追迹先秦，放一异彩。述《诸子学纂要》及《理学纂要》。

七、六经为我国学术总会。西汉诸儒承秦火之后，兴灭继绝，守先待后，功不可没。洎其末世，今古始分。东汉之初，争论颇剧。及今古混一，而经学遂衰。下逮清初，始得复兴。乾嘉之学，几轶两汉。清末今文崛起，于我国学术思想之剧变，关系亦颇切焉。述《经学纂要》。

八、军兴以来，倏已四载，典籍横舍，多被摧残，得书不易，读书亦不易。所幸海内尚存干净土，莘莘学子，未缀弦歌。编者局处海隅，自惭孤陋，纵欲贡其一得之愚，罣误纰谬，自知难免，至希贤达，予以匡正！

目录

导读*○

中国是诗的国度。历代诗歌文学蕴含着国人的审美追求、价值理念和时代精神，是中华优秀传统文化中最具感染力、最富生命力的表现形式之一。自20世纪以来，伴随着中国现代化进程，人们开始运用现代眼光，全面系统地梳理、评价、继承、弘扬这份珍贵而厚重、可敬又可爱的文化遗产，涌现了大量的中国文学史、诗歌史论著，不仅为中国古代诗歌文学的创造性转化、创新性发展奠定了理论基石，也为诗歌文学的普及与传播贡献了力量，潜移默化地影响着国人的文学观念和文学趣味，至今读来，仍觉意趣盎然、历久弥新。

一

蒋祖怡先生的《诗歌文学纂要》一书，问世于1946年，在

* 本书整理校注为中央党校（国家行政学院）校级科研项目（2021QN040）阶段性成果。

20世纪文学史论著中，虽未夺人以先声，亦非名噪于后世，而捧读氏著，从概念表述到撰著结构，从论说视角到价值判断，皆不乏奇思创见，若要深入了解那一时期文学史著的时代特性与多元样貌，此书是不应被忽视的。

作者蒋祖怡（1913—1992），浙江富阳人，幼承家学，其父是著名学者蒋伯潜（1892—1956）。1937年蒋祖怡从无锡国学专修学校毕业后，先后供职于上海世界书局、正中书局、上海市立新陆师专、国立浙江大学、浙江师范学院、杭州大学等，曾任杭州大学中文系副主任、教授，中国作家协会浙江分会副主席等职。蒋祖怡有子女五人，其中蒋绍愚（1940—）继承家学，考入北京大学中文系并留校任教，后任该系教授、博士生导师，是当代著名语言学家。

抗战期间，蒋祖怡一家南下受阻，只得避难乡关，著书俟命。其间，蒋伯潜、蒋祖怡父子发愤完成了《国学汇纂丛书》十种，《诗歌文学纂要》即其中之一，由年方而立的蒋祖怡独立完成。该书最大的特色在于首次提出“诗歌文学”这个概念。作者在书中坦言，这个概念是自己的杜撰，意在打破与词曲相并列的文体学意义上的狭义之“诗”，进而提出包括“歌唱文学”与“表演文学”在内的“诗歌文学”——这一广义的“诗”的概念。

蒋氏之所以把“诗”的概念泛化为“诗歌文学”，主要出于打通雅俗的价值追求。在全书开篇，作者就明确表达了将诗歌局限于庙堂文学的不满：

> 一般人注意于中国韵文，不是单举一向被士大夫阶级所吟弄的三大形式——诗、词、曲，便是单研究它们文字方面的美恶。其实，除了庙堂式的为文人雅士吟咏的三大主流之外，尚有许多散落民间开着奇葩的韵文形式。同时一切韵文均是与音乐有关系的，我们更不该弃掉灵魂而单求形骸。所以这里所论列的，不分雅俗，以它们的功能分做“歌唱文学”与“表演文学”两大项目来说，而给予它们一个总名称——“诗歌文学”。

对民间文学的重视，是新文化运动以来的重要趋向，“不分雅俗”的文学观，是当时文学界的强烈呼声。可以说，蒋祖怡对“诗歌文学”的倡导，是20世纪上半期时代思潮的鲜明表征。然而，时代思潮只能介入文学，而无权界说文学。有关“诗歌文学”的界说，需要寻求客观的依据才得以成立。这里，蒋氏拈出的是“诗歌文学”的音乐性。首先，有关诗歌的音乐性论述，溯其源头，文献足征且深入人心，所谓“诗言志，歌永言，声依永，律和声”(《尚书·尧典》)，所谓“诵诗三百，弦诗三百，歌诗三百，舞诗三百”(《墨子·公孟》)，所谓“诗，弦歌讽谕之声也”(郑玄《六艺论》)，皆是也。更重要的是，从发展流变的角度，音乐性特征不仅属于《诗经》、楚辞与古近诸体，而且后来的“词、曲、大鼓、弹词”，乃至“大曲”“诸宫调”“北曲”“南曲”“京戏”，皆可为音乐性所统摄，且越至晚近，其音乐性特征越显豁可感。职是之故，凡是具有音乐性的文学形式，均被作者纳入“诗歌文学”的范畴之中。

二

蒋氏之所以强调“诗歌文学”的音乐性，其背后仍贯穿着重视民间文学的价值倾向。他在《绪论》第三章《诗歌文学之流变》中说：

> 诗歌文学与音乐有关系，它的演变，也和音乐有关系。大凡一种诗歌文学的起来，最初一定盛行于民间的，后来播之于音乐，便成为它的全盛时代，于是一般文人群起仿效；可是文人并不完全都了解音乐，于是文字与音乐渐渐地脱离了关系，而这诗歌文学亦渐趋于没落衰老的一条路。这时候另一种诗歌文学正在民间滋长起来，代替了才没落的那一种。这可以说是中国诗歌文学演变的一个大原则。

在这个大原则之下，蒋氏将“诗歌文学”分为“歌唱文学”

和“表演文学”。其中，“歌唱文学是诗歌文学之原始的形式”，而“歌唱文学的先驱，即是民歌”。读者可以清晰地看到，第二编《歌唱文学》开篇的导语部分，实是三千年民歌之举要：从先秦时期的“虽有智慧，不如乘势；虽有镃基，不如待时”(《孟子·公孙丑》)，“取我衣冠而褚之，取我田畴而伍之。孰杀子产，吾其与之”，“我有子弟，子产诲之；我有田畴，子产殖之。子产而死，谁其嗣之？”(《左传·襄公三十年》)；到两汉时期的“邪径败良田，谗口乱善人。桂树华不实，黄雀巢其颠。昔为人所羡，今为人所怜”(《汉书·五行志》)，“城中好高髻，四方高一尺。城中好广眉，四方且半额。城中好大袖，四方全匹帛”(《后汉书·马援列传》)；再到魏晋以降、讫至晚清的历代民歌及文人拟作，颇见民歌“自古有之”而“迄今愈盛”的生命力。在推崇民间文学及音乐属性的总基调中，作者将“歌唱文学”析为八大系统，即《诗经》系统、楚辞系统、乐府系统、古诗系统、律绝系统、俗曲系统、词曲系统、新诗系统，并依次论述。在作者看来，作为诗歌文学的两大源头——《诗经》和楚辞都是由民歌而兴的，《诗经》可歌，楚辞至少有一部分也是合乐的；此后兴起的乐府亦合乐，而古诗是独立的诗歌；近体诗在唐初作为乐府的替代品，是合乐的，但随着词的兴起而与音乐分道扬镳；词曲的发展趋势亦颇相似，它们“起来由于音乐，没落时也因为脱离了音乐，其趋势也是相同”；与诗词曲之雅化相对的，是唐宋以降的俗曲系统，因被之音乐，深入民间，虽经递嬗，却能“一脉相传，迄今未灭”。综观第二编《歌唱文学》的基本逻辑，凡一诗体之兴，大率起于民间而被之音乐，经由文人之手改造，渐与音乐相疏，成为庙堂文学、士大夫文学，传播范围逐渐萎缩，生命力亦渐衰微，以至僵化没落。要言之，作者评判“歌唱文学”之价值，表面上是以可歌与否，即是否具有音乐性为准绳，实则以是否脱离民间、高居廊庙为依据。可以说，这已超越了作者在《绪论》中所说的“不分雅俗”的标准，而鲜明地表现为“崇俗抑雅”的倾向。

第三编专论“表演文学”，主要探讨的是古代戏曲。在一般意义的文学史上，戏曲往往是与诗歌分别讨论的，正如作者所承认的那样，“本来‘表演文学’与‘歌唱文学’是漠不相关的两件事。”但作者又指出“歌唱文学到了宋代与表演文学合流”的现象，“如宋代大曲一变而为北曲，一变而为南戏，不但是合乐的诗歌，简直又是可以表演的戏剧了”，作者甚至从训诂学的角度说明“倡”“唱”相通，“歌唱与表演原来也是同出一源的”。这里，作者极力论证“表演文学”与“歌唱文学”的关系，将之一并纳入“诗歌文学”的范畴加以论述，究其缘由，作为“表演文学”的杂剧与传奇作品，其通俗化程度总体上高于“歌唱文学”，如果不把“表演文学”纳入“诗歌文学”范畴之中，那么“诗歌文学”的通俗化趋向就难以在体量上彰显，“诗歌文学”一面在文人手中没落、一面在民间滋长的论断亦难以服人。当然，如果深入到“表演文学”内部，在民间成长起来的戏曲，自经文人士大夫之手，也表现出雅化的倾向。为此，蒋氏援引了著名学者王国维（1877—1927）在《录曲余谈》中的一段话：

> 杂剧大家如关、马、王、郑等，皆名位不著，在士人与倡优之间，故其文字诚有独绝千古者，然学问弇陋与胸襟之卑鄙亦独绝千古。至明而士大夫亦多染指戏曲，前之东嘉，后之临川，皆博雅君子也。至国朝孔季重、洪昉思出，始一扫数百年之芜秽，然生气亦略尽矣。

在蒋氏看来，“王氏之意，以为曲的没落，由于入文人之手，一变而为典雅之词，于是生气索然，这正可以作一般诗歌文学所以没落的总原因的”。蒋氏发挥王氏之论，不仅消泯了“表演文学”内部的雅俗纠葛，而且上升至“一般诗歌文学所以没落的总原因”，由此益见“表演文学”对于评骘“诗歌文学”雅俗之高下、盛衰之消长的重要意义了。然而，平心而论，王氏之本义，似与蒋氏之索解尚隔一间。王国维既肯定了杂剧家们“独绝千古”的“生气”，也指出其间夹杂着“弇陋”与“芜秽”。此外，王氏原文中还有一句话被省略了，即在“然学问之弇陋与胸襟之卑鄙亦独绝千古”后有云：“戏曲之所以不得与于文学之末者，未始不由于此。”览此，则王氏本义豁然矣，而蒋氏专主“生气”一端立说，推崇“表演文学”，乃至推崇“诗歌文学”通俗化之用心，亦可无疑矣。

三

可以说，《诗歌文学纂要》一书，从立意到结构，都鲜明地表现为一种“普泛的诗学”，造成这一普泛诗学的内生动力，即在于作者崇俗抑雅的倾向——一种与时代思潮密切相关的文学好尚。更引人注目的是，作者并不满足于当时文学史著惯用的“借古讽今”的论述策略，而是旗帜鲜明地采用“亘古亘今”的言说方式，把第二编《歌唱文学》与第三编《表演文学》的高亢的尾声，分别留给了尚处于进行时态的新诗和话剧。在这里，时代风貌被纳入历史书写——新诗与话剧作为行进中的文学史，映入读者视野，让我们不得不瞻前而顾后，看它们究竟应向何处延展。

其中，新诗的历史性溯源，被推及清末散文化、语体化的诗歌创作上来，如金和（1818—1885）、黄遵宪（1848—1905）等人的创变与开拓。这里，蒋氏特别强调了黄遵宪对民歌的采录和重视，这或许可以看成作者站在历史的新旧交汇点上，再次奏响了崇俗抑雅的主旋律，与第二编《歌唱文学》开篇所谓“民歌是歌唱文学的胚胎”形成了曼妙的互文。此后，作者从新诗的历史迅速转入对其未来命运的探讨，遂把崇俗抑雅的主旋律推向了无以复加的高潮：

> 民歌正是一种很好的参考品。观察，也是当代诗人们所应做的工作。照诗歌文学进化的过程看来，民间文学是性灵的文学，是初发芽而活泼的文学。一到文人仿作，便有求雅的倾向，这倾向便是他日灭亡的种子。如果新诗依然是“典雅化”的作品，则其功用和庙堂的文学一样，而不久便会灭亡的。

读至此处，我们真切地感到蒋氏的这番论述，与此后数十年间的诗歌观念及价值系统深相契合。《诗歌文学纂要》一书，实可谓蒋氏竭其大半心思观照当下、探问将来之著。究其动因，正如蒋氏自道：“最近文艺大众化的呼声又沸腾起来，而大家都知道民族的大众的文艺之最佳形式是诗歌。”众所周知，毛泽东在 1940 年初发表的《新民主主义论》的最后一章，着重阐发了构建“民族的科学的大众的文化”之论断；及至 1942 年《在延安文艺座谈会上的讲话》，则对文艺的“大众化”问题做了更为深入的探讨，蒋著的文艺观当即源出于此。再联系到五年之后，即新中国成立之初，作者又有《中国人民文学史》（北新书局 1951 年版）一书问世，则可视为从“大众化”到“人民性”的延展。

总体而言，该书所呈现的诗学的普泛化与述史的行进性，作为一种文学史书写范式，在一定程度上构成对当下体系化、学科化、对象化文学史书写的疏离。当然，历史地看，范式的转换与变革，本身即是不断叩问历经百余年“或有时而可商”的知识系谱之需，这是体系化、学科化、对象化书写之擅场及合理性所在。与此同时，如何持续唤起读者对文学的赤忱、对现实的关切，或许永远是我们应予关注和思考的问题，在这个意义上，先贤的尝试与努力，不由得我们三致敬意焉。

最后，有必要对本次整理情况略做说明。《诗歌文学纂要》一书的版本比较简单，1946年由正中书局初版后，曾在中国台湾地区多次翻印，近者又有赵敏俐先生主编《中国文学研究论著汇编》（天津古籍出版社2019年版）、陈引驰、周兴陆二先生主编《民国诗歌史著集成》（南开大学出版社2015年版）据1946年初版影印收入。本次整理，以1946年正中书局版为底本，虽然版本单一，无对校环节，但该书原版排印错谬极夥，特别是征引古籍处，讹脱衍倒屡见不鲜，几至不可读。故此次整理，广参诸书，他校百余处，周旋其间，不觉三载有余。另需说明的是，整理依据丛书主编制定的《整理细则》原则进行，即：“只校是非，不校异同，尽量保持民国学术论著的原貌。论著中引文与所引著作之通行本文字不同者，只要文意顺畅，亦读得通，一般不改动原文、不出校记。”以本书为例，王昌龄《塞下曲》通行版本作“黄尘足今古”，本书引作“黄尘足千古”；又如，欧阳修《六一诗话》

引《水谷夜行寄子美圣俞》通行版本作“古货今难卖”，本书引作“古货近难卖”。诸如此类，均保持本书的原貌，不做改动。限于学识，难免有不当、疏漏之处，希请读者批评指正。

孙羽津于京北西三旗

辛丑榴月初稿

壬寅嘉平修订

癸卯子春再订

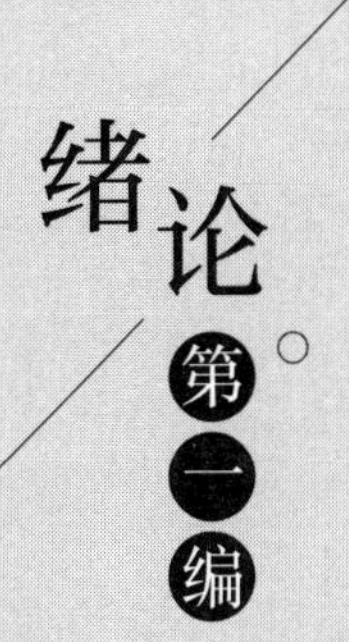

第一编 绪论

诗歌文学的发生，远在散文以前，而它形式之变化，较散文为复杂。它有合乎艺术的条件，可以称是纯文学的作品。它和普通文章的异点，便是有音乐来作灵魂的，形式的变换，也和音乐的改变有莫大之关系。因此，它的内容需要动人的感情以外，在文字方面尚须加以韵律的美。范家相《诗沈》中论诗歌文学与音乐的关系道：

> 生于心而节于音谓之诗，一言诗而乐自寓焉。委巷小儿皆可配以管弦。优伶俗乐，吹竹弹丝，亦能别翻声调。一言乐而章曲亦生焉。

这议论颇有见地。《虞书》：“诗言志，歌永言，声依永，律和声。”《六艺论》中也说：“诗，弦歌讽谕之声也。”《礼记》中亦云：“诗，言其志也；歌，咏其声也；舞，动其容也。三者本于心，然后乐器从之。”这三种说法，虽然只是指“诗”的一项而言，但是正可作广义的解释，替诗歌文学和普通文艺下一个界限。

一般人注意于中国韵文，不是单举一向被士大夫阶级所吟弄的三大形式——诗、词、曲，便是单研究它们文字方面的美恶。其实，除了庙堂式的为文人雅士吟咏的三大主流之外，尚有许多散落民间开着奇葩的韵文形式。同时一切韵文均是与音乐有关系的，我们更不该弃掉灵魂而单求形骸。所以这里所论列的，不分雅俗，以它们的功能分作“歌唱文学”与“表演文学”两大项目来说，而给予它们一个总名称——“诗歌文学”。

第一章 ○

诗歌文学之起源

诗歌文学起源的问题，牵涉到艺术起源的问题。有人以为艺术之起来由于游戏，如 Kant，Schiller，Spencer 等，是这一派的代表。他们以为人或动物精力有余剩的时候，便由模仿的行为而成游戏，此种人为的力之活动，即是游戏（见 Spencer 的心理学）。Schiller 更说：

> 我们在实际生活上，受了物质与精神方面的拘束，常置身于这两种争斗的中间；如果我有了生之余裕力的时候即寻求官能与理性的调和之天地，这便是游戏，便是由游戏冲动的艺术了。

但是另一派主张劳动起源说的，如 Grosse，Bücher，Plekhanov 等，却认为上一派的理由不甚充分。Grosse 在他《动物的游戏》一文中以为游戏并非是“力的过剩”，例如小狗们的互相游戏，疲乏以后，休息到体力恢复时，便再继续，并非力量的蓄积所致的。在《艺术之起源》中也以为装饰不单是为了美，也是时代的表现。如从动物装饰到植物装饰的过渡，在人类文化历史上乃是伟大的进步的表征——从游猎生活过渡到农业生活的征象。而 Bücher 在他《劳动与韵律》一书中更说明诗歌文学之起源是由于劳动而来的。他说：

> 在那发达的最初阶段上，劳动、音乐和诗歌，是最紧密地联结着的。然而这中间之基本要素，则为劳动，其他二种，只有从属的关系。

他们曾举了不少的例子。如希腊的浮雕，表示吹着笛而捏着面包的四个女子；又如女子们两手戴着金属制的环，用手推着水车来舂麦子，那环子相碰发出韵律之音，而女人们便依了此音节而歌唱起来。男子们的职业是鞣皮，一举一动，也和着摩擦声发出歌调来。这均足以证明文学是起于劳动的。Bogdanov 在他的《新艺术论》中更替上文的主张加以补充，他以为文学与艺术的起源固然是由于劳动，但第二个原因，也由于神话。他说：

> 诗歌开始于人类语言开始之处，陪伴着原始人的努力之自然呼声即为字句之原始形式……歌不但是娱乐之事，同时

人们在劳动着的时候，歌词更可以联合劳动者的努力。

又说：“诗歌的第二个起源是神话”“自然的人格化依然是诗歌最重要的方法”。厨川白村在《苦闷的象征》中也是以为文学的起源由于“Orare et laborare”（祈祷与劳动），原始人类对于自然的惊奇、畏惧而有了喜怒之情，对于劳动而有了呼声，于是便生出自然的诗歌来。至于劳动与游戏二说，他又以为只是同一原因。例如栽种花木，在劳动者看来是劳动，而隐士们看来，这种工作，却是很好的游戏。

因此，我们在这些学说之中，可以得到一个结论：诗歌文学起来的时候，远在有文字以前，有了言语，便产生诗歌，不过最早的文字产生前的作品不曾遗留下来罢了。而所以发生的原因，是祈祷与劳动，用以悦神悦己的。因劳动而生的诗歌，现在也可以听到，如街上工人们修路时扛着大石，哼出“哼哈”的歌声来，农人们锄田，会依着锄头的一起一落，唱出随便的调子。古书中也有此例，如《楚辞》[①]中所引之渔歌：

沧浪之水清兮，可以濯我缨；沧浪之水浊兮，可以濯我足。

---

① 楚辞　底本作“楚词”，全书“楚辞”与“楚词”混用，今统作“楚辞”，下文径改，不再出校记。

全是因劳动而有之歌词。因祈祷而有之诗歌,《诗经》中的“颂”,乐府中的“神曲”,都是例子。《楚辞》中的《九歌》,正是唱歌媚神而作的。黄公度诗集中所载日本西京之“都踊”,也是古代原始民族祀神歌曲的遗风,不过后来已变成为男女聚会之集了。

中国诗歌文学遗留到现代的,已不是有文字以前的诗歌了——其实这时候的诗歌是无法保存的——《世本》中称伏羲作瑟,女娲作笙簧,《风俗通》中言神农作瑟,乐器的制作,所以和歌,此时文字未兴,已有乐器,那么诗歌的起源之早,可想而知了。

古代诗歌,除《诗经》以外,尚有零碎的短篇散见于各书,如《礼记》所载伊耆氏(神农?)之《蜡辞》,《吴越春秋》所载黄帝之《断竹歌》,《孔子家语》及《尸子》中所载之《南风歌》,《尚书大传》中之《卿云歌》,《列子》中的童谣,伪《古文尚书》中之《五子之歌》。《礼记》一书出于汉代,《蜡辞》是否神农所作,尚是问题;《断竹歌》初不记作者,而刘勰《文心雕龙》中有“黄歌《断竹》”一语,《吴越春秋》又为后起之书,故亦不甚可靠。《南风歌》《卿云歌》不知其作者与时代;其他《列子》为伪书,伪《古文尚书》又系后人假造,则《五子之歌》与所传童谣的本身,也成为可疑的东西了。

夏商两朝之诗歌,比较尚可征信的,一见于《新序·刺奢》

篇：桀作瑶台，罢民力，殚民财，为酒池糟隄，纵靡靡之乐，一鼓而牛饮者三千人。群臣相持作歌曰：

江水沛沛兮，舟楫败兮。我王废兮，趣归薄兮，薄亦大兮！

乐兮，乐兮，四牡骄兮，六辔沃兮，去不善而从善，何不乐兮。

见于《史记·宋微子世家》："箕子朝周，过故殷墟，感宫室毁坏生禾黍；箕子伤之，欲哭则不可，欲泣为其近妇人，乃作《麦秀之诗》以歌咏之。其诗曰：

麦秀渐渐兮，禾黍油油；彼狡童兮！不与我好兮！

所谓狡童者，纣也。殷民闻之，皆为流涕。"又《史记·伯夷列传》："武王已平殷乱，天下宗周，而伯夷、叔齐耻之，义不食周粟，隐于首阳山，采薇而食之。及饿且死，作歌。其辞曰：

登彼西山兮，采其薇兮；以暴易暴兮，不知其非兮。虞夏神农忽焉没兮，我安适归矣？于嗟徂兮，命之衰矣！

遂饿死于首阳山。”这四首诗歌的表情与语调已比《断竹》等等精密而婉转了。

诗与歌既是同样的东西，因此民歌实即后世所称之“诗”的原始形态。它们演化的原则，当先为口诀的诗歌，而成为有文字纪录的诗歌。所以古代的诗以口诵者为多。即以现代而论，在民间还保持着纯粹口语式的山歌，它们的形式，大抵以简短的居多。试举《诗经》没有收录的周代民歌几首为例：

（一）《左传·哀公十三年》，吴申叔仪乞粮于公孙有山氏曰：

佩玉蘂兮，余无所系之，旨酒一盛兮，余与褐之父睨之。

（二）《论语·微子》，楚狂接舆歌而过孔子曰：

凤兮凤兮，何德之衰？往者不可谏，来者犹可追。已而，已而，今之从政者殆而。

（三）《说苑·至公》篇：

子文之族，犯国法程，廷理释之，子文不听。恤顾怨萌，方正公平。（子文，即楚国的令尹子文）

同书《正谏》篇：

> 薪乎！莱乎！无诸御已，讫无子乎？莱乎，薪乎！无诸御已，讫无人乎！

均是口诀式的诗歌。其他散见于各种书籍中的还很多，如《列女传》中之《琴歌》,《礼记》中《月令》之《里语》,《古文苑》中之《忼慨歌》,《搜神记》中之《紫玉歌》等，但均不知其是否可靠，无从考证，只能作一种参考的资料而已。

诗歌文学的起源，既如此古远，为未有文字以前的文艺，它底领域又非常广大，正是值得我们研究的东西。至于古代的诗歌，虽有如许流传，但是信而有征的，集其大成的，还推《诗经》一书，所以研究中国的诗歌，首先得将《诗经》来检讨一下。

第二章 ○

诗歌文学之特质

什么是诗歌文学？必先解答了这个问题，才可以进而论列它底特质。

“诗”，在我们现在的习惯，只不过是文体之一种——古诗、律、绝、乐府、排律的总名——而这名词是与“词”“曲”等等并列的。这是狭义的说法。试看古人对于“诗”的定义：

诗言志，歌永言。（《尚书·舜典》）

诗，言其志也。（《礼记·乐记》）

诗者，志之所之也，在心为志，发言为诗。（《毛诗序》）

在事为诗，未发为谋，故诗之为言志也。（《春秋说题辞》）

这四项中均以“志”来说诗，所谓“志”，实即感情，所以《广雅·释言》中说：“诗，意也。”《国语·鲁语》中也说：“诗，所以合意。”均以“意”释“志”；所以这“志”字与现代解释的“志向”不同。因此，古人对于诗的见解只说它是表达感情的工具，而不指定为有某种一定的形式的。所以梁简文帝作更明白的诠释道：

> 诗者，思也，辞也；在辞为诗。

既然如此，那么“诗”的领域，决不只是古诗、乐府、近体等等，其它文艺合乎诗的条件的，也可以称之为“诗”。这里，因为想避免与传统狭义的“诗”混淆，故广义之“诗”称之曰“诗歌文学”。

依上面的结论看来，诗的领域，似乎可以包括一切文字了，因为有许多普通文字也是在写作者之意的。但是“诗”的抒情，它另外还有一个限制。我们感情的表达不外乎两种，例如：

> 1. 学而时习之，不亦乐乎？
> 2. 莫道不消魂，帘卷西风，人比黄花瘦！

两式均足表达作者之“志”的，但其中不同点，乃是第一式虽达其情，而与读者无感；第二式，达出了作者的感情之外，又可以感染他人。所以英国诗人 Long 在诗的定义中，又郑重地说明了“有感染性”这一个条件。所谓“感染”，一方面由于感情的陶炼、选择，一方面施用文字上的技巧，唤起读者的共鸣，所以诗不但表自己之情，还须用意境上、文字上的技巧，来感染别人。（说详第四编）

我们又知道诗的起来，有音乐的关系，这从古代许多论诗的话中可以看出。郑玄《六艺论》：

诗，弦歌讽谕之声也。

《尚书》中也说：

诗言志，歌永言，声依永，律和声。

都是说明诗与歌之关系，诗与乐之关系的。《郑风·青衿》诗下面的《毛传》更据事实以说明诗必有乐：

古者教以诗乐[①]，诵之、歌之，弦之、舞之。

其说也正与《墨子·公孟》篇之言相合：“诵诗三百，弦诗三百，

① 教以诗乐　底本作“教诗以乐”，据《十三经注疏·毛诗正义》（P.729）改。

歌诗三百，舞诗三百。”《礼记》中更有较明白的解释：

> 诗，言其志也；歌，咏其声也；舞，动其容也；三者本于心，然后乐器从之。

足以见诗与乐有不可分离的关系。至其所以如此，范家相的见解是：

> 人之有诗，非必缘乐而作；圣人作乐，必因歌而兴。而诗为人声，金石丝竹为物声，各有相需之妙。圣人见其然，因之以诗入乐，以乐合诗，而乐与诗乃并之为一。

这又是诗的一个特点，也就是诗歌文学所共有的一个特性。不但狭义之诗如此，词、曲、大鼓、弹词亦莫不如此。

诗歌文学与音乐之关系既如上述，则其本身的重于韵律可知。现在所遗留的诗歌，虽已与音乐不发生关系，但是在文字方面仍旧保持着音乐性的美。诗的所以辨平仄声，词曲之所以辨四声及阴阳，民歌之所以求协韵与字句的奇偶，均是因当初受了音乐的刺激而保存着的韵律上的美。

可是音乐的美不只是四声阴阳和整齐字句及协韵，于是更有了一种“反复”——Repetition——的现象。例如《诗经》第一首《关雎》：

参差荇菜，左右流之。窈窕淑女，寤寐求之。求之不得，寤寐思服。——悠哉悠哉！辗转反侧。

参差荇菜，左右采之，窈窕淑女，琴瑟友之。

参差荇菜，左右芼[①]之，窈窕淑女，钟鼓乐之。

均是用同样的句调重言反复的，其他如《伐檀》《葛覃》《陟彼崔嵬》诸章均同此例。这是反复的一种例子。《诗经》而外如汉代的《黄鹄歌》第一句重复，绝句可以用几首联唱，如李白之《清平调》，因为绝句的调子大致相同，联唱了，也有反复的美。又如《阳关三叠》，据苏轼的《论三叠歌法》，以为除首句“渭城朝雨浥轻尘”外，余皆三叠。所以如此，也是重复的妙用。词中常用叠句如“知否，知否”“团扇，团扇”等，上下半阕，大致字句相似，也是从重复转变而来的。曲中有套曲，也有很多重复之例。

除“反复”的变化之外，尚有整齐的美与不整齐的美，有调和的美与不调和的美。例：

噫吁嚱！危乎高哉，蜀道之难，难于上青天。

① 芼　底本作“笔”，据《十三经注疏·毛诗正义》（P.572）改。

这是不调和的不整齐的。但是它的确有它音律上的美质。又如：

屋北鹿独宿，埘西鸡齐啼。

这是奇兀的美，整齐的美。又如：

白狼河北音书断，丹凤城南秋夜长。

这又有调和整齐的美了。大抵古诗与乐府、词、曲，重在参差、错综，而近体则重在调和整齐，其与音乐的关系，重在音律的美这一点是相同的。

总括起来，诗歌文学的特点可以知道了。它是抒发感情而有感染性的文字，同时它与音乐有密切的关系，至少它是有音乐性的。换句话来说，诗歌文学的特性不外乎“内容”与“形式”两项。文字的修饰，意境的陶炼和音律的变化均是诗歌文学上必需注意的条件。

历来论诗的人，往往忽略了一方面，因此便妄自替诗下一个定义。例如清代论诗有沈归愚的“格调说”，偏重于形式一方面；有袁枚的“性灵说”，偏重于内容一方面。我们单以为仄仄平平便可称为诗，则“赵钱孙李，周吴郑王”，不失为四言好诗，“吾乃关云长，来此下仙坛，求祷不诚心，罚油四十两”，不失为五言妙诗；“平平仄仄仄平平，仄仄平平仄仄平”不失为七言妙句了。章学诚《文史通义·诗教下》中说：

学者惟拘声韵之为诗，而不知言情达志，敷陈讽谕，抑扬涵泳之文，皆本于诗教。声韵之文，古人不尽通于诗。滨畴皇极，训诰之韵者也；所以便讽诵，志不忘也。六象赞言，爻[①]系之韵者也；所以通卜筮，阐幽明也。六艺非皆可通于诗也，而韵言不废，则协音协律，不得专为诗教也。传记如《左》《国》，著说如《老》《庄》，其文逐声而遂谐，语应节而遽协，岂必合诗之比兴哉？焦贡之《易林》，史游之《急就》，经部韵言之不涉于诗也。《黄庭经》之七言，《参同契》之断字，子部韵言之不涉于诗也。后世杂艺百家，拾诵名数，率用五言七字，演为歌诀，咸以便记诵，皆无当于诗人之义也。而文指存乎咏叹，取义近乎比兴，多或滔滔万言，少或寥寥片语，不必谐韵和声，而识者雅赏其为风骚遗范也。故善论文者，贵求作者之意指，而不可拘于形貌也。

这一节议论正是针对着那些重格调的人而言的。章氏之意，以为诗重内容，求其意指，不可以为有声律者均属于诗，因此我

① 爻　底本作“支”，据《文史通义校注》（P.79）改。

们明白上文所举的四言，乃是《百家姓》中的偶句，用以便记忆而不能称诗，五言七言也均是记号而不是诗歌。这是内容重于外形的议论。

袁牧的性灵说，更加强了这种主张，他甚至以为“诗有别才非关学问”。“凡诗之传者，都是性灵，不关堆垛”。又说：

> 杨诚斋曰：“格调是空架子，有口腔易描；风趣专写性灵，非天才莫辨。”余深爱其言。须知有性情便有格律，格律不在性情外。
>
> 诗道最宽，有读破万卷不得阃奥者，有妇人村氓浅学偶有一二句，虽李杜复生必为低首者。

他简直弃格律不顾，同时也弃文学于不顾。在这里我们可以了解与其着重在格律，亦步亦趋，却不如重在感情上的陶炼，同时文字既为表达感情的工具，则表达得是否深刻动人，与文字的安排自不无关系，所以音律与文字，仍是诗歌文学中不能缺少的原子，但是不必刻画过甚，不必定求其和谐而已。

第三章 ○

诗歌文学之流变

诗歌文学的领域，非常广大，凡是合乎上述那几个条件的，无论它外形的格律如何不同，音律上如何变化，均可归纳到这一类里去。虽然，中国韵文的种类非常复杂，但是每种之间，往往有相互的关系。或者是相生的，或者是受了影响而变更形式的，或者兼合他种文学而成一个系统的。同时，一种文学，因时代地域环境的关系而变成另一形式，但它原来的形式，依旧保持着，与它所演变出来的形式，似乎是两个对立的团体了。如诗变成词，而一直到清末，词诗两者始终并行不废，而且各有千秋，这真是一种奇怪的演变方式。

诗歌文学与音乐有关系，它的演变，也和音乐有关系。大凡一种诗歌文学的起来，最初一定盛行于民间的，后来播之于音乐，便成为它的全盛时代，于是一般文人群起仿效；可是文人并不完全都了解音乐，于是文字与音乐渐渐地脱离了关系，而这诗歌文学亦渐趋于没落衰老的一条路。这时候另一种诗歌文学正在民间滋长起来，代替了才没落的那一种。这可以说是中国诗歌文学演变的一个大原则。

先从《诗经》说起,《诗经》中之《国风》，均是民间歌诗，《雅》则为士大夫阶级的文学,《颂》则全为庙堂文艺了,《续通志》:“郑樵序正声，讥汉儒不识‘风’‘雅’‘颂’之别，而徒以义论诗。故凡所列自铙歌迄琴曲皆风雅遗音，而郊庙乐篇反居其后者，其意盖谓积风而雅，积雅而颂，其次第固宜如是也。”所谓“积风而雅，积雅而颂”者，即是民间文艺而至庙堂文艺的意思。《诗经》全部是可歌的，大抵是周代的作品（说详下编），足证《诗经》式的诗歌，在周代正是黄金时代，孔子正乐，只不过是勉强的工作，不久诗与乐终于脱离了关系，于是这一种诗歌便没落了，但是它的遗骸，依旧保存着，一直到六朝唐代，还有许多文人在模仿那一种诗经体的诗。如曹操、陶潜、韩愈，均有这种作品。

《诗经》以后，南方文学继起，于是有地方语的——用“些”“兮”等字的——楚辞文学便起来了。楚辞虽不均是可歌，但这文字已是全盛末期的作品。其中可以注意的是《九歌》一篇，这是南方古代的神话。楚辞中常讲到“灵巫”的话，说是一面弹瑟虡一类的乐器，一面在歌唱，我疑《九歌》一篇也许是可以合乐的。至少是民间文学的遗型。楚辞之可歌，又有两个旁证，一个是项羽《垓下之歌》，一个是刘邦《大风之歌》，他们都是楚人，因此这也都是楚调。后来唐代韩愈、柳宗元均有仿楚辞调子的文章，可见它也已独立成一系统了。

此后诗歌文学分成了两大主流：一是合乐的，它与音乐保持着密切的关系，另一条是不合音乐的，是独立的诗歌。前者叫“乐府”，后者叫“古诗”。这两种并行不悖，但是到了三国，曹植以乐府题目作诗，于是乐府诗在政治方面的只是歌功颂德之辞，在民间却有新词的创制。一到唐代乐府已不再合乐，虽有白居易、元稹等之提倡“新乐府”，但是也不过徒存其名，成为一种不合乐的乐府。可是一直到清代，仍有人以“乐府”的题目，来做他们的古诗，足见乐府这一系统，始终尚保持其独立性。

古诗在六朝以后，受了沈约一辈人的声韵之说的刺激，重在字句的整齐与音调的匀谐，而称之曰“近体诗”。（这是唐人的称呼，到现在还沿用着。）唐初曾作为乐府的替代品，用以合乐，但终以词体的起来而与音乐分了家，但“近体诗”这一系又与古诗对立起来。

唐代宋代佛教颇盛，而此亦影响于诗歌文学，变成唐代民歌中协律的一种，宋代的盲词也是合乐的文艺，到现代流变而为大鼓、弹词与宝卷之类的俗文学，这虽然是一支小小的溪流，但不得不加以注意的。

词，虽是一独立的系统，但是与乐府、诗均有关系，当初也只是民间的歌诗而渐被一般文人所注意，于是发源于唐五代、大盛于宋代。南宋以后，渐失乐律，因而衰老，但后人依谱填词，不解音乐的也是很多。词，在诗歌文学之中，占了一个很重要的位置，但细细研究起来，不过是乐府的继承者，不过词兴以后，乐府还勉强存在着，不曾完全消灭罢了。

到了宋代，诗歌文学的领域逐渐广大起来，它不特自己开辟了一个新的园地，同时也和“表演文学”打成一片。如宋代大曲一变而为北曲，一变而为南戏，不但是合乐的诗歌，简直又是可以表演的戏剧了。最后流变为京戏与各种地方剧。其中如果细细分析起来，又可以别为“大曲”“诸宫调”“北曲”“南曲”“京戏”……诸小系统。但是就其音乐性、性灵一点而言，则全属于一类，不过形式上有所不同而已。王灼《碧鸡漫志》中说：

> 古人因所感发为歌，而声律从之，唐虞以来是也……西汉时今之所谓古乐府者渐兴，晋魏为盛……唐中叶虽有古乐府而播在声律则少矣，士大夫作者不过以诗之一体自名耳。盖隋以来今之所谓曲子渐兴。至唐稍盛……古歌变为古乐府，古乐府变为今曲子，其本一也，而世之士大夫亦多不知歌词之变。

其实不但诗之与词如此，词之与曲与平剧，亦莫不如此。其所以没落之原因，全由乎文人对于这诗歌文学的染指。王静安论曲道：

> 杂剧大家如关、马、王、郑等，皆名位不著，在士人与倡优之间，故其文字诚有独绝千古者，然学问弇陋与胸襟之卑鄙亦独绝千古。至明而士大夫亦多染指戏曲，前之东嘉（高明）后之临川，皆博雅君子也。至国朝孔季重、洪昉[①]思出，始一扫数百年之芜秽，然生气亦略尽矣。

王氏之意，以为曲的没落，由于入文人之手，一变而为典雅之词，于是生气索然，这正可以作一般诗歌文学所以没落的总原因的。

先结束上面所述的诗歌文学的演变，作一略表：

① 昉　底本作“防”，据《王国维全集·录曲余谈》（P.286）改。

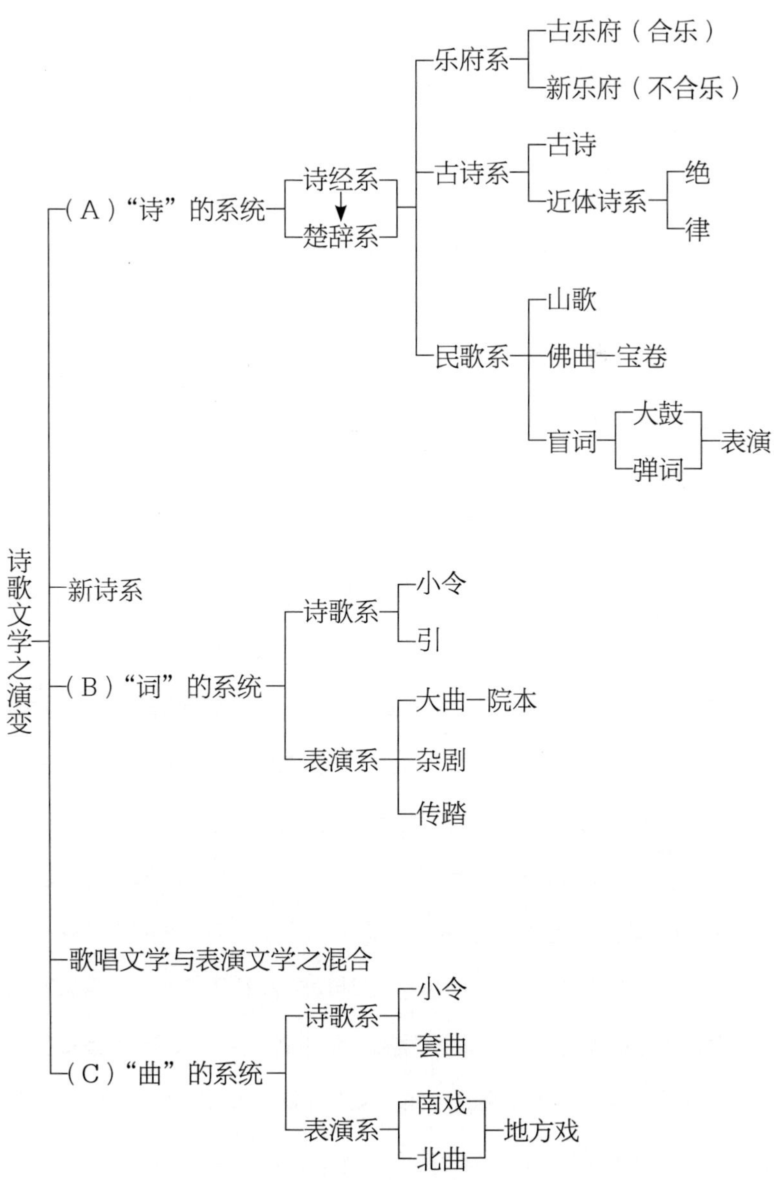
诗歌文学之演变
（A）“诗”的系统
诗经系
楚辞系
乐府系
古乐府（合乐）
新乐府（不合乐）
古诗系
古诗
近体诗系
绝
律
民歌系
山歌
佛曲
宝卷
盲词
大鼓
弹词
表演
新诗系
（B）“词”的系统
诗歌系
小令
引
表演系
大曲
院本
杂剧
传踏
歌唱文学与表演文学之混合
（C）“曲”的系统
诗歌系
小令
套曲
表演系
南戏
北曲
地方戏

以上的演变，但就形式、功用、音乐性三方面来辨别的。至于内容的改变，由乎当时时代背景而各异。“这时代的文艺即这一时代情形的反映”这句话很是不错，中国诗歌文学内容方面的变化，最容易见到的是周尚文,《诗经》中便有“温柔敦厚”之致。《楚辞》时代，正是南方神话盛行的时期，所以其中多凭空的想像。汉代以后，因哲学的关系而有三种特点：

（甲）玄谈老庄——自晋朝山林之士多，清谈之风气盛了以后，诗人的作品中有一种颓废的思想，完全是消极的，颓废的，如陶潜的“人生似幻化，终当归空无”，又李白的“处世若大梦，胡为劳其生？所以终日醉，颓然卧前楹。”诸如此类，很多很多。

（乙）侈言释理——自从佛教入中国以后，诗歌文学在民间的一变而为佛曲，而一般文人也在文字中侈言释理以为足以表示博学。如王维的“一寤寂为乐，此生有余闲”，孟浩然的“导以微妙法，结为清净因。”而宋代黄庭坚、苏轼尤喜作佛语。这显然是受了佛教的影响。

（丙）阐明理学——这是宋代理学盛行以后的风气，他们以诗来说明理学之精微。《四库全书总目》称：“自班固作咏史诗，始兆论宗；东方朔作《诫子诗》，始涉理路，沿及北宋，鄙唐之不知道，于是以论理为本，修词为末，而诗格于是乎大变。”其实这一种诗是非常卑劣而迂腐的。如程颢的《谢王佺期寄药》：

至诚通圣药通神，远寄衰翁济病身。我亦有丹君信否，用时还解寿斯民。

王安石、陆游均偶亦作此类语。

因政治背景的不同而发生的改变，也不外乎三种：

（甲）治世的欢欣——这一项包括生的喜悦，无论如帝皇的赞颂，田家的乐事，均是此类，如陈苌的《山行》：

山行风暖落花轻，雨过田间野水鸣。自笑一官如布谷，年年三月劝春耕。

又如范成大的《春日田园杂兴》：

高田二麦接山青，傍水低田绿未耕。桃杏满村春似锦，踏歌椎鼓过清明。

但是依艺术的目光来看，缺陷愈多，则感染力亦因之而强，治世的歌颂，感人之力却不及乱世的呼吁。赵翼题吴伟业的诗集道："国家不幸诗人幸，说到沧桑句便工。"便是这个意思。

（乙）乱世的呼吁——"说到沧桑句便工"，乱离之世，文人们感极而诗，其中多动人心魄之作。如杜甫、白居易等的作品便是此类。如南宋刘辰翁《永遇乐》之下半阕：

宣和旧日，临安南渡，芳景犹自如故。缃帙[①]流离，风鬟三五，能赋词最苦，江南无路，鄜州今夜，此苦又谁知否？空相对残釭无寐，满邨社鼓。

又如辛弃疾的“江南游子，把吴钩看了，阑干拍遍，无人会，登临意。”“廉颇老矣，尚能饭否？”李清照之流离，李后主、赵佶之去国，故均能成为一代的词人。

（丙）亡国的呻吟——国破家亡，异族入侵中国，人民心中的悲苦，表达出来，不外两种方式，一种是狂呼，一种是低泣。前者如陆游诗：

腰间羽箭久凋零，太息燕然未勒铭。老子犹堪横大漠，诸君何至泣新亭？一身报国有万死，双鬓向人无再青。记取江湖船泊处，卧闻新雁落寒汀。

又如汪元量的《水云诗》中多此种作品，吴伟业也有述亡国之恨的诗，如他的《题菖蒲石寿图》：

① 缃帙 底本作“湘帙”，据《全宋词》（P.3229）改。

白发禅僧到讲堂，衲衣锡杖拜先皇。半杯松叶长陵饭，一炷沉烟寝庙香。有恨山川空岁改，无情莺燕又春忙。欲知遗老伤心处，月下钟楼照万方。

甲申龙去可悲哉！几度东风长绿苔。扰扰十年陵谷变，寥寥七日道场开。剖肝义士沉沧海，尝胆王孙葬劫灰。谁助老僧清夜哭，只应猿鹤与同哀。

诗歌文学不但可以表现作者个人的感情，还足以表现他的思想与信仰。同时更不但可以表示当时政治背景、学术背景，还可以表现出每一民族的特性来。南北朝时候南方文学与北方文学的各趋一路，可以作为一个很好的证明。所以《乐记》中说：

凡音者，生人心者也。情动于中，故形于声，声成文，谓之音。是故治世之音安以乐，其政和。乱世之音怨以怒，其政乖；亡国之音，哀以思，其民困。——声音之道，与政通矣。

其实，正是一切时代环境使诗歌文学的内容起了变化。近四年来，中国民族文艺已走上了新的道路，而诗歌文学为中国民族文艺之最好的形式，则知往追来，我们正应将过去的一切诗歌文艺，加以新的评价和研讨。

总括上文说来，诗歌文学的演变，不外乎二条大路，（一）是形式上的改变，领域逐渐扩大，而其演变的原动力，则为音乐的变易。（二）是内容上的改变，其改变的原动力，不外乎政治学术的刺激。我们研究中国诗歌文学，这两方面均须加以注意。

再有一点，本书将“诗歌文学”分成两大主流，一是“歌唱文学”，一是“表演文学”。这两种特色，是我国诗歌文学的重要的因素。“歌唱文学”由口诀式而至于繁音促节的词曲；“表演文学”由极简单的“巫舞”，而至于角色分明、故事曲折的“戏剧”。其中演进的过程，非常复杂，但在唐末以后，这两者实在各自为政，不相混淆的。《诗经》中的“颂”，依梁启超之说，虽为舞乐，但是也只是以歌唱为主，而很少有表演之动作。《楚辞》也只有可歌可诵的证据，而没有可舞的记载。同时古代优伶，所口道的以语体散文为多，并非全是诗歌；唐代的参军戏所道白，也并非全是歌辞。由此可证歌唱文学与表演文学的合流，始于唐代，而成于宋代。两条巨川汇集，又融成另一种新型而伟大的文学形式。而这种文学是含有“歌唱”“表演”两种特质的。所以我认为这是中国诗歌文学流变过程中的一个奇迹。因此本书也便以这而来分编叙述。

第二编

歌唱文学

中国诗歌文学就其形式与功用而论，可以分为歌唱文学与表演文学两大主流。歌唱文学为诗歌文学之原始的形式，即使有了乐器也重在歌诵；表演文学则为诗歌文学的扩大，不但歌诵合乐而又可以表演。这一点已在前章说过了。这一编中所要讨论的，便是歌唱文学的一系。

歌唱文学的先驱，即是民歌。但与口诀式的记事之文，却不相同。大抵口诀的记事文重在呆板的记实，而民歌除记载实事以外，尚有性灵的表现。我们可以说民歌乃是歌唱文学的母亲，它的变体虽则变成了庙堂的文学，而本身仍留存于民间，古代之民歌，在书本上保存的，已有些文人化了。我们对于《诗经》时代的民歌见到的不多，姑就易见到而能了解的来举几个例子：

虽有智慧，不如乘势，虽有镃基，不如待时。(《孟子·公孙丑》)

狐裘蒙茸，一国三公，吾谁适从?(《左传·僖公五年》)

取我衣冠而褚之，取我田畴而伍之。孰杀子产，吾其

与[1]之。我有子弟，子产诲之，我有田畴，子产殖之，子产而死，谁其嗣之？（《左传·襄公三十年》）

汉代是古诗乐府的时代，然而民歌却依旧存在。《汉书·五行志》中有汉武帝时的童谣：

邪径败良田，谗口乱善人。桂树华不实，黄雀巢其颠。昔为人所羡，今为人所怜。

《后汉书》中亦有民歌道：

城中好高髻，四方高一尺。城中好广眉，四方且半额。城中好大袖，四方全匹帛。

晋代初年程晓尚有《嘲热客》一诗，也含着浓厚的民歌意味。足见文人在这时候还注意于模拟民间的诗歌：

平生三伏时，道路无行车，闭门避暑卧，出入不相过。今世褦襶子，触热到人家。主人闻客来，颦蹙奈此何，谓当

① 与 底本作“兴”，据《十三经注疏·春秋左传正义》（P.4372）改。

起行去，安坐正咨嗟。所说无一急，嗒啥一何多？疲倦向之久，甫问君极那。摇扇髀中疾，流汗正滂沱。莫谓为小事，亦是一大瑕。传戒诸高明，热行宜见诃[①]。

不但明白平易，而且引用方言俗语。虽不是真正的民歌，至少也是和民歌很接近的作品。

六朝乐府，均与民歌有关系。如《公无渡河》《薤露》《蒿里行》等实在即是民间歌谣。《大子夜歌》："歌谣数百种，《子夜》最可怜。"又云："不知歌谣妙，声势由口心。"这不是一证据吗？又《晋书·乐志》：

凡乐章古辞，今之存者，并汉世街陌谣讴。《江南可采莲》《乌生八九子》《白头吟》之属是也。

这不又是一个证据吗？今举《江南可采莲》一首作例：

江南可采莲，莲叶何田田！鱼戏莲叶间——鱼戏莲叶东，鱼戏莲叶西，鱼戏莲叶南，鱼戏莲叶北。

① 诃　底本作"时"，据《艺文类聚》(P.87)改。

唐代词的初形，即是民歌，佛曲也只是民歌的变体。元代散曲中有许多村言俗语，皆是歌谣的变体。明代民歌很盛，有《四季五更驻云飞》《新编寡妇烈女诗曲》等书。冯梦龙有《挂枝儿》及《山歌》，凌濛初有《南音三籁》等，均收集当时“山歌”之书。清代之民歌，有刘复、李家瑞编的《中国俗曲总目稿》所收之俗曲凡六千零四十种。黄遵宪之《山歌》，李调元之《粤风》，均系拟作民歌，收集民歌的集子。在李刘两氏以前。

由此可见民歌乃是“自古有之”“迄今愈盛”的一种俗文学，但是一般人却只注意于它已发达的形式——诗、词、曲……不知道亘古至今，在民间的一部分，依旧活泼泼地生长着。研究歌唱文学虽然不必一定先研究民歌，但是对于“民歌是歌唱文学的胚胎”这一点，却不容忽略的。

第一章 ○

《诗经》系统

《诗经》即是中国民歌最早的总集。《礼记》:“天子五年一巡狩，命太师陈诗以观民风。”《汉书·艺文志》:“古有采诗之官，王者所以观风俗，知得失，自考正也。”《诗集传》中论《国风》:

> 国者，诸侯所封之域；风者，民俗歌谣之诗。谓之“风”者，以其被上之化以有言，而其言又足以感人如物因风之动以有声，而其声又足以动物也。是以诸侯采之以贡于天子，而列于乐官，于以考其俗尚之美恶，而知其政治之得失焉。

足见这一部分正是民间的歌谣，经政府的力量加以收集起来而成的。《汉书·艺文志》又载采诗的情形道:“孟春之月，行人振木铎徇于路以采诗，献之太史，比其音律以阅于天子。”那么，又可见《诗经》是由政府将民歌加上了音律的作品。

但是诗之被尊为经，却是因为当时作为外交辞令中的引用的缘故，同时又因为它曾和孔子发生过关系。现在先分作两项来说：

（甲）孔子与《诗》的关系——这里面包含了三个问题，（一）是孔子将全部《诗》配以新谱；（二）孔子是否删《诗》；（三）孔了对《诗》的批评。

《史记·孔子世家》云："三百五篇，孔子皆弦歌之，以求合韶武雅颂之音。"《汉书·艺文志》也说："古者王官失乐，雅颂相错，孔子论而定之，故曰：'吾自卫反鲁，然后乐正，雅颂各得其所。'"（故曰以下引自《论语·子罕》篇。）足见孔子对于音乐，有相当的研究，曾将《诗》再被于管弦，这是孔子与《诗》的第一种关系。

至于删《诗》之说，见于《史记·孔子世家》："古者诗三千余篇，及至孔子，去其重，取可施于礼义，上采契、后稷，中述殷、周之盛，至幽、厉之缺……三百五篇。"陆德明《经典释文》中也说："孔子最先删录，既取周诗①，上兼商颂，凡三百十一篇。"但是我们对于这一说，颇多怀疑，孔子自己并没有删《诗》的话，同时太史采诗近五千，而列国有一千八百之多，何以《诗经》所载多后二百年的作品，又只有九国，所删去会如此之多呢？《史记》言孔子之时，周室微而礼乐废，《诗》《书》缺。又说："《诗》

① 诗　底本脱，据《经典释文序录疏证》（P.70）补。

《书》虽缺，虞夏之文可知”，可见在孔子时，诗已残缺了许多。《荀子》:“《诗》三百。”《墨子》:“儒者诵《诗》三百，歌《诗》三百。”《庄子》:“孔子诵《诗》三百，歌《诗》三百，弦《诗》三百，舞《诗》三百。”孔子自己也说:“《诗》三百,一言以蔽之曰思无邪”;“诵《诗》三百”。(见《论语》)何以均称三百？故删诗之说，实不可信。崔东壁《读风偶识》中辨明的话，很有理由:

孔子删诗孰言之？孔子未尝自言之也,《史记》言之耳。孔子曰:“郑声淫”，是郑多淫诗也。孔子曰:“诵《诗》三百”，是《诗》止有三百，孔子未尝删也。学者不信孔子所自言而信他人之言，甚矣其可怪也。

足见孔子对于《诗》，曾下一番整理的工夫，去其字句之不可通则有之，删三千为三百，则恐非事实。王士祯《池北偶谈》中说得好:

《论语》一则曰“《诗》三百”，再则曰“诵《诗》三百”，《家语》载哀公问郊，亦曰“臣闻诵诗三百，不可以一献”，知古《诗》本有三百，非孔氏手定也。又《左氏》列国卿大夫燕飨赋诗，率皆三百篇中，多在孔子之前，其非夫子删定，了然可见。然其说亦有未尽通者，如《茅鸱[1]》《河水》《新宫》《辔之柔矣》等篇，独非赋诗也乎？今则全篇逸去。其他“素以为绚兮”一句，“唐棣之华”四句，见于《论语》；“兆云询多”二句，“周道挺挺”四句，“祈招之愔愔”六句，见于《左传》；“昔吾有先正”五句，见于《小戴记·缁衣》篇，“鱼在在藻”六句，见于《大戴记·用兵》篇；“国有大命”三句见于《荀子·臣道》篇。至《南陔》等六篇有笙无词，《狸首》亦然，则谓三百篇外绝无删动，亦未见允当。大约或篇或章，均系旧逸；而单词骈句，尚错杂于简端，孔子定《诗》时，则竟删去，以成三百五篇完好之作，亦述而不作之意也。如谓古《诗》三千而删存止于三百，则马迁传闻之误，前人辨之详矣，其说殊不足信。

孔子对于《诗》的批评，其着眼点也在外交上的应用，如《论语·季氏》篇之“不学《诗》，无以言。”《子路》篇之“诵《诗》三百，使于四方不能专对，虽多亦奚以为？”《阳货》篇之“小子何莫学夫《诗》。《诗》可以兴，可以观，可以群，可以怨，迩之事父，远之事君，多识于鸟、兽、草、木之名。”实在这正是古谚，一班善辞令的人往往拿来作议论的根据或证例的。

---

① 鸱　底本作“鸮”，据《十三经注疏·春秋左传正义》（P.4343）改。

（乙）当时《诗》在外交上的用途——“不学《诗》，无以言”，便是说《诗》与言有关。《汉书·艺文志》中说登高能赋，可以为大夫。也是说《诗》之实用。《左传》《国语》中写赋《诗》的事情很多，如：

> 吴侵楚，养由基奔命，子庚以师继之……大败吴师，获公子党。君子以吴为不吊。《诗》曰：“不吊昊天，乱靡有定。”——《左传·襄公十三年》
>
> 申包胥如秦乞师……秦伯使辞焉，曰：“寡人闻命矣，子姑就馆，将图而告。”对曰：“寡君越在草莽，未获所伏，下臣何敢即安！”立依于庭墙而哭，日夜不绝声，勺饮不入口。七日，秦伯为之赋《无衣》，九顿首而坐，秦师乃出。——《左传·定公四年》

此外如《左传·闵公元年》管敬仲引“岂不怀归，畏此简书”，《僖公二十二年》臧文仲引“战战兢兢，如履薄冰”，《文公十年》子舟引“刚亦不吐，柔亦不茹”，《宣公十七年》召文子引“君子如怒，乱庶遄阻”，《成公二年》子重引“济济多士，文王以前”，《哀公二十六年》子贡引“无竞惟人，四方其顺之”……均是应对辩论中引《诗》之例。即《孟子》一书，引《诗》之处，亦甚多甚多。但是在现代看来，还得加以新的评价。

第一节 《诗经》的内容

《诗经》的内容，最普通的说法，有“六艺”的不同。《周礼·春官》:“太师教六诗：曰风，曰赋，曰比，曰兴，曰雅，曰颂。”《诗大序》亦称：“诗有六义也：一曰风，二曰赋，三曰比，四曰兴，五曰雅，六曰颂。”那么这六义与《诗经》的内容有什么不同呢？朱熹云：“风雅颂，声乐部分之名；赋比兴，则所以制作风雅颂之体也。”

先说风雅颂的不同。关于此问题议论不一。朱熹云：“大抵风是民庶所作，雅是朝廷之诗，颂是宗庙之诗。”此依作者之阶级而分者。郑康成云：“风言圣贤治道之遗化也。雅，正也，言正者以为后世法。颂之言诵也，容也，诵德广以美之。”这乃是依所言内容而分者。梁启超氏以为风只能讽诵而不能歌，雅为周代最通行之乐，公认正声，故谓之雅。颂为“容”之本字，故歌而兼舞。以后世之体比之则风为民歌，南雅为乐府歌辞，颂则剧本也。梁氏之说甚当，但以风为徒歌，似不尽然。《郑志》答张逸云：“国史采众诗，时明其好恶，令瞽蒙歌之，其无所主，皆国史主之令可歌。”可证风诗亦可合乐。

但有人颇疑心古无“国风”之名。宋程大昌极主是说。他说：“诗有南、雅、颂，无国风，其曰国风者，非古也。夫子尝曰：

'雅颂各得其所'，又曰:'人而不为《周南》《召南》'，未尝言国风者。”又云:“左氏记季札观乐事，历叙《周南》《召南》《小雅》《大雅》《颂》，凡其名称，与今无异。至列序诸国，自邶至豳其数凡十有三，率皆单记国土，无今国风品目也。”又举《鼓钟》之诗“以雅以南，以籥不僭”，季札观乐之“有舞象箾南籥者”，谓凡当时视见古乐的人，凡举雅颂，均与南对称。他的意见，以为南雅颂乃是乐诗，而风为徒诗，古无国风之名，为后人所造。顾炎武的《日知录》中亦有此种主张：

> 周南、召南，南也，非风也。豳谓之豳诗，亦谓之雅，亦谓之颂，而非风也。南、豳、雅、颂为四诗，而列国之风附焉。此《诗》之本序也。

因此,“南”的确不是“风”。《诗序》称:“南，言王化自北而南。”这是望文生训的话，据龟甲文“南”的本义是象形字，为古代乐器之一种。有人以为“南”即《论语》“《关雎》之乱”的“乱”字，为曲终合奏之乐，这一说，倒可以参考。

至于“赋比兴”这三个名称，实在是作诗的技巧。孔颖达说:“赋者直陈其事，无所避讳，故得失俱言。”朱熹:“直指其名，直叙其事者，赋也。”可知所谓“赋”者，乃是作者毫无讳饰地把自己的情感直说出来，毫无隐藏，也不委婉曲折。孔颖达又说:“比者见今之失，不敢斥言，收比类以言之，谓刺诗之比也。”朱熹：“引物为说者，比也。”可知比较赋为隐。朱熹又云：“兴者，托物兴词，如《关雎》《兔罝》之类。”而“比”与“兴”之不同，比则全用物来作比喻，不说出正意，而“兴”先说比譬而继之以正意。这是三者不同的地方。也可以说诗的意境方面的技巧，都被包括尽了。

以上是六义的大概情形。《诗经》中的篇数，通常称三百篇者，是举成数而言的。现存《毛诗》目录有三百十一篇，其中六篇有题无诗，故有三百零五篇。故《经典释文》称三百十一篇，《汉书·艺文志》称三百零五篇，而孔子、荀子、墨子、则皆称三百篇。有目无诗的六篇是《南陔》《白华》《华黍》《由庚》《崇丘》《由仪》。这六篇有人以为亡于秦火，晋束皙[①]有《补亡诗》。但众诗之中何以单亡此六篇，不无可疑。郑樵《诗辨妄》说：

> 六亡诗不曰亡诗而曰六笙诗，盖歌主人必有辞，笙主竹，故不必辞也，但有其谱耳。

此说甚可信。孔颖达亦有类似之主张：“上古之时，徒有讴歌吟咏，纵令土鼓苇籥，必无文字雅颂之声。如此则时虽有乐，容或无诗。”今将《毛诗》内容大概分述于次：

---

① 皙　底本作“哲”，据《文选》（P.905）改。

（一）国风——凡十五国，共一百六十篇。

周南　召南　邶　鄘　卫　王　郑　齐　魏　唐　秦　陈　桧　曹　豳

（二）雅——分大雅、小雅，共一百零五篇。

小雅七十四篇　大雅三十一篇

（三）颂——分周颂，鲁颂，商颂，共四十篇。

周颂三十一篇　鲁颂四篇　商颂五篇

第二节　《诗经》之地域、作者与时代

《诗经》是古代北方文学的结晶，所以它的地域均在北方。秦、王、豳，约在今陕西、河南、甘肃一带。唐，约在今山西，魏在山西、河南之间，邶、鄘、卫、郑、陈、桧均在河北之西南及河南一部分；齐、曹及鲁即今山东；二南中《汝坟》《汉广》《江有汜》诸篇，产生在今河南、湖北之间接壤处。凡此一带即古代之所谓“中国”“中原”，即今黄河流域一带。中国文化最先发达于北方，于是亦可以想见了。

至于《诗经》的作者，因为大抵是民间歌谣，所以姓名大都不传。《诗序》中虽然有的指出作者的姓名，但也不甚可靠。我们所知道的，大约可以根据二点来推测证明。第一点诗中作者自己说明姓名的，那便可以确定无疑。如：

“家父作诵，以究王讻，式讹尔心，以畜万邦。”（《大雅·节南山》）

“寺人孟子，作为此诗，凡百君子，敬而听之。”（《大雅·巷伯》）

“吉甫作诵，其作孔硕，其风肆好，以赠申伯。”（《大雅·崧高》）

“吉甫作诵，穆如清风，仲山甫永怀，以慰其心。”（《大雅·烝民》）

“奚斯所作。”（《鲁颂·閟宫》）

“周公之孙，庄公之子。”（鲁僖公）（《鲁颂·閟宫》）

其他如《秦风·渭阳》：“我送舅氏，曰至渭阳。”相传为秦康公送其母舅晋公子重耳之作。又如《陈风·株林》：“胡为乎株林，从夏南。”相传为陈人刺灵公昵夏姬而作。但梁启超却说，“尽人皆可有舅，不必秦康，夏南为夏姬虽极近似，亦无以证其必然。”

还有一种从别的古籍中去考查，但其可信的程度，已不及前面一种方法了。例如，《国语》：

周文公之颂曰：“载戢干戈。”

周文公之为颂曰：“思文后稷，克配彼天。”

“载戢干戈”又见《诗经·时迈》篇;“思文后稷”又见《诗经·思文》篇，而《国语》中却说明是周文公作的。又如《尚书·金[1]縢》篇:

> 武王既丧，管叔及其群弟乃流言于国曰:“公将不利于孺子”……周公居东二年，则罪人斯得，于后，公乃为诗以贻王。

今《诗经》中有《鸱鸮[2]》之诗，序称周公作，则与《尚书》之言相合，亦似可肯定。其他则各说纷纭，只能存而作为参考的资料了。

孟子:“王者之迹熄而《诗》亡,《诗》亡然后《春秋》作。”则似乎《诗经》乃是《春秋》以前的作品。其中《商颂》五篇，大约是其中最早的作品。《国语·鲁语》:“昔正考父校商之名颂十二篇于周太师，以《那》为首。其辑之乱曰:‘自古在昔，先民有作，温恭朝夕，执事有恪。’”魏源以“校”字作审校音节解，则《商颂》乃正考父所作。而王国维则以“校”同“效”训作“献”，以为非正考父的作品。但是无论如何其时代决在正考父以前。梁启超亦以为非正考父所作，而是商代的郊祀乐章:

---

① 金　底本脱，据《十三经注疏·尚书正义》(P.418)补。

② 鸮　底本作“鹗”，据《十三经注疏·毛诗正义》(P.842)补。

> 《国语》云:“正考父校商之名颂十二篇于周太师，以《那》为首。”郑司农云:“自考父至孔子又亡其七篇。”后世说《诗》者或以今《商颂》为考父作，此误读《国语》耳。此五篇乃至十二篇，殆商代郊祀乐章，春秋时宋国沿用之故得传于后，犹汉魏郊祀乐府，至今虽失其调而犹存其文也。

据此则《诗经》之中，当以此为最早了。但梁启超氏且以为《豳风·七月》为夏代之作品。他说:

> 《豳风》之《七月》一篇，后世注家谓周公述后稷、公刘之德而作，然羌无实据。玩诗语似应为周人自豳迁岐之前之民间作品。且篇首“七月流火，九月授衣”云云，所用为夏正，故亦可推定为夏代作品。果尔，则三百篇中此为最古，且现存一切文学中亦以此为最古矣。

但也许是乡村小民，虽在周代，而仍用夏历，亦未可知。其他多是周代之作，其中最晚的是哪一首，不能详考，大约《诗经》的年代起商而至东周之初年。清代《钦定诗经传说汇纂[①]》中有《作诗时世图》，它将《诗》依时代之先后排列，而宗旧说，故以

① 纂　底本作“卷”，据《四库全书总目》(P.130)改。

《那》为首，而以陈风《株林》《泽[1]陂》为最后。这当然是不甚可靠的。

最后，想附说《诗经》的本子。战国以后赋《诗》已不风行，秦始皇焚书以后《诗》得以保全，因为是可唱的缘故。汉代，《诗》有三家之学，鲁人申培作训诂，叫做“鲁诗”；齐人辕固生所传，叫“齐诗”；燕人韩婴作内外传，叫“韩诗”。这是今文经。《汉书·艺文志》:“《诗经》二十八卷，鲁齐韩三家。”即指此而言。现存《十三经》中的《诗经》，是古文经，为河间人毛公作传者。《汉志》有《毛诗》二十九卷，又有《毛诗故训传》，即是此书。于是当时《诗经》之学，分作四派。后来《齐诗》亡于魏，《鲁诗》亡于西晋，唐代孔颖达专取《毛诗传》《郑笺》,《毛诗》乃较《韩诗》为流行。五代时《韩诗内传》亦亡，我们要研究《诗经》，只能在《毛诗》上用功夫了。

第三节 《诗经》的文章

先就《诗经》中的句法加以检讨。每篇每章之多少，并不一律；如《驺虞》，每篇二章；如《桑柔》，多至十六章。每章句数之多少，也无一定的规律，如《甘棠》，每章三句；如《韩弈》，

---

① 泽 底本作“毕”，据《十三经注疏·毛诗正义》(P.806) 改。

则每章有十二句。足见完全是原始的歌谣，并无一定的体例。再就每句字数言之，以四言为多，但亦有其他变化。挚虞《文章流别论》：

古诗之三言者，“振振鹭，鹭于飞”之属是也。五言者“谁谓雀无角，何以穿我屋”之属是也。六言者，“我姑酌彼金罍”之属是也。七言者，“交交黄鸟止于桑”之属是也。九言者，“洞[①]酌彼行潦挹彼注兹[②]”之属是也。

但是其中到底以四言为最多。其押韵之方式也多变化，顾炎武的《诗本音》，只举了三个例子。孔广森有《诗声分例》，谓《诗》之韵例有二十七种。丁以此有《毛诗正韵》增为七十四种。他们不单注意于一韵到底与转韵的例，并且注意于句中用韵。“日居月诸”，“居”与“诸”协韵。又有首二句不入韵，如《棠棣》中之“兄弟阋于墙，外御其侮，每有良朋，烝也无戎。”但亦有全首不用韵者，以《周颂》中为最多见，例如《昊天有成命》：

昊天有成命，二后受之。成王不敢康，夙夜基命宥密，於缉熙，单厥心肆其靖之！

① 洞　底本作“泂”，据《艺文类聚》（P.1018）改。
② 兹　底本作“滋”，据《艺文类聚》（P.1018）改。

《诗经》中所用的是古韵，不能完全以今音来辨别的。我们在此也可以知道《诗》的原始形态，并不拘拘于一定的声调，也不拘拘于一定的格律的。因此音调之美，未必全在整齐与调和，与后来的近体诗一样。《左传·襄公二十九年》季札聆乐一节，写出了《诗经》中音律与文字之美：

为之歌《周南》《召南》，曰："美哉！始基之矣，犹未也，然勤而不怨矣。为之歌《邶》《鄘》《卫》，曰："渊乎！忧而不困者也。"为之歌《王》，曰："美哉！思而不惧，其周之东乎。"为之歌《郑》，曰："美哉，其细已甚！"为之歌《齐》，曰："美哉！泱泱乎大风也哉！"为之歌《豳》，曰："美哉荡乎！乐而不淫，其周公之东乎？"为之歌《秦》，曰："此之谓夏声，夫能夏则大，大之至也，其周之旧乎！"为之歌《魏》，曰："美哉沨沨乎！大而婉，险而易行；以德辅此，则明主也。"为之歌《唐》，曰："思深哉！其有陶唐氏之遗民乎？"为之歌《陈》，曰；"国无主，其能久乎？"自《郐》以下无讥焉。为之歌《小雅》，曰："美哉！思而不贰，怨而不言，其周德之衰乎！犹有先王之遗民焉。"为之歌《大雅》，曰："广哉！熙熙乎！曲而有直体，其文王之德乎！"为之歌《颂》，曰："至矣哉！五声和，八风平，节有度，守有序，盛德之所同也。"

《诗经》中第一点文字上的美点，便是刻划恋爱之情，非常细腻而动人。开首第一篇“窈窕淑女，君子好逑”“悠哉悠哉，辗转反侧”是何等的淋漓尽致。又如《郑风》的《狡童》，写出一个青年女子思念她恋人的心情：

彼狡童兮，不与我言兮。维子之故，使我不能餐兮。

彼狡童兮，不与我食兮，维子之故，使我不能息兮。

又如氓的一首，是很好的叙事诗，将一段恋爱的经过，细细写述出来。又如《将仲子》一首写出女孩子羞怯的神情，一方面爱她的恋人，而另一方面却又怕父兄里人会来干涉她。这种例子很多很多。

第二,《诗经》中又有许多思妇怀念应征的丈夫之诗，如《伯兮朅兮》一首中的“自伯之东，首如飞蓬，岂无膏沐，谁适为容。”又如《君子于役》也是如此：

君子于役，不知其期，曷至哉！鸡栖于埘。日之夕矣，羊牛下来。君子于役，如之何勿思！

君子于役，不日不月，曷其有佸！鸡栖于桀，日之夕矣，羊牛下括，君子于役，苟无饥渴？

第三,《诗经》中一大部分是写农民生活的,《七月》一篇即非常详尽而逼真。同时,也可以作古代农艺的考证品。又如《良耜》一篇写从种谷到收获的欢欣。其他《甫田》《丰年》等也是如此,文长不录。

此外《诗经》中尚有二首可以值得注意的歌辞,一首是《秦风·无衣》,一首是《魏风》的《伐檀》。前一首写出秦民族勇敢抵敌的气概,下一首写出老百姓对当时官吏的痛恨与讥讽:

岂曰无衣,与子同袍。王于兴师,修我戈矛,与子同仇。

岂曰无衣,与子同泽。王于兴师,修我矛戟,与子偕作。

岂曰无衣,与子同裳。王于兴师,修我甲兵,与子偕行。

(《无衣》)

坎坎伐檀兮,置之河之干兮,河水清且涟漪。不稼不穑,胡取禾三百廛兮?不狩不猎,胡瞻尔庭有县貆兮?彼君子兮,不素餐兮!

坎坎伐辐兮,置之河之侧兮,河水清且直漪。不稼不穑,胡取禾三百亿兮。不狩不猎,胡瞻尔庭有县特兮?彼君子兮,不素食兮!

坎坎伐轮兮,置之河之漘兮,河水清且沦漪。不稼不穑,胡取禾三百囷兮?不狩不猎,胡瞻尔庭有县鹑兮?彼君子兮,不素飧兮!(《伐檀》)

《诗经》中文字之所以能感人，因为它一则能有“反复”的美，如上例《伐檀》《无衣》，均是以一句话来反复吟咏的。我们口语之中，也有时用这种方法来加重语气，同时在音节上也显出了重叠的美来。即《诗序》中所说的“言之不足，故嗟叹之，嗟叹之不足，故咏歌之”的意思。二则，它已能运用复词和叠语来形容，依作者自己所得的印象直诉于读者，如《文心雕龙》上所说:“皎日嘒星，一言穷理；参差沃若，两字穷形。”这是用双声叠韵来作音乐上之帮助，以直写印象来作文字上的帮助的。《文心雕龙·物色》篇中又说:

诗人感物，联类不穷，流连万象之际，沉吟视听之区，写气图貌，既随物以宛转；属采附声，亦与心而徘徊。故“灼灼”状桃花之鲜,“依依”尽杨柳之貌,“杲杲”为出日之容,“瀌瀌”拟雨雪之状,“喈喈”逐黄鸟之声,“喓喓”学草虫之韵……虽复思经千载，将何易夺?

这是用叠字来形容的好处。以视觉、听觉、触觉之想像，直诉于读者，于是感染性便加强了。三则因为它有比兴的关系，比兴，便是使文章含蓄婉曲的好法子，而造成“有余不尽”的趣味，凡此种，均是使《诗经》动人的地方。最后借用王士祯《渔洋诗话》中对《诗经》之批评来作结论吧:

余因思《诗》三百篇，真如化工之肖物。如《燕燕》之伤别、籊籊竹竿之思妇、蒹葭苍苍之怀人、《小戎》之典制、《硕人》次章写美人之姚冶、《七月》次章写春阳之明丽，而终以“女心伤悲，殆及公子同归”，《东山》三章之“我来自东，零雨其濛。鹳鸣于垤，妇叹于室”，四章之“其新孔嘉，其旧如之何？”写闺阁之致，远归之情，遂为六朝、唐人之祖！《无羊》之“或降于阿，或饮于池，或寝或讹，尔牧来思，何蓑何笠，或负其糇，麾之以肱，毕来既升。”字字写生，恐史道硕、戴嵩画手，未能如此极妍尽态也。

《诗经》与后代作者的影响是作法上的技巧。至于四言格式，虽后来魏晋有人仿作，但是这是最简单的诗句形式，终于渐行减少衰落下去。

最后，想附述一下关于《诗序》的话。

现在通行之《毛诗》前面有《大序》一篇，每首诗的前面，也均有《小序》一篇。读《诗》者往往据以为说《诗》的原则。其实《诗序》解《诗》，大抵以礼义的眼光来猜度，未必完全可靠的。例如《关雎》一篇序文中以为“后妃之德”为“乐得淑女以配君子”，朱熹则以君子指文王，也均属臆测而不可信。后来崔述在《读风偶识》中解释，以为是“君子自求良配，而他人代写其哀乐之情耳”。此说便较前两者近于情理。近人也有以此为贺新婚之诗，亦有可信之理由。所以作者如果全凭《诗序》来做一切论断，似乎不甚妥当的。

《四库全书总目提要》说："观蔡邕本治《鲁诗》，而所作《独断》，载《周颂》三十一篇之序，皆只有首二句，与《毛序》文有详略而大旨则同。"《齐诗》无序。《鲁诗》之序，有无未可知。（郑樵说）可见这三书并不均有序文，而序文亦并不完全相同的。《毛诗》序文在首篇之前之序较长，有人称之曰《大序》，其余均为《小序》。崔述以为《诗序》本无大小可分，其言甚可信。

《诗序》之作者，众说纷纭，程颢、程颐以为是孔子所作，毛公、郑玄以为是子夏所作，《隋书·经籍志》亦主是说。郑玄又以为《大序》毛公作，《小序》子夏、毛公合作，或以为子夏、毛公、卫宏合作。郑樵又说："《诗》之有序，非一世一人之所能为也。"为当时史官之作品。王安石复以为乃诗人自制。康有为又以为乃刘歆所造。诸说自相反驳，均不可据为定论。崔述云："各篇之序，失诗意者多，其文亦殊不类三代之文。"此论甚精当。序文解诗，有望文生训之处，如《雨无正序》："雨，上下者也，众多如雨，而非所以为政也。"又如《召旻序》说："旻，闵也，闵天下无如召公之臣也。"如此说来，关雎两字，应该说把"雎""关"在笼子里了。原来诗题取诗中之一二字，大抵不成文义的。序中所论，岂不荒谬？其中所引均是汉代所见之书，如"情动于中而形于言"一段，出于《乐记》，《都人士序》"古者长民衣服不贰"

等语，本于公孙尼子;《那序》“正老父得《商颂》”云云，本于《国语》……此等书籍均出于汉代，故作序者大抵为汉代或汉代以后之人。《东汉·儒林传》称卫宏作《诗序》:

卫宏，子敬仲，少与河南郑兴俱好古学，初，九江谢曼卿善《毛诗》，乃为其训。宏从曼卿受学，因作《毛诗序》，善得风雅之旨，于今传于世。

此说较为可信，郑樵、崔述等均主是说，朱熹亦云:“《诗序》,《东汉·儒林传》分明说是卫宏作，后来经意不明，都是被他坏了。”学者对于《诗序》，均无好评，试举一二作例:

今观宏之《序》，有专取诸书之文至数句者，有杂取诸家之说，而辞不坚决者，有委曲宛转，附经以成其义者，牵合为文。取讥于世，此不可不辨也。——（郑樵之批评）

因论《诗》，历言《小序》大无义理，皆是后人杜撰，先后增益凑合而成，多就《诗》中采摭言语，更不能发明《诗》之大旨……后世但见《诗序》巍然于篇首，不敢复议其非，至有解说不通，多为饰辞以曲护之者，其误后学多矣。——（朱熹之批评）

见有仲字则曰祭仲，见有叔字则曰共叔段，其余连篇

> 累牍皆曰刺忽。郑立国数百年，岂其于仲、段、忽外，遂无他人？而诗人讴歌，岂于美刺仲、段、忽外，遂无他情感？——（崔述之批评）

我们要研究《诗经》，第一不可迷信《诗序》，古来解《诗》的人，有许多被它哄骗过去了。这实在是《诗经》本文研究上的一个大障碍。故不惮词费附述于此。

第二章 ○

《楚辞》系统

如果说《诗经》是古代北方文学之始，那么《楚辞》便该是南方文艺之渊源了。在《楚辞》之前已有楚歌。如刘向《说苑·至公》篇中的《子文歌》，乃是楚国人民咏令尹子文的公正的。又《正谏》篇中之《楚人歌》，乃楚人颂诸御己而作。《说苑》：

> 楚庄王筑层台，延石千里，延壤百里，士有反三月之粮者。大臣谏者七十二人，皆死矣……有诸御己者，委其耕而入见庄王……曰："昔者虞不用宫之奇而晋并之，陈不用子家羁而楚并之，曹不用僖负羁而宋并之，莱不用子猛而齐并之，吴不用子胥而越并之，秦不用蹇叔而秦国危……"遂趋而出，楚王遽起而追之曰："己，子反矣！吾将用子之谏。"遂解层台而罢民，楚人歌之。

这些记载，均是楚国古代之民歌，足见《楚辞》也是由民间而盛行起来的。

《说苑·善说》篇又载有一首楚译的《越人歌》。文词较为典雅，我疑心是由当时文人润色过的：

> 今夕何夕兮，搴中洲流？今日何日兮，得与王子同舟。蒙羞被好兮，不耻诟訾。心几烦而不绝兮，得知王子。山有木兮木有枝，心悦君兮君不知。

简直和《楚辞》语调一样的。

现存的《楚辞》是一部书,《直斋书录解题》引《翼骚序》中解释道:“屈宋诸骚皆书楚语，作楚声，记楚地，名楚物，故可谓之楚辞。”《史记·屈贾列传》:“屈原既死之后，楚有宋玉、唐勒、景差[①]之徒者，皆好‘辞’而以‘赋’见称。”又班固《离骚赞序》:“原死之后秦果灭楚，其‘辞’为众贤所悲悼。”所以“辞”乃是一个独立的名称。也许楚人称为“辞”而汉代人则称为“赋”。故《汉书·艺文志》列“屈原赋二十五篇”。又因屈原作《离骚》，后人又沿称为“骚”体。如《昭明文选》别立为“骚”类,《文心雕龙》除《诠赋》之外，又有《辩骚》之篇，其实这均

① 差　底本作“善”，据《史记》(P.2491)改。

是同样的东西，不过名称不同而已。《汉书·朱买臣传》：

会邑子严助贵幸，荐贾臣，召见说《春秋》，言《楚辞》，帝甚悦之。

又同书《王庆传》：

宣帝时，修武帝故事，讲论六艺群书，博尽奇异之好，征能为《楚辞》九江被公，召见诵读。

可见“楚辞”之名，汉代已成立了。同时又可以知道《楚辞》也有音乐性，至少要楚地人才能读出它的音调来。这里又有个证据：

隋有僧道骞者，善读之，能为楚声，音韵清切，至唐传《楚辞》者，皆祖骞公之音。

《左传》中载晋人闻有楚师，师旷歌“南风”，不竞而有死声；钟仪囚于晋，南冠而絷，与之琴，操“南音”，范文子称他乐操“土风”，是不忘旧的君子。《汉书·礼乐志》谓房中初乐为“楚声”。其实，“南风”“南音”“土风”“楚声”均是楚地的俗乐，播于唇吻之间，成为“楚声”，写成文词便是“楚辞”了。

《诗经》十五国风之中，没有《楚风》，大概这时候南方一带尚是“荆蛮”的缘故。但《吕氏春秋·音初》篇中说涂山氏之女命其妾候禹于涂山之阳。女乃作歌曰:“候人兮猗。”实始作为“南音”。《老子》中也有楚音，如:“豫焉若冬涉川，犹兮若畏四邻，俨兮其若容，涣兮若冰之将释。”其实也是楚地的俗语与方音。周恒王三十六年楚子熊通僭称王以后，便与北国交使往来，于是吸收了北方的文化，使南方文字渐渐滋长起来。

第一节 《楚辞》的时代

《楚辞》之中的作者，可以知道的，当以屈原为最早。《史记·屈原贾生列传》中说:“屈原者，名平，楚之同姓也。为楚怀王左徒。”则当为战国末年之时。惟其中《九歌》一篇，颇有问题。按王逸云:

> 《九歌》者，屈原之所作也，昔楚国南郢之邑，沅湘之间，其俗信鬼而好祠，其祠必作歌乐鼓舞以乐诸神。屈原放逐窜伏其域，怀忧苦毒，愁思沸郁。出见俗人祭祀之礼，歌舞之乐，其词鄙陋，因为《九歌》之曲，上陈事神之敬，下见己之冤结，托之以风谏，故其文意不同，章句杂错，而广异义焉。

足见此篇为楚人原有之歌，不过经屈原整理而成今文，但整理之后，又何以仍是“章句杂错”呢？同时，“事神之敬”与“己之冤结”又是两件事，又何以能并为一谈呢？楚人重祀，的确是事实。《汉书》：“楚地信巫鬼，重淫祀。”《隋志》曰：“荆州尤重祠祀。”均可作证。则屈原生长于此时代，于此环境中，仿孔子故事，将古代神话加以整理亦未可知。朱熹说：

> 昔楚南郢之邑，沅湘之间，其俗信鬼而好祀。其祀必使巫觋作歌，歌舞以娱神，蛮荆陋俗。词既鄙俚，而其阴阳人鬼之间，又或不能无亵慢荒淫之杂。原既放逐，见而感之，故颇为更定其词，去泰去甚。

可见朱氏也承认《九歌》本是沅湘间的民歌了。如果如此，则《九歌》一篇，实为最早的一篇，因为屈原对于本文，只是“去泰去甚”而不全部删易的。再看其中十一篇的篇目：

（1）《东皇太一》——《文选》五臣注：“每篇之目，皆楚神之名。”洪兴祖曰：“《汉书·郊祀志》云：‘天神贵者太一’……主使十六龙知风雨水旱兵革饥馑疾疫，占不明，反移为灾。”

（2）《云中君》——王逸云：“云神，丰隆也”。《汉书·郊祀志》有此名。

（3）《湘君》——刘向《列女传》：“舜陟方死于苍梧，二妃死于江湘之间，俗谓之湘君。”按即水神。

（4）《湘夫人》——首言“帝子降兮北渚，目眇眇兮愁予”，与湘君同为祀水神之歌。

（5）《大司命》——五臣注：“司命，星名，主知生死，辅天行化诛恶护善也。”

（6）《少司命》——神名。

（7）《东君》——《汉书·郊祀志》有“东君”，日神也。

（8）《河伯》——河水神。见《山海经》《抱朴子》《博物志》。

（9）《山鬼》——王逸云：“《庄子》曰：山有夔。《淮南》曰：山出嘄阳。楚人所祠，岂此类乎？”

（10）《国殇》——王逸云：“谓死于国事者。”

（11）《礼魂》——一本作“祀魂”，按拟为“乱”词，每曲终均奏之。

此十一首（按《九歌》之“九”，说者谓非数字，而有“箫韶九成”之义，合奏也）之题目，凡山神、水神、天神均一一有颂词，谓之曰祭神之词则可，称之曰“自白其冤”，亦不能近似。故称之为古代楚地之民歌，可以当之无愧。故由此亦可知道《九歌》为《楚辞》中最早的一篇。

《汉书·艺文志》仅称屈原赋二十五篇，今本《楚辞》为刘向所编，后附入其《九叹》一篇，王逸作章句，又加入其《九思》一篇，均是附骥之意。《隋志》集部特立《楚辞》一名。其实自贾谊以下均是仿作，不得列入此书。《史记》称“屈原既死之后，楚有宋玉、唐勒、景差之徒者，皆好词而以赋见称。然皆祖屈原之从容词令”，则宋玉等三人，去屈原未远，又为楚人，当能的知楚声之调，如果凡以仿拟之作，均可入《楚辞》，则唐代柳韩亦有此等作品，犹《诗经》以后，仿四言之作甚多，均不得入于《诗经》一样。而《楚辞》一体，当以屈原为大家，宋玉等不过附庸而已。故《楚辞》之时代自《九歌》至《招魂》(《招魂》一说宋玉作)，其间时间很短，到了汉代，便变成为赋与乐府了。所以称《楚辞》者或举《骚》为名，即是这个原因。晁补之与朱熹均有《续楚辞》，取后来仿作之文，依《楚辞》分别辑集。现今晁氏之书已亡，朱氏之书附刻于集注之后，但这些均是后来的余波，既不知何为楚音，但据调学步，如清人之填词，实则并无保存之价值的。

第二节　《楚辞》的内容

《楚辞》，书名，刘向辑。为近代尚存研究楚人之辞的唯一要籍。编制之体例本不甚当，但屈原、宋玉之赋赖以保存。故研究楚人之辞，必以此为圭臬。《四库全书总目·楚辞类·楚辞章句》下云：

> 初，刘向裒集屈原《离骚》《九歌》《天问》《九章》《远

> 游》《卜居》《渔父》，宋玉《九辩》《招魂》，景差《大招》，而以贾谊《惜誓》，淮南小山《招隐士》，东方朔《七谏》，严忌《哀时命》，王褒《九怀》及向所作《九叹》，共为《楚辞》十六篇，是为总集之祖。逸又益以己作《九思》与班固二叙，为十七卷，而各为之注。其《九思》之注，洪兴祖疑为其子延寿所为。然《汉书·地理志》《艺文志》，即有自注，事在逸前，谢灵运作《山居赋》，亦自注之，安知非用逸例耶？

《楚辞》一书编辑之始末，于此可见。其内容也约略可以知道，但是对于每篇的作者，均是聚讼纷纭的，今将研究《楚辞》各家之见解大略说明于后：

（甲）王逸《楚辞章句》——以《离骚》《九歌》《天问》《九章》《远游》《卜居》《渔父》为屈原所作;《九辩》《招魂》为宋玉作;《大招》，宋玉或景差作;《惜誓》，贾谊作;《招隐士》，淮南小山作;《七谏》，东方朔作;《哀时命》，严忌作;《九怀》，王褒作;《九叹》，刘向作;《九思》，王逸作。其中《离骚》为屈原作,《史记》已言之。《九歌》为屈原改作;《九章》中《怀沙》之作,《史记》亦言明为屈原所作;《九辩》《招魂》，为宋玉之作；以及以下之作者，均可无问题。惟后人因《汉志》有屈原赋二十五篇之说，遂各人硬凑二十五篇之数以为屈原的作品。以下但举编书者所决定为屈原所作之篇名：

（乙）朱熹《楚辞集注》——以《离骚》《九歌》《天问》《九章》《卜居》《渔父》为屈氏之作。

（丙）姚宽《西溪丛语》——以《离骚》《九歌》《天问》《远游》《卜居》《渔父》《大招》《惜誓》《九章》为屈氏之作。（《九歌》中除《国殇》《礼魂[①]》）

（丁）王夫之《楚辞通释》——以《离骚》《九歌》《天问》《远游》《招魂》《卜居》《渔父》为屈氏之作。

（戊）林云铭《楚辞灯》——以《离骚》《九歌》《天问》《远游》《招魂》《卜居》《渔父》《九章》《大招》为屈氏之作。

（己）蒋骥《山带阁楚辞注》——以《离骚》《九歌》《天问》《远游》《卜居》《渔父》《大招》《招魂》《九章》为屈氏之作品。

足见诸说之纷歧了。其中《卜居》《渔父》两篇，有许多人疑为伪托，文字和另外的几篇不同，这是第一点可疑的地方。又如《卜居》的开端说：

> 屈原既放，三年不得复见，竭知尽忠而蔽鄣于谗，心烦虑乱，不知所从。

① 魂　底本作“颂”，据《西溪丛语》（P.30）改。

《渔父》一篇开首说：

> 屈原既放，游于江潭，行吟泽畔，颜色憔悴，形容枯槁。

都是别人的口气，这是第二点可疑的地方。同时,《招魂》普通均以为是宋玉的作品，而近人也有人说乃屈原所作。所以除《九歌》《离骚》《九辩》以外，除贾谊以下的作品外，作者均尚成疑问。

现存《楚辞》一书，内容有许多零乱错杂之处。其中最值得研究而负盛名的，是屈原的《离骚》与宋玉的《九辩》两篇，但屈与宋之文，作风又各不同。清戴震《屈原赋注·自序》中说得好：

> 汉初传其书，不名《楚辞》，故志列之赋首，又称其作赋以风，有恻隐古诗之义。至如宋玉以下，则不免为辞人之赋，非诗人之赋矣。

《楚辞》的区域，较《诗经》为狭，故声调上全是地方的土音，而时代较《诗》为短，所以作品不多。然而它的源流却变成汉代之赋与乐府。《汉书·艺文志·诗赋略》分赋为四类："陆贾赋""杂赋""屈原赋""荀卿赋"。前两者均为汉人的作品。荀况本是赵人，因为在楚做兰陵令，受了楚声的影响而变成一种咏物之赋。足见汉赋是由《楚辞》的刺激而成的。又，项羽垓下之围，作歌“力拔山兮气盖世，时不利兮骓不逝，骓不逝兮可奈何，虞兮虞兮奈若何？”是即楚声之遗。汉高祖得胜回邸而作《大风歌》：“大风起兮云飞扬，威加海内兮归故乡，安得猛士兮守四方！”（均见《史记》）也是楚声。而后来高祖之《大风歌》定为汉代第一首乐府，可见《楚辞》与乐府也是不无关系的。

《楚辞》因方言的关系，阅读较难。注释之书，以东汉王逸的《楚辞章句》为最早，宋洪兴祖有《楚辞补注》，此两种最为通行。其后朱熹有《楚辞集注》《楚辞辩证后语》，清蒋骥有《山带阁楚辞注》《楚辞余论》，朱骏声亦有《离骚补注》，均可以参考。近人论《楚辞》之书甚多，也不必一一举例了。

第三节 《楚辞》的文章

《楚辞》之中均是楚声，上文已说明白了。而所举之例，中多“兮”字，以作助词。但是总观全书，表示楚音者不全是兮音，如贾谊《吊屈原赋》中用“谇”字,《离骚》句首用“羌”字,《招魂》句末用“些”字,《九章》中有“少歌”,《远游》中有“重”字,《九章·抽思》中又有“倡”字……均是《楚辞》中常用的字面。同时《楚辞》篇末，如《离骚》及《招魂》均有“乱”。《论语》云:“《关雎》之乱，洋洋乎盈耳哉。”朱子在《离骚注》中解释“乱”的意义道：

> 凡作乐章既成，撮其大要以为“乱”。

则是一种和声，而内容却是复述全文大意的。不过《楚辞》之中的《卜居》《渔父》全似散文，不用“兮”字（故启后人之疑）。更奇怪的，是《天问》一篇全文酷似四言诗，试举一节作例：

> 遂古之初，谁传道之，上下未形，何由考之，冥昭瞢暗，谁能极之；冯翼惟像，何以识之？明明暗暗，惟时何为？阴阳三合，何本何化？圜则九重，孰营度之？惟兹何功，孰初作之？斡维焉系，天极焉加？八柱何当，东南何亏？九天之际，安放安属，隅隈多有，谁知其数？

有人说它是受了《诗经》的影响而如此的，究竟是否如此，不得而知了。然而《楚辞》的形式大略均有些相同之处，而此篇何以特出，实是一个疑问。

《楚辞》中最负盛名的作品，是屈原的《离骚》。这名字的解释，王逸以为“离，别也。骚，愁也……言已放逐离别，中心愁思。”《史记》的解释：“离骚者，犹离忧也。”家大人以为“离骚”即今语之“牢骚”。（见正中版《先秦文学选·离骚注》）按《文选旁证》引王应麟云:“《国语·楚语》:‘伍举曰:德义不行,则近者骚离而远者拒违。’伍举所言‘骚离’,屈平所谓‘离骚’,皆楚言也。”屈原以对国之忠诚,而受人谗谤,坐视楚日衰微,所以愤而作此。其中情绪紧张而热烈,想像也非常周密,颇有超人间的意识。全文甚长,不能具录,现但引它的“乱曰”一节示例:

> 已矣哉,国无人兮,莫我知兮,又何怀乎故都?既莫足与为美政兮,吾将从彭咸之所居!

史迁对于《离骚》,非常赞扬,他在《史记·屈贾列传》中说道:

> 《国风》好色而不淫,《小雅》怨诽而不乱,若《离骚》者,可谓兼之矣……其文约,其辞微,其志洁,其行廉,其称文小而其指极大,举类[①]迩而见义远。其志洁,故其称物芳;其行廉,故死而不容自疏,濯淖污泥之中,蝉蜕于浊秽以浮游尘埃之外,不获世之滋垢,皭然泥而不滓者也。推此志也,虽与日月争光可也。

其实,《离骚》之伟大,在乎想像与暗喻两种修辞的方法。前者全

① 类 底本作“例”,据《史记》(P.2482)改。

凭作者之假想，而作玄妙之观想，如：

> 跪敷衽以陈辞兮，耿吾既得此中正。驰玉虬以乘鹥兮，溘埃风余上征。朝发轫于苍梧兮，夕余至乎县圃。欲少留此灵琐兮，日忽忽其将暮。吾令羲和弭节兮，望崦嵫而勿迫。路曼曼其修远兮，吾将上下而求索。饮余马于咸池兮，总余辔乎扶桑。折若木以拂日兮，聊逍遥以相羊。前望舒使先驱兮，后飞廉使奔属。鸾皇为余先戒兮，雷师告余以未具。吾令凤鸟飞腾兮，继之以日夜。飘风屯其相离兮，帅云霓而来御。纷总总其离合兮，斑陆离其上下。吾令帝阍开关兮，倚阊阖而望予。时暧暧其将罢兮，结幽兰而延伫。世溷浊而不分兮，好蔽美而嫉妒。

他的想像力，简直超出乎一般人以上。同时这里面又很多以香草美人来暗喻君王的。如：

> 余既滋兰之九畹兮，又树蕙之百亩。畦留夷与揭车兮，杂杜衡与芳芷。冀枝叶之峻茂兮，愿竢时乎吾将刈。虽萎绝其何伤兮，哀众芳之芜秽。

开后世诗中象征的一派。它的影响于后代是很大的。所以沈约

《宋书·谢灵运传论》中说："自汉至魏四百余年，辞人才子，各相慕习；原其飙流所自，莫不同祖《风》《骚》。"班固《离骚序》也说："其文宏博丽雅，为辞赋宗，后世莫不斟酌其英华，则象其从容。"今录《文心雕龙》及俞樾评点《楚辞》引称《楚辞》文字之优点诸说，以作参考：

观其骨鲠所树，肌肤所附，虽取镕"经"意，亦自铸伟辞。故《骚经》《九章》，朗丽以哀志；《九歌》《九辩》，倚靡以伤情，《远游》《天问》，瑰[①]诡而惠巧；《招魂》《招隐》，耀艳而深华。《卜居》标放言之致，《渔父》记独往之才。故能气往轹古，辞来切今，惊采绝艳难与并能矣。自《九怀》以下遽蹑其迹，而屈宋逸步，莫之能追。故其叙情态，则郁伊而易感；述离居，则怆怏而难怀；论山水，则循声而得貌；言节候，则披文而得奇……其衣被词人，非一代也。——(《文心雕龙》)。

观其悲壮处，似高渐离击筑，荆卿和歌于市，相乐也，已而相泣，旁若无人。凄惋处似穷旅相思，当西风夜雨之际，哀蛩叫湿，残烛照愁。出奇处，似入山径无人，但闻猿啼蛇啸，木魅山鬼，习人语来向人拜。绝逸处，似美人走马，玉

① 瑰　底本作"瓌"，据《增订文心雕龙校注》(P.51)改。

> 鞭珠勒，披锦绣，佩琳琅，对春风唱一曲《杨白华》。仙韵处，似王子晋骑白鹤驻缑山最高峰，吹玉笙作凤鸣，挥手谢时人，人皆可望不可到。——（俞樾说）。

刘勰又云："不有屈原，岂见《离骚》！惊才风逸，壮志烟高。山川无极，情理实劳。金相玉式，艳溢锱毫。"可谓尽推崇之能事了。《诗经》与《楚辞》实为中国诗歌文学上两部巨著，我们当先发掘这两大宝藏！

第三章 ○

乐府系统

“乐府”两字，顾名思义，当然与音乐有关。上文说过，汉代始有乐府，首为楚歌，故其源与《楚辞》不无关系。乐府之始，当在汉代。其实即《诗经》之遗。故《文心雕龙》中说：

> 乐府者，声依永，律和声也。钧天九奏，既其上帝；葛天八阕，爰乃皇时；自《咸》《英》以降，亦无得而论矣。至于涂山歌于“候人”，始为南音；有娀谣乎《飞燕》，始为北声；夏甲叹于东阳，东音以发；殷整思于西河，西音以兴。音声推移，亦不一概矣。匹夫庶妇，讴吟土风，诗官采言，乐盲被律。志感丝篁，气变金石。是以师旷觇风于盛衰，季札鉴微于兴废，精之至也。夫乐本心术，故响浃肌髓，先王慎焉，务塞淫滥。敷训胄子，必歌九絃，故能情感七始，化动八风。

他一方面说乐府起源之久远，另一方面解释音乐与文辞之关系。汉代乐府之成立，一方面实受政治势力之影响，所以后来一变为庙堂文学，而民间之歌谣仍在渐渐扩大，至六朝而民间乐府乃大盛于当时。至唐代乐府失乐，白居易、元稹乃创制“新乐府”，实则乐府失乐，其命运已告结束，以后虽然仍有人在仿作，可是已成为没有灵魂的东西了。同时，我们也可以知道，大凡一种合乐的诗歌，初起一定于民间，盛行以后，即逃不了其没落的命运。

乐府诗较以前的诗歌文学进步了许多，它不但可歌而且尚可兼舞。同时在文字方面也有更多的进步，乐曲也渐渐分化起来。

第一节　乐府之起源及其概况

乐府之起源，由于汉高祖的《大风歌》。《史记·汉高祖本纪》:

十二年十月，高祖已击布军会甀……高祖还归，过沛，留，置酒沛宫，悉召故人父老子弟纵酒，发沛中儿，得百二十人，教之歌，酒酣，高祖击筑，自为歌诗曰:“大风起兮云飞扬，威加海内兮归故乡，安得猛士兮守四方。”令儿皆和习之，高祖乃起舞，慷慨伤怀，泣数行下[①]……高祖所教

① 慷慨伤怀，泣数行下　底本脱“伤怀”及“数行”，据《史记》(P.389)补。

歌儿百二十人，皆令为吹乐，后有缺，辄补之。

这是乐府最初的形态。而“乐府”一名之成立，却在汉武帝时。《汉书·礼乐志》中说：“（武帝）乃立乐府，采诗夜诵，有赵、代、秦、楚之讴，以李延年为协律都尉，多举司马相如等造为诗赋，略论律吕[①]以合八音之调，作十九章之歌。”郭茂倩《乐府诗集》中也说：“孝惠时，夏侯宽为乐令，始以名官，至武帝乃立乐府。”此为“乐府”一名成立之始，实则高祖时已有《房中乐》，而《大风歌》又名《三侯》之章，不过到孝惠才努力于音乐的配合，而武帝时才仿周太师采诗的遗风，而成立“乐府”之名。故《文心雕龙·乐府》篇中说：

自雅声浸微，溺音腾沸，秦燔《乐经》，汉初绍复，制氏纪其铿锵，叔孙定其容与。于是《武德》兴乎高祖，《四时》广于孝文，虽摹《韶》《夏》，而颇袭秦旧，中和之响，阒其不还[②]。暨武帝崇礼，始立乐府，总赵、代之音，撮齐、楚之气，延年以曼[③]声协律，朱[④]、马以骚体制歌……至宣帝雅颂，诗效《鹿鸣》，迩及元、成稍广淫乐。

① 吕　底本作“召”，据《汉书·礼乐志》（P.1045）改。
② 阒其不还　底本作“阒其不远”，据《增订文心雕龙校注》（P.82）改。
③ 曼　底本作“受”，据《增订文心雕龙校注》（P.83）改。
④ 朱　底本作“宋”，据《增订文心雕龙校注》（P.83）改。

已将乐府进步的情形，约略说过了。虽则这并不是自然的现象，可是这诗歌文学的一大主流却因此而勃兴起来了。它与古诗正似并肩的姊妹，但它却得到音乐的合作，而古诗只是一种诗歌文学的残骸而已。

乐府诗之存于今日的，当以宋郭茂倩《乐府诗集》搜集为最广。其中共分十二类：

（一）郊庙歌辞（二）燕射歌辞（三）鼓吹曲辞（四）横吹曲辞（五）相和歌辞（六）清商曲辞（七）舞曲歌辞（八）琴曲歌辞（九）杂曲歌辞（十）近代曲辞（十一）杂歌谣辞（十二）新乐府辞

但郭氏在自己的序中声明“杂歌谣辞”与“新乐府辞”均是徒歌，并不入乐。“近代曲”与“杂曲”同，系后人的仿作。近代曲中有许多全是绝句，不过沿用乐府的题目罢了。

在余下的八类之中，“鼓吹曲”与“横吹曲”是受胡乐的刺激而形成的。“郊庙歌”“燕射歌”“舞曲”是庙堂之乐，而“相和歌”“清商曲”“杂曲”则系民间之歌。由此可见乐府的起来与胡乐不无关系，与民间歌谣，更不无关系了。此八类中，有的古辞已失，有的古辞是否最古之辞，尚不可知。其中大抵可以分作四种：1. 乐府本曲（古辞）。2. 依乐府曲调作诗。3. 拟乐府诗。4. 自制新曲。今依郭氏所录所论，以此合乐之八项，分别述之：

（甲）郊庙歌辞　此系祀明堂社稷之歌，纯是帝王所用，汉初只有《昭容乐》《礼容乐》《宗庙乐》及《房中乐》四种。《汉书·礼乐志》："高祖时，叔孙通因秦人制《宗庙乐》……高帝六年，又作《昭容乐》。《昭容乐》者，犹古之《昭夏》也，主出《武德舞》。《礼容乐》者，主出《文始五行舞》。"但此三种之歌均已亡佚。又同书记载武帝时郊庙歌有十九章：

> 《郊祀歌》十九章：《练时日》一，《帝临》二，《青阳》三，《朱明》四，《西颢[①]》五，《玄冥》六，《惟[②]泰元》七，《天地》八，《日出入[③]》九，《天马》十，《天门》十一，《景星》十二，《齐房》十三，《后皇》十四，《华烨烨》十五，《五神》十六，《朝陇首》十七，《象载瑜》十八，《赤蛟[④]》十九。

以后每朝均有增减，名目也有变更，但均是歌功颂德的作品，所可注意的地方，便是汉歌有几首颇似楚调，举《天门》一首为例：

---

① 颢　底本作"韵"，据《汉书·礼乐志》（P.1056）改。
② 惟　底本作"推"，据《汉书·礼乐志》（P.1057）改。
③ 日出入　底本作"日出"，据《汉书·礼乐志》（P.1059）改。
④ 入　底本脱，据《汉书·礼乐志》（P.1059）改。

饰玉梢以舞歌兮，体招摇若永望；星留俞兮塞陨光，照紫幄兮珠熉黄，幡比翅兮回集，贰双飞兮常羊，月穆穆以金波兮，日华耀以宣明；驾清风兮轧忽，激长至兮重觞。神裴回若流放兮，殣冀亲以肆章。

（乙）燕射歌辞　燕，同宴。古射礼之一。孙诒让《周礼正义》以为乃王与诸侯因燕而射，若与群臣饮酒而射也。郭茂倩分燕射歌为三种：1.燕飨[①]乐、2.大射乐、3.食举乐。三者古辞均已亡佚，所存只是两晋南北朝的作品。

（丙）舞曲歌辞《乐府诗集》分雅舞与杂舞两种，古辞亦大多亡佚了。

（丁）鼓吹曲辞《乐府诗集》："横吹曲其始谓之鼓吹，马上吹之，盖军中之乐也。北狄诸国皆马上作乐，故自汉以来，北狄乐总归鼓吹署。其后分为二部，有箫茄者为鼓吹，用之朝会道路，亦以给赐……有鼓角者为横吹，用之军中，马上所奏者是也。"又称鼓吹之乐，汉代有列于殿庭者，如黄门鼓吹，享宴时用之；有列于卤簿之间者，如黄门前后部鼓吹，大驾出巡时用之；有赐给功臣者，如班超拜长史，假鼓吹麾幢；其余军中马上道路所奏，通谓之鼓吹。魏晋之世，鼓吹甚轻，牙门督将五校均用之；宋齐

---

①　飨　底本作"餮"，据《乐府诗集》（P.181）改。

以后，则甚重矣。近代男女嫁娶，也常用所谓“吹鼓手”，也许即是鼓吹曲之遗。崔豹《古今注》：

> 汉乐府有黄门鼓吹，天子所以宴群臣也。短箫饶歌，鼓吹之一章……然则黄门鼓吹、短箫饶歌与横吹曲乐通名鼓吹，但所用异耳。

据此，则饶歌即是鼓吹曲。郭茂倩也说：“汉有朱鹭[①]等二十二曲，（今存十八曲）列于鼓吹，谓之饶歌。”鼓吹曲中以饶歌为最有名。蔡邕《礼乐志》解释道：“汉乐四品，其四曰短箫饶歌，军乐也。”但今存《战城南》乃非战之作，而《有所思》却是失恋的悲欢，也许并非最古之曲了。其文辞则较其他有显著的进步，如《有所思》：

> 有所思，乃在大海南。何用问遗君，双珠玳瑁簪，用玉绍缭之。闻君有他心，拉杂摧烧之。摧烧之，当风扬其灰。从今以后，勿复相思，相思与君绝，鸡鸣狗吠，兄嫂当知之。妃呼狶！秋风肃肃晨风飔，东方须臾高知之。

① 鹭　底本作“鹫”，据《乐府诗集》（P.224）改。

（戊）横吹曲辞　《晋书·乐志》：“横吹有鼓角，有胡角”，可见也是从外国输入的。汉有李延年因胡乐而制的二十八解，据《晋书》云，也完全失传了。《通考·乐志》：“大横吹，小横吹，并以竹为之，笛之类也。”《乐府诗集》：

横吹曲，其始亦谓之鼓吹，马上奏之，盖军中乐也。北狄诸国，皆马上作乐，故自汉已来，北狄乐总归鼓吹署，其后分为二部；有箫茄者为鼓吹，用之朝会道路，亦以给赐；有鼓角者，为横吹，用之军中。汉张骞入西域，传其法于西京，唯得《摩诃兜勒》一曲，李延年因胡曲更造新声二十八解，乘舆[①]以为武乐。魏晋以来，二十八解，不复具存。隋以后，姑以横吹用之卤簿，与鼓吹列为㭎[②]鼓饶歌，大横吹，小横吹，四部统谓之鼓吹。

又《乐府解题》：

汉横吹曲二十八解，李延年造，魏晋已来唯传《黄鹄》《陇头》《出关》《入关》《出塞》《入塞》《折杨柳》《黄覃子》《赤之扬》《望行人》十曲。后又有《关山月》《洛阳道》《长

① 舆　底本作“兴”，据《乐府诗集》（P.309）改。
② 㭎　底本作“掆”，据《乐府诗集》（P.310）改。

安道》《梅花落》《紫骝马》《骢马》《雨雪》《刘生》八曲，合十八曲。

可是现存的十八曲，是否古辞，现已不可考了。

（己）相和歌辞 《宋书·乐志》:“丝竹更相和，执节者歌。”《古今乐录》:“凡相和其乐器有笙，笛，节鼓，琴，瑟，琵琶等七种。”相和歌有汉旧曲十七曲（见《宋书·乐志》)，吟叹曲及四弦曲（见《通典》）和六引（见《乐府诗集》)。《古今乐录》称吟叹曲中有《大雅吟》《王明君》《楚妃歌》《王子乔》《小雅吟》《蜀琴吟》《楚王吟》《东武吟》八曲。今尚存者只有《王子乔》一曲。四弦、六引均亡。现汉曲相和歌之存于今日可以确定是古辞者，只有《薤露》《蒿里》《平陵东》三曲。举《薤露》《蒿里》两首:

薤上露，何易晞，露晞明朝更复落，人死一去何时归。

蒿里谁家地？聚敛魂魄无贤愚！鬼伯一何相催促，人命不得少踟蹰。

《古今注》:“《薤露》《蒿里》，并丧歌也，本出田横门人。横自杀，门人伤之，而作悲歌，言人命奄忽，如薤上之露易晞灭也，亦谓人死归于蒿里。至汉武帝时，李延年分为二曲，使挽柩者歌之。”但，刘孝标引《风俗通》以为汉末亦用之于宾昏嘉会之时，那么也并非一定是丧歌了。

（庚）清商曲辞　清商曲，旧与相和曲混合。《宋书·乐志》：“相和，汉旧曲也，丝竹更相和，执节者歌……世谓之清商三调。”《唐书·乐志》所说亦同。清商以夹钟为宫，夹钟高于太簇半首，本名清商，故有此名。《乐府诗集》：

清商乐一曰清乐，清乐者九代之遗声，其始即相和三调是也。并汉魏已来旧曲，其辞皆古调，乃魏三祖所作，自晋朝播迁，其音分散，后魏孝文讨淮汉，宣武定寿春，收其声伎，得江左所传中原旧曲，及江南吴歌荆楚西声，总谓之清商乐。

清商曲，《乐府诗集》又分为吴声歌，神弦歌，西曲歌，江南弄，上云乐等。此中抒情之作品，很是深刻，如《饮马长城窟行》，或有人题为蔡邕作者。

青青河畔草，绵绵思远道。远道不可思，夙昔梦见之，梦见在我旁，忽觉在他乡。他乡如异县，展转不可见。枯桑知天风，海水知天寒，入门各自媚，谁肯相为言？客从远方来，遗我双鲤鱼，呼儿烹鲤鱼，中有尺素书；长跪读素书，书中意何如？上言加餐食，下言长相忆。

此外尚有《艳歌行》《孤儿行》等均是很好的作品，当然，民间文艺一定较庙堂文学为真挚而活泼。

（辛）杂曲歌辞 《乐府诗集》中所收之汉代杂曲，共有十五篇，大约郭氏以为此类歌曲，在前几类中，无类可归，故另别一目。其中《驱车上东门行》《伤歌行》《枯鱼过河泣》等，似是乐府，而《冉冉孤生竹》一首,《文心雕龙·明诗》篇中称:“古诗佳丽，或称枚叔，其《孤竹》一首，则傅毅之词。”那么这首应是古诗一流了。其中文辞，也多有可观者，如《悲歌行》:

悲歌可以当泣，远望可以当归，思念故乡，郁郁累累。欲归家无人，欲渡河无船，心思不能言，肠中车轮转。

第二节 六朝乐府之鸟瞰

乐府到了六朝，民间的歌辞，已开出了灿烂的花朵。因为乐府起于汉代，至魏而拟作日多，武帝的《短歌行》，文帝的《燕歌行》，和曹植的《箜篌引》，都是以古题目来作新词的。这时候，乐府已失去本有的音乐性，而成为文人之词。所以晋代陆机有十七曲乐府，均全是拟作。大概这时候，因为古诗盛行，乐府诗也受了它的影响而古诗化了。如《燕歌行》:

秋风萧瑟天气凉，草木摇落露为霜，群燕辞归雁南翔，念君客游思断肠！慊慊思归恋故乡，何为淹留寄他方？贱妾茕茕守空房，忧来思君不敢忘，不觉泪下沾衣裳，援琴鸣弦发清商。短歌微吟不能长，明月皎皎照我床，星汉西流夜未央，牵牛织女遥相望，尔独何故限河梁？

这时候，庙堂的乐府，可以说是没落了，与古诗同一命运了。但是民间之乐府却趁机勃兴起来，所以我们研究乐府，得侧重于六朝民歌一方面。

六朝的乐府亦见于郭茂倩的《乐府诗集》中。清商曲中大抵是此时的佳作。鼓吹曲所余，也是此时北方的民歌，今依《乐府诗集》所分，别为“清商”“鼓吹”两大类。而“清商”之中，又别为吴声歌、神弦歌、西曲歌、雅歌四类。

（甲）鼓吹曲——六朝北方之民歌——差不多全以战争为题材。即有写恋爱的地方也是爽直之趣多于缠绵悱恻的，如《企喻歌》：

男儿可怜虫，出门怀死忧，尸丧狭谷中，白骨无人收！

又如写恋爱之《折杨柳歌辞》：

腹中愁不乐，愿作郎马鞭，出入擐郎臂，蹀座郎膝边。

均是别有风趣，其想像与感情之深刻又较汉代乐府过之。但此时之鼓吹曲，已失却鼓吹之本意，如后世之词调的内容一样，已变成两种漠不相关的东西了。

（乙）清商曲辞——南方民族的文学——分四种来说：

（1）吴声歌——顾名思义，我们知道这是南方的民歌。《乐府诗集》之中，吴声歌共四十四种，其中十三种为隋代之作。《桃叶[①]歌》《团扇歌》《碧玉歌》《欢问歌》《子夜歌》《懊侬[②]歌》等二十二种为晋代之歌，《华山畿》《读曲歌》等为宋辞，《春江花月夜》《玉树后庭花》等为陈代之词，均是以女子为描写的对象，在乐府中大放异彩。如《碧玉歌》，《乐府诗集》引《乐苑》曰："《碧玉歌》者，宋汝南王所作也。碧玉，汝南王妾名，以宠爱之甚，所以歌之。"

碧玉破瓜时，郎为情颠倒，感郎不羞郎，回身就郎抱。

《子夜歌》有《子夜四时歌》《大子夜歌》《子夜警歌》与《子夜变歌》五种，共一百二十四曲，为吴声歌中杰出的作品，写男

① 桃叶 底本作"挑华"，据《乐府诗集》（P.640）改。
② 侬 底本作"僧"，据《乐府诗集》（P.667）改。

女爱恋之情，活跃于纸上。《唐书·乐志》：“晋有女子名子夜，造此声。”《乐府解题》中说：“后人乃更为四时行乐之词，谓之《子夜四时歌》。又有《大子夜歌》《子夜警歌》《子夜变歌》皆曲之变也。”录《子夜歌》三首：

宿昔不梳头，丝发披两肩。腕伸郎膝上，何处不可怜？

揽枕北窗卧，郎来就侬嬉，小喜多唐突，相怜能几时？

夜长不能眠，转侧听更鼓，无故欢相逢，使侬肝肠苦！

此外，尚有《读曲歌》，多是五言的四句，但也有三句组成的，或有脱乱亦未可知。《宋书·乐志》曰：“《读曲歌》者，民间为彭城王义康所作也。其歌云：‘死罪刘领军，误杀刘第四’是也。”《古今乐录》：“《读曲歌》者，元嘉十七年袁后崩，百官不敢作声歌。或因酒宴，只窃声读曲细吟而已。”按之诗意，全是恋歌，此两说均有可疑之处：

花钗芙蓉髻，双鬓如浮云。春风不知著，好来动罗裙。念子情难有，已恶动罗裙，听侬入怀不？

打坏木栖床，谁能坐相思，三更书石阙，忆子夜题碑。

慊苦忆侬欢，书作后非是。五果林中度，见花多忆子。

尚有《华山畿》二十五首，第一首是：

华山畿，君既为侬死，独活为谁施？欢若见怜时，棺木为侬开。

据《古今乐录》说，这里面有一个动人的故事："《华山畿》者，宋少帝时懊恼一曲，亦变曲也。少帝时，南徐一士子从华山畿往云阳。见客舍有女子年十八九，悦之，无因，遂感心疾。母问其故，具以启母。母为至华山寻访，见女具说。女闻，感之。因脱蔽膝令母密置其席下，卧之当已。少时，果差。忽举席，见蔽膝而抱持，遂吞食而死。气欲绝，谓母曰：'葬时，车载从华山度。'母从其意。比至女门，牛不肯前，打拍不动。女曰：'且待须臾。'妆点沐浴，既出而歌曰……棺应声开，女遂入棺。家人叩打，无如之何。乃合葬，呼曰神女冢。"

（2）西曲歌——《乐府诗集》："《古今乐录》曰：西曲歌有《石城乐》《乌夜啼》《莫愁乐》等三十四曲。按西曲歌出于荆、郢、樊、邓之间，而其声节送和与吴歌亦异，故因其方俗而谓之西曲云。"其写情也是非常缠绵，而写景之美，又为吴声曲所不及。如《三洲歌》：

送欢板桥湾，相待三山头。遥见千幅帆，知是逐风流。

风流不暂停，三山隐行舟。愿作比目鱼，随欢千里游。

湘东醽醁酒，广州龙头铛。玉樽金镂椀，与郎双杯行。

又如《莫愁乐》，亦有即景生情之妙。《乐府古题要解》："《莫愁乐》出于《石城乐》。石城有女子名莫愁，善歌谣，故石城乐和中复有莫愁声"：

莫愁在何处？莫愁石城西。艇子打两浆，催送莫愁来。

闻欢下扬州，相送楚山头。探手抱腰看，江水断不流。

（3）神弦歌——民间祭曲也。其中以《清溪小姑曲》为最著名。

开门白水，侧近桥梁。小姑所居，独处无郎。

（4）雅歌——《古今乐录》："梁有雅歌五曲。"这是庙堂及说理之歌。如《应王受图曲》一首中的"应王受图，荷天革命，乐曰[①]成功，礼云治定"和《臣道曲》一首中的"孝义相化，礼让为风，当官无媚，嗣民必公"等话。

---

① 曰　底本作"口"，据《乐府诗集》（P.749）改。

乐府以上的分类，大抵就音乐之用途言之。而题目方面也有“歌”“行”“歌行”“引”“曲”“吟”“辞”“篇”“唱”“调”“怨”“叹”等分别，这也可以作一参考。这一类乐府，后来流变为唐人可唱之绝句，再变为词曲。故胡应麟《诗薮》中说：“乐府之体，古今凡三变。汉魏古词，一变也；唐人绝句，二变也；宋元词曲，三变也。”我们由此可以知道它影响于后来之大了。

第三节 乐府之没落与唐代的新乐府

六朝乐府，既盛行于民间，但在当时也只不过是一个文学的暗流。而士大夫阶级的作品，却自创短歌，同时采撷诗中文雅典丽的句子字面，来制成乐府。如萧子范作《罗敷行》，萧纲作《鸡鸣高树巅[①]》等，几乎是非常盛行的风气。因此，乐府与音乐已失却联系，而成为死的文学了。《唐书·艺文志》：“隋室以来，日益沦缺。武太后之时，犹有六十三曲，今其辞存者……唯四十四曲焉。”王灼也云：“唐中叶虽有古乐府，而播在声调则鲜矣。”唐代初年，还有这不合乐的乐府，李白便是擅长这种乐府的一个。王世贞《艺苑卮言》中说：“太白以气为主，以自然为宗，以俊逸高畅为贵……五七言绝，太白神矣，七言歌行圣矣！”但是他的乐

① 树巅 底本作“时岭”，据《乐府诗集》（P.407）改。

府，仍承六代的遗风，只是借旧题以言志咏物，与音乐仍无关系。不过作风豪爽罢了。

杜甫身经天宝之乱，受尽了流离的苦恼，对于社会生活有了真正的认识，记述丧乱，讥刺时政，均有独到之处。所以胡应麟《诗薮》中批评："少陵不效四言，不仿《离骚》，不用乐府旧题，是此老胸中壁立处……（太白）乐府奇伟，高出六朝，古质不如两汉，较输杜一筹。"然而杜诗比李诗可贵的地方，前者是现实的，人间的，后者是理想的，超人间的。并不是"古质"与"奇伟"的问题。杨伦《杜诗镜铨》中说得好：

> 自六朝以来，乐府率多摹拟剽窃，陈陈相因，最为可厌。子美出而独就当时所感触，上悯国难，下痛民穷，随意立题，脱去人间窠臼，《苕华》《黄草》之哀，不过是也。乐天《新乐府》《秦中吟》等篇，亦自此出，而语稍平易，不及杜之沉警独绝矣。

杜诗之长在写民间疾苦，活跃纸上，如"八月秋高风怒号，卷我屋上三重茅，茅飞渡江满江郊，高者挂罥长林梢，下者飘转沉塘坳，南村群童欺我老无力，忍能对面为盗贼，公然抱茅入竹去，唇焦口燥呼不得，归来倚杖[1]自叹息！"其他如"三吏""三

① 杖　底本作"松"，据《杜诗详注》（P.832）改。

别”、《丽人行》等均系同样的作品，他的刻画感情，确有过人之处。限于篇幅，不暇一一举录。

中唐诗人白居易始立新乐府之名。他与友人元稹讨论乐府诗应走的路径。他崇拜杜诗的能够表现现实，同时又更进一步将杜甫哀吟的消极的作风，一变为积极的，愤怒的指摘。我们知道白氏有“老妪都解”的故事，宋代欧阳修又因而讥为“白俗”，当然，在这时“平易”的诗是不受那批“典雅诗人”的青眼的。然而白氏的论点，归纳起来，用现代的眼光去看，确是一种很准确的论断。它替乐府下了一个定义，揭橥出“为社会而艺术”的宗旨。他写给元稹的信中说：

> 常痛诗道崩坏，忽忽愤发，或食辍哺，夜辍寝，不量才力，欲扶起之……自登朝以来，年齿渐长，阅事渐多，每与人言，多询时务，每读书史，多求理道，始知文章合为时而著，诗歌合为事而作。

他在他的《新乐府序》中又说道：

> 凡九千二百五十二言，断为五十篇，篇无定句，句无定字，系于意，不系于文。首句标其目，卒章显其志，《诗》三百之义也。其辞质而经，欲见之者易喻也；其言真而切，

> 欲闻之者深诫也。其事核而实，使采之有传信也。其体顺而肆，可以播于乐章歌曲也。总而言之，为君为臣为民为物为事而作，不为文而作也。

其中提出了新乐府的五个要件：第一是质。质者，即是平易，即是大众化，使什么人见了都能知道。第二是真。真者，不求虚伪，须作者自己对于社会体验得来的实感，而不是随便呻吟的文字。第三是直。直者，不作婉曲，直述其事。第四是实。所记之事，求其有现实的条件。第五是顺。顺者即是合乐。这五点中，最重要的是三点：

（1）为社会而艺术，

（2）乐府大变化，

（3）乐府必须协律。

白氏明白了诗歌文学进化的原理，由于“民俗”与“音乐”两个条件，因此想法用这三条准则来补救。他的眼光的确是非常远大的。举新乐府《卖炭翁》一首为例：

> 卖炭翁，伐薪烧炭南山中，满面尘灰烟火色，两鬓苍苍十指黑。卖炭得钱何所营？身上衣裳口中食。可怜身上衣正单，心忧炭贱愿天寒。夜来城上一尺雪，晓驾炭车辗冰辙。牛困人饥日已高，市南门外泥中歇。翩翩两骑来是谁？黄衣

> 使者白衫儿，手把文书口称敕，回车叱牛牵向北。一车炭重千余斤，官使驱将惜不得，半匹红纱一丈绫，系向牛头充炭直。

可惜以后乐府不曾合乐，所以一直到清朝虽然还有仿作的人，但其作品与古诗只有题目上的差异，而内容没有什么分别了。所以乐府诗的命运，唐代以后，也就此没落。

第四章 ○

古诗系统

“古诗”这名词实起于唐代，与“近体”两字对称。正如唐代复古以后称散文为“古文”，而齐梁之间称骈文曰“今文”相同。汉代没有近体诗，那只称之曰五言诗、七言诗罢了。“诗”与“乐府”倒是两个对立的名词。因为当时以政治的力量，收集民间之歌而成乐府，而文人所吟咏的不合乐的诗歌还在流行，所以便别为两途了。郎廷槐《师友诗传录》中别乐府与五言诗之不同为四点:（一）乐府可歌，古诗不能歌。（二）乐府多长短句，古诗多五七言。（三）乐府纪功述事。古诗主言情。（此条系指最原始的乐府而言，实则其后乐府已流变为抒情之作了。）（四）乐府贵遒劲，古诗尚温雅。其实我们还可以补充一句，乐府原来是民间的作品，而古诗是士大夫阶层的产物。

五言与七言的起源，有许多争论，有人说起于东汉，有的说《诗经》《楚辞》已有五言七言了。但是五言七言诗之产生决不是突然的，一方面固然有《诗经》《楚辞》的影响，而其他最大之原因，恐怕是受了民歌与乐府的刺激而逐渐形成的。详细的情形下文再来讨论。

唐代复古以后，已变成近体的古诗又复活了起来，一直由宋元明清，仍是有人在仿作，一脉相传，变成诗中特立的一派，又与不入乐的乐府混合起来。所以它已自成为一个系统，不得不单提出来作为讨论的目标。

第一节 五言七言古诗的起源

先说五言古诗之起源。

关于五言起源之说，大别有三种不同的说法。（一）起于《诗经》之五言，如“谁谓雀无角？何以穿我屋！谁谓女无家，何以速我狱？”这一首的确是五言的。但是为什么《诗经》以后有这么长的一个时期没有五言诗呢？我们只能承认《诗经》中的五言，只是五言诗的一个远祖，足以证明中国民族口语的歌诀中也有五言，而不能直接以此为五言古诗之起源的。（二）起于西汉的苏武、李陵的赠答诗，比前说时间为晚。钟嵘《诗品》：“逮汉李陵，始著五言之目。”今录李陵《与苏武诗》三首：

良时不再至，离别在须臾。屏营衢路侧，执手野踟蹰。

仰视浮云驰，奄忽互相踰。风波一失所，各在天一隅。长当从此别，且复立斯须。欲因晨风发，送子以贱躯。

嘉会难再遇，三载为千秋。临河濯长缨，念子怅悠悠。远望悲风至，对酒不能酬。行人怀往路，何以慰我愁。独有盈觞酒，与子结绸缪。

携手上河梁，游子暮何之。徘徊溪路侧，悢悢不能辞。行人难久留，各言长相思。安知非日月，弦望自有时。努力崇明德，皓首以为期。

苏武也有致李陵诗，文长不录。关于这个问题，苏轼《答刘沔书》中说：“李陵苏武赠别长安，而诗有‘江汉’之语。”《文选旁证》云：“苏李二子之留匈奴，皆在天汉初年，其相别则在始元五年，是二子同居者十八九年之久矣，安得云‘三载佳会’乎。”钱大昕《十驾斋养新录》也说：“观《汉书·李陵传》，置酒起舞作歌，初非五言，则知河梁唱和，出于后人依托。”洪迈《容斋随笔》也说：“予观李诗云：‘独有盈觞酒，与子结绸缪。’‘盈’字正惠帝讳，汉法触讳者有罪，不应陵敢用之。”据上述的几说，则以此为五言最早之作品者，也是靠不住的了。（三）以为五言最早之作品是班婕妤的《怨歌行》：

新裂齐纨素，皎洁如霜雪。裁成合欢扇，团团似明月。

出入君怀袖，动摇微风发。常恐秋节至，凉飙夺炎热，弃置箧笥中，恩情中道绝。

此诗《玉台新咏》选入，而不注明作者是谁。而后人则说婕妤初为孝成所宠，其后赵氏日盛，婕妤怨久见危，求供养太后长信宫，作《纨扇诗》以自悼焉。但班固为班婕妤的侄孙，为什么《汉书·外戚传》中不提？这也是一个可疑的地方。（四）又有人以为卓文君的《白头吟》乃五言之始：

皑如山上雪，皎若云间月。闻君有两意，故来相决绝。今日斗酒会，明日沟水头。躞蹀御沟上，沟水东西流，凄凄复凄凄，嫁娶不须啼。愿得一心人，白头不相离。竹竿何袅袅，鱼尾何簁簁。男儿重意气，何用钱刀为？

此诗《乐府诗集》不题作者，《西京杂记》云：“相如将聘茂陵女为妾，文君作《白头吟》以自绝，相如乃止。”这也是靠不住的事。（五）又有一说引《楚汉春秋》所记《虞美人歌》，以为乃五言之祖：

汉兵已略地，四面楚歌声。大王意气尽，贱妾何聊生？

《汉书》有陆贾《楚汉春秋》九篇，但《史记》只录项羽《垓下歌》而不及此诗。而同时的《易水歌》《大风歌》，均是楚声，又何以只是此首为五言之诗，而大似唐人的作品呢？

那么我们只能以《古诗十九首》来论列了。《文心雕龙》上说："古诗佳丽，或称枚叔。"有了"或"字，便是不肯定的议论。但是这是汉的作品却无疑议。此十九首见于《文选》。《玉台新咏》只收七首，称是枚乘的作品。今全录于后以作参考：

行行重行行，与君生别离，相去万余里，各在天一涯。道路阻且长，会面安可期。胡马依北风，越鸟巢南枝。相去日已远，衣带日已缓。浮云蔽白日，游子不愿返。思君令人老，岁月忽已晚。弃捐勿复道，努力加餐饭。

青青河畔草，郁郁园中柳，盈盈楼上女，皎皎当窗牖，娥娥红粉妆，纤纤出素手。昔为倡家女，今为荡子妇。荡子行不归，空床难独守。

青青陵上柏，磊磊涧中石。人生天地间，忽如远行客。斗酒相娱乐，聊厚不为薄。驱车策驽马，游戏宛与洛。洛中何郁郁，冠带自相索。长衢罗夹巷，王侯多第宅，两宫遥相望，双阙百余尺，极宴娱心意，戚戚何所迫？

今日良宴会，欢乐难具陈。弹筝奋逸响，新声妙入神。令德唱高言，识曲听其真，齐心同所愿，含意俱未伸，人生寄一世，奄忽若飙尘。何不策高足，先据要路津。无为守穷贱，轗轲长苦辛。

西北有高楼，上与浮云齐，交疏结绮窗，阿阁三重阶。上有弦歌声，音响一何悲。谁能为此曲！无乃杞梁妻！清商随风发，中曲正徘徊。一弹再三叹，慷慨有余哀，不惜歌者苦，但伤知音稀。愿为双黄鹄，奋翅起高飞。

涉江采芙蓉，兰泽多芳草。采之欲遗谁？所思在远道。还顾望旧乡，长路漫浩浩，同心而离居，忧伤以终老。

明月皎夜光，促织鸣东壁，玉衡指孟冬，众星何历历。白露沾野草，时节忽复易。秋蝉鸣树间，玄鸟逝安适。昔我同门友，高举振六翮。不念携手好，弃我如遗迹。南箕北有斗，牵牛不负轭。良无磐石固，虚名复何益。

冉冉孤生竹，结根泰山阿。与君为新婚，兔丝附女萝。兔丝生有时，夫妇会有宜。千里远结婚，悠悠隔山陂。思君令人老，轩车来何迟？伤彼蕙兰花，含英扬光辉。过时而不采，将随秋草萎。君亮执高节，贱妾亦何为？

庭中有奇树，绿叶发华滋。攀条折其荣，将以遗所思。馨香盈怀袖，路远莫致之。此物何足贵，但感别经时。

迢迢牵牛星，皎皎河汉女，纤纤擢素手，札札弄机杼。终日不成章，泣涕零如雨。河汉清且浅，相去复几许？盈盈一水间，脉脉不得语。

回车驾言迈，悠悠涉长道，四顾何茫茫，东风摇百草。

所遇无故物，焉得不速老。盛衰各有时，立身苦不早。人生非金石，岂能长寿考？奄忽随物化，荣名以为宝。

东城高且长，逶迤自相属，回风动地起，秋草萋以绿。四时更变化，岁暮一何速。晨风怀苦心，蟋蟀伤局促。荡涤放情志，何为自结束。燕赵多佳人，美者颜如玉，被服罗裳衣，当户理清曲。音响一何悲，弦急知柱促。驰情整中带，沉吟聊踯躅。思为双飞燕，衔泥巢君屋。（或以“燕赵多佳人”下为另一首。）

驱车上东门，遥望郭北墓，白杨何萧萧？松柏夹广路。下有陈死人，杳杳即长暮。潜寐黄泉下，千载永不寤。浩浩阴阳移，年命如朝露。人生忽如寄，寿无金石固。万岁更相送，贤圣莫能度。服食求神仙，多为药所误。不如饮美酒，被服纨与素。

去者日以疏，来者日以亲。出郭门直视，但见丘与坟。古墓犁为田，松柏摧为薪。白杨多悲风，萧萧愁杀人。思还故里闾，欲归道无因。

生年不满百，常怀千岁忧。昼短苦夜长，何不秉烛游？为乐当及时，何能待来兹，愚者爱惜费，但为后世嗤。仙人王子乔，难可与等期。

凛凛岁云暮，蝼蛄夕鸣悲。凉风率已厉，游子寒无衣。锦衾遗洛浦，同袍与我违。独宿累长夜，梦想见容辉。良人惟古欢，枉驾惠前绥。愿得长巧笑，携手同车归。既来不须臾，又不处重帏。亮无晨风翼，焉能凌风飞？盼睐以适意，引领遥相睎。徙倚怀感伤，垂涕沾双扉。

孟冬寒气至，北风何惨栗。愁多知夜长，仰观众星列。三五明月满，四五蟾兔缺。客从远方来，遗我一书札，上言长相思，下言久离别。置书怀袖中，三岁字不灭。一心抱区区，惧君不识察。

客从远方来，遗我一端绮，相去万余里，故人心尚尔，文彩双鸳鸯，裁为合欢被，著以长相思，缘以结不解。以胶投漆中，谁能别离此。

明月何皎皎，照我罗床帏。忧愁不能寐，揽衣起徘徊。客行虽云乐，不如早旋归。出户独彷徨，愁思当告谁。引领还入房，泪下沾裳衣。

其中“冉冉孤生竹”一篇，据《文心雕龙》说：“其《孤竹》一篇，则傅毅之词。”按傅毅为东汉章帝时人，则此诗出于东汉无疑。其余有几首，据后人考证，认为也是东汉之作：

（一）《青青陵上柏》——《文选》注：“‘游戏宛与洛，’此则辞兼东都矣。”《艺苑丛谈》：“宛、洛为故周都会。但‘王侯多第宅’，周世王侯，不言第宅。‘两宫’‘双阙’亦似东京语。”

（二）《今日良宴会》——《北堂书钞》以为此乃曹植之作品，

“弹筝奋逸响，新声妙入神”不类西汉人语。

（三）《明月皎夜光》——诗中有“促织”之名,《尔雅》《方言》均无之，始见于《汉书》的纬书。故定为汉末之作品。

（四）《去者日以疏》——《诗品》中说：“旧疑建安中曹王所制。”

（五）《生年不满百》——朱彝尊《书玉台新咏后》：“翦裁长短句作五言，移其前后杂糅置十九首中。”

（六）《凛凛岁云暮》——诗中有“洛浦”亦似东京人语。

（七）《孟冬寒气至》——诗中有“蟾兔”一名，蟾兔并居，始见于张衡的《灵宪》，至汉末纬书，始以此两物代月。

据此，五言诗起源于何时的问题，便可以解答了。“起于东汉，而成熟于东汉之末”。那么为什么它会在这时发生的呢？据我的意见是受童谣与乐府的刺激的缘故。《汉书·五行志》中有武帝时的童谣：

> 邪径败良田，谗口乱善人。桂树华不实，黄雀巢其颠。昔为人所羡，今为人所怜。

同书又载永[①]始、元延间长安人歌尹赏之谚语道：“安所求子

① 永　底本作“承”，据《汉书·酷吏传》（P.3673）改。

死？桓东少年场。生时谅不谨，枯骨后何葬。”实为最早的五言童谣。《后汉书》中又有五言的童谣，一是“城中好高髻。”一是凉[1]州人咏酷吏樊晔的歌。均是五言。这倒是很应加以注意的。

汉代乐府，已有五言，武帝时的李延年之《佳人歌》，已是有五言的初型：

北方有佳人，绝世而独立。一顾倾人城，再顾倾人国。宁不知倾城与倾国，佳人难再得。

也可以说，乐府于诗的五言均是受到民歌的影响的。五言起源说明之后，再进而论列七言之起源。

七言之起源，也有许多说法。（一）以为起于《诗经》之“胡取禾三百廛兮”“尚之以琼华乎而”“维今之疚不如兹”“学有缉熙于光明”。这种论断，也和以五言起于《诗经》之说一样，似乎觉得牵强。（二）以《楚辞》中的“若有人兮山之阿，被薜荔[2]兮带女萝。既含睇兮又宜笑，子慕予兮善窈窕”为七言之滥觞，此说亦觉不伦，因《楚辞》纯系楚调，而其中又有“兮”字，亦不能与汉末七言相提并论。（三）以宋玉《神女赋》中“罗纨绮缋[3]

---

① 凉　底本作“谅”，据《后汉书·酷吏列传》（P.2491）改。
② 薜荔　底本作“萝薜”，据《楚辞补注》（P.79）改。
③ 缋　底本作“绩”，据《文选》（P.887）改。

緐文章，极服妙采照万方”为七言诗，顾炎武《日知录》曾提出否认。此乃文章，而不能称诗。（四）又有人以为汉昭帝的《林池歌》为七言最古者，但此歌出于王嘉的《拾遗记》，即使是真的，句中也有“兮”字：

秋素景兮泛洪波，指纤手兮折芰荷。凉风凄凄扬棹歌，云先开曙月低河，万岁为乐岂云多。

不能作为有力的例证。（五）沈德潜《说诗晬语》：“《大风》《柏梁》，七言权舆也。”《大风》之说，不攻自破，《柏梁台诗》传系元封三[①]年作柏梁台，诏群臣二千石[②]有能为七言诗者，乃得上坐。这首诗是许多人联句而成的：

日月星辰和四时，骖驾驷马从梁来。郡国士[③]马羽林材，总领天下诚难治，和抚四夷不易哉！刀笔之吏臣执之，撞钟伐鼓声中诗，宗室广大日益滋，周卫交戟禁不时。总领从宗柏梁台，平理清谳决嫌疑，修饰舆马待驾来，郡国吏功差次之。乘舆御物主治之，陈粟万石扬以箕。徼道宫下随讨治，

① 三　底本衍作“二一”，据《艺文类聚》（P.1003）改。

② 石　底本作“名”，据《艺文类聚》（P.1003）改。

③ 士　底本作“土”，据《艺文类聚》（P.1003）改。

> 三辅盗贼天下危。盗阻南山为民灾，外家公主不可治，椒房率更领其材，蛮夷朝贺常舍其，柱枅欂栌相枝时，枇杷橘栗桃李梅，走狗逐兔张罘罳，啮妃女唇[①]甘如饴，迫窘[②]诘屈几穷哉！

就文字而观，实在有几句不甚通。顾炎武《日知录》中力辩其伪。他曾考诸史传，下一有力的反证：

> （1）按《史记》及《汉书》，元鼎[③]二年春起柏梁台，为梁平王二十二年，孝王之薨至此已二十九年。又七年，始为元封。（诗中有孝王名）（2）光禄勋、大鸿胪、执金吾、左冯翊、大司农、京兆尹六官皆太初以后之名，不应预书于元封时。

所以柏梁台一诗之伪，可以无疑，那么以《柏梁台诗》为七言最初之诗的一说，也可以不攻自破了。

其实，七言诗较五言为长，句法安排自感不易，所以它的起来较五言为迟。我们可以断定，七言之古诗，来自乐府，至唐代

---

① 唇　底本作“脣”，据《艺文类聚》（P.1003）改。
② 窘　底本作“君”，据《艺文类聚》（P.1003）改。
③ 鼎　底本作“昇”，据《汉书》（P.181）改。

才正式成立。现存最早的七言诗，是三国魏曹植的《燕歌行》。它一方面替乐府与音乐拉断了关系，一方面也正是七言诗尝试成功的作品。

第二节 魏晋的五言古诗

汉魏六朝是五言古诗发展的时期。它有一种倾向，便是古诗渐渐走了近体的路。一方面可以说是近体的起源，一方面也可以说是古诗的退化与衰落。也正是四言诗的余音，五言诗代替四言地位的时期。

汉末有名的诗，五言记事的，(一)是《孔雀东南飞》(此诗是否汉末人作，至今还是疑问)。(二)是蔡琰的《悲愤诗》，蔡琰为蔡邕之女，字文姬，初适卫仲道，夫亡无子，为胡骑所获，嫁给南匈奴左贤王，生了二个儿子，曹操把她赎回，嫁给董祀；蔡氏不忍与二子别，乃作此诗：

汉季失权柄，董卓乱天常，志欲图篡弑，先害诸贤良。逼迫迁旧邦，拥王以自强。海内兴义兵，欲共讨不祥。卓众来东下，金甲耀日光。平土人脆弱，来兵皆胡羌，猎野围城邑，所向悉破亡。斩截无孑遗，尸骸相撑拒。马边悬男头，马后载妇女，长驱西入关，回路险且阻。还顾邈冥冥，肝脾为烂腐。所略有万计，不得令屯聚。或有骨肉俱，欲言不敢语。失意几微间，辄言:“毙降虏，要当以亭刃，我曹不活汝。”岂敢惜性命，不堪其詈骂，或便加捶杖，毒痛参并下。旦则号泣行，夜则悲吟坐。欲死不能得，欲生无一可。彼苍者何辜，乃遭此厄祸。边荒与华异，人俗少义理，处所多霜雪，胡风春夏起，翩翩吹我衣，肃肃入我耳。感时念父母，哀叹无终已。有客从外来，闻之常欢喜。迎问其消息，辄复非乡里。邂逅徼时愿，骨肉来迎已。已得自解免，当复弃儿子。天属缀人心，念别无会期，存亡永乖隔，不忍与之辞。儿前抱我颈，问:“母欲何之？人言母当去，岂复有还时，阿母常仁恻，今何更不慈。我尚未成人，奈何不顾思！”见此崩五内，恍惚生狂痴，号呼手抚摩，当发复回疑。兼有同时辈，相送告别离。慕我独得归，哀叫声摧裂，马为立踟蹰，车为不转辙。观者皆歔欷，行路亦呜咽。去去割情恋，遄征日遐迈，悠悠三千里，何时复交会。念我出腹子，胸臆为摧败。既至家人尽，又复无中外，城郭为山林，庭宇生荆艾。白骨不知谁，从横莫覆盖，出门无人声，豺狼嗥且吠，茕茕对孤景，怛咤靡肝肺。登高远眺望，魂神忽飞逝。奄若寿命尽，傍人相宽大，为复强[①]视息，虽生何聊赖。托命于新人，竭

① 强　底本作“疆”，据《后汉书》(P.2802)改。

心自勖励，流离成鄙贱，常恐复捐弃。人生几何时，怀忧终年岁。

她竟用诗写出了她亲身经历的一出悲剧。

魏代诗人，以曹氏三祖为最著名。《诗品》评曹操说：“曹公古直，甚有悲凉之句”。他的四言诗如《短歌行》，颇得后人好评：

对酒当歌，人生几何，譬如朝露，去日苦多。慨当以慷，幽思难忘。何以解忧，唯有杜康。青青子衿，悠悠我心，但为君故，沉吟至今。呦呦鹿鸣，食野之苹，我有嘉宾，鼓瑟吹笙，明明如月，何时可掇，忧从中来，不可断绝。越陌度阡，枉用相存。契阔谈宴，心念旧恩。月明星稀，乌鹊南飞，绕树三匝，何枝可依。山不厌高，水不厌深，周公吐哺，天下归心！

曹植的诗名，较乃翁为甚。《诗品》称：“骨气奇高，辞采华茂，情兼雅怨，体被文质。”刘勰评他：“下笔琳琅，体貌英逸。”而其中以王世贞《艺苑卮言》所论最有意思：

子建流丽，才敏于父兄，然不如其父兄质。汉乐府之变，自子建始。

对的，汉代乐府之变，与曹植颇有关系，《燕歌行》之七言体制，便起于此，植诗因遭遇不合，多哀怨之词，今举《七哀诗》一首作例：

明月照高楼，流光正徘徊。上有愁思妇，悲叹有余哀。借问叹者谁？言是荡子妻。君行逾十年，孤妾常独栖。君若清路尘，妾若浊水泥！浮沉各异势，会合何时谐？愿为西南风，长游入君怀，君怀良不开，贱妾当何依？

当时文人，在曹丕《典论》中所说的有七个人。而七人之中。以刘祯、王粲为最。《文心雕龙》中说："仲宣（王粲）溢才，佳而能密。文多兼善，辞少瑕累，摘其诗赋，则七子之冠冕乎。"《诗品》说："祯（刘祯）诗真骨凌霜，高风夸俗，但气过其文，雕润甚少，然自思王以下，祯称独步。"《文心雕龙·明诗》篇综论魏代之诗：

暨建安之初，五言腾踊，文帝、陈思（曹丕、曹植），纵辔以骋节，王（粲）、徐（幹）、应（玚）、刘（祯），望路而争驱，并怜风月，狎池苑，述恩荣，叙酣宴，慷慨以任气，磊落以使材，造怀指事，不求纤[①]密之巧，驱辞逐貌，维取

① 纤　底本作"织"，据《增订文心雕龙校注》（P.65）改。

昭晰之能，此其所同也。

颜延之云：“嗣宗（阮籍）身仕乱朝，常恐罹谤遇祸，因兹发咏，故每有忧生之讥。虽事在刺讥，而文[①]多隐避。百世而下，难以情测也。”阮瑀（七子之一）的儿子阮籍，生在魏末，他的诗可称魏代后劲。作品中以《咏怀诗》为最出名。《诗品》说：“《咏怀》之作，可以陶性灵，发幽思……厥旨渊放[②]，归趣难求。”今录一首：

夜中不能寐，起坐弹鸣琴，薄帷鉴明月，清风吹我襟。孤鸿号野外，朔鸟鸣北林，徘徊将何见，忧思独伤心！

刘勰云：“正始明道，诗杂仙心，何晏之徒，率多浮浅，唯嵇（康）志清峻，阮旨遥深，故能标焉。”嵇康以四言擅长。而《诗品》称他：“颇似魏文，过为峻切，讦[③]直露才，伤渊雅之志。然托谕清远，良有鉴裁，亦未失其高流矣。”

太康之世的诗人，据《诗品》：“晋太康中，三张（载、协、亢）二陆（机、云）两潘（岳、尼）一左（思），勃尔复兴，踵

① 文　底本作“分”，据《文选》李善注（P.1067）改。
② 放　底本作“效”，据《诗品注》（P.16）改。
③ 讦　底本作“评”，据《诗品注》（P.22）改。

武前王，风流未沫，亦文章之中兴也。”但是这时期以拟作为多，并无新制。其中以左思的《咏史诗》较有价值。沈归愚说：“太冲（左思）胸次高旷，而笔力尤复雄迈。陶冶汉魏，自制伟词，故是一代作手，岂潘、陆辈所能比埒”？这话颇有见地。其实太康、永嘉之世，诗人之中，推左思的《咏史》，与郭璞的《游仙诗》，较能别创一格。左氏之“振衣千仞岗，濯足万古流”，郭氏的“吞舟涌海底，高浪驾蓬莱”，语颇豪逸。

最后我们论到晋代诗人陶潜。潜诗之淡泊自然，实为五古诗中最成熟的作品。今据各家重要的评论分三点述之。

（一）冲淡自然——朱熹说：“渊明诗所以为高，正在不待安排，胸中自然流出。”杨龟山语录：“渊明诗所不可及者，冲淡深粹，出于自然。若曾用力学，然后知渊明诗非着力所能成也。”蔡宽夫[①]《西清诗话》：“渊明意趣，真占清淡之宗；诗家视渊明，犹孔门视伯夷也。”

（二）真挚——《昭昧詹言》：“如阮公、陶公等，曷尝[②]有意于为诗。内性既充，率其胸臆，而发为德音耳。”黄庭坚云：“渊明文章不群，词采精拔，跌宕盖彰，独超众类，抑扬爽朗，莫之与京，横素波而旁流，干青云而直上。语时事则指而可想，论怀抱则旷而

---

① 《西清诗话》为蔡絛所撰，此处署蔡宽夫，当是作者误记。参见《稀见本宋人诗话四种·明钞本西清诗话》（P.171）。

② 曷尝 “曷”字底本脱，“尝”作“常”，据《昭昧詹言》（P.98）改。

且真。”

（三）田园风趣——《诗品》:“至如‘欢言酌春酒’‘日暮天无云’。风华清靡，岂真田家语耶？古今隐逸诗人之宗也。”今录其《归田园居》及《饮酒》二首于后:

少无适俗韵，性本爱邱山，误落尘网中，一去三十年，羁鸟恋旧林，池鱼思故渊。开荒南亩际，守拙[①]归田园，方宅十余亩，草屋八九间，榆柳荫后檐，桃李罗堂前。暧暧远人村，依依墟里烟。狗吠深巷中，鸡鸣桑树颠。户庭无尘杂，虚室有余闲。久在樊笼里，复得返自然。(《归田园居》)

结庐在人境，而无车马喧，问君何能尔？心远地自偏。采菊东篱下，悠然见南山，山气日夕佳，飞鸟相与还，此中有真意，欲辨已忘言。(《饮酒》)

总之，魏晋两代正是五言诗的黄金时期，在此时期中前有三曹，后有陶潜，自足雄视诗坛了。其后对偶整齐，音调渐严，五言古诗已渐渐走上了近体的路。我们只能承认它是近体的先期，再也不是五言古诗，所以留到下章再去论列了。

① 拙　底本作“掘”，据《陶渊明集》(P.40)改。

第三节 复古运动及其影响

唐代的复古运动，不但是提倡古文，并且也有诗的复古，因为这时候受了齐梁音韵的影响，文章和诗均是日趋绮靡。这也是必然的反动。然而近体到底也自成一个系统，一直到清代末年为止。古诗也是如此。我们在这时期应该注意的是七言古诗的成立，与古诗势力的强盛。

《岘佣说诗》:“唐初[①]五言古，犹绍六朝绮丽之习，惟陈子昂、张九龄直接汉魏，骨峻神竦[②]，思深力遒，复古之功大矣。”刘熙载《艺概》中说:“唐初四子，绍陈、隋之旧，故才力迥绝，不免时人异议。陈射洪[③]、张曲江独能起一格为李、杜开先，岂天运使然耶？”刘克庄也说:“唐初王、杨、沈、宋擅名，然不脱齐、梁之体，独陈拾遗首创高雅冲淡之音，一扫六代之纤弱，太白、韦、柳继出，皆自子昂发之。”陈子昂，唐初人，他在《修竹篇序》中提出了复古的意见:

“文章道弊，五百年矣。汉魏风骨，宋晋莫传，然而文献

① 初 底本作“宋”，据《清诗话》(P.978)改。
② 竦 底本作“竣”，据《清诗话》(P.978)改。
③ 射洪 底本倒作“洪射”，据《艺概注稿》(P.273)改。

有可征者。仆尝暇时观齐梁间诗，采丽竞繁，而兴寄都绝，每以永叹，窃思古人，常恐逶迤颓靡，风雅不作，以耿耿也。”

他的《登幽州台歌》“前不见古人，后不见来者，念天地之悠悠，独怆然而涕下”，极悲壮慷慨之能事。陈诗以《感怀》为著名，张九龄也有十二首，如“林居病时久，水木澹孤清。闲卧观物化，悠然念无生，青春始萌达，朱火[①]已满盈。徂落方自此，感叹何时平？”也是高洁可诵的。其后李白以七言见长，他所说的“蓬莱文章建安骨”，“大雅久不作，吾衰竟谁陈？”也是赞同复古的。杜甫虽以近体擅长，但他论诗诗中却说：

王杨卢骆当时体，轻薄为文哂未休。汝曹身与名俱灭，不废江河万古流。

也并不以齐梁为可贵。

唐代之诗受了复古的影响，同时七古也已成立，所可观者大约有下列几派：

（一）写边塞——如岑参、高适、李颀、王昌龄等。杜甫云：“岑参多新诗，性亦嗜醇醪。”又说：“高、岑殊缓步，谢、鲍得同

① 火　底本作“大”，据《全唐诗》（P.891）改。

行。”今举李颀《古从军行》一首示例：

白日登山望烽火，黄昏饮马傍交河。行人刁斗风沙暗，公主琵琶幽怨多。野云万里无城郭，雨雪丝丝连大漠。胡雁哀鸣夜夜飞，胡儿眼泪双双落。闻道玉门犹被遮，应将性命近轻车。年年战骨埋荒外，空见葡萄入汉家。

（二）写闲逸——如王维、孟浩然、储光、柳宗元、韦应物等。苏轼称“味摩诘之诗，诗中有画；观摩诘之画，画中有诗”。沈归愚以为此类均系由陶潜得来。他说：“过江以后，渊明诗胸次浩然，天真绝俗，当于言语意象外求之。唐人祖述者，王右丞得其清腴，孟山人得其闲远，储太祝得其真朴，韦苏州得其冲和，柳柳州得其峻洁，气体风神，翛然埃壒之外。”举孟浩然《夜归鹿门歌》一首：

山寺钟鸣昼已昏，渔梁渡头争渡喧。人随沙岸向江村，余亦乘舟归鹿门。鹿门月照开烟树，忽到庞公栖隐处。岩扉松径长寂寥，唯有幽人自来去。

依作风来分，也可别为两类：

（一）奇险——如韩愈、孟郊、贾岛、卢仝、李贺。赵翼论韩愈七古之险云:“奇险处亦自有得[①]失，盖少陵才思所到，偶然得之，而昌黎则专以此取胜。故时见斧凿痕迹，有心与无心异也。”韩愈评孟郊诗：其为诗“刿目鉥心，钩章棘句，神施鬼设，间见层出”。录李贺《将进酒》一亦示例，

琉璃钟，琥珀浓，小槽酒滴真珠红。烹龙炮凤玉脂泣，罗屏绣幕围香风。吹龙笛，击鼍鼓；皓齿歌，细腰舞，况是青春日将暮，桃花乱落如红雨。劝君终日酩酊醉，酒不到刘伶坟上土。

（二）平易——如白居易、元稹、刘禹锡，张籍等。如白居易之《长恨歌》《琵琶行》均是七言。

宋代古诗，如欧阳修的作品，沈归愚说:“欧阳七言古，专学昌黎”，但未必尽然,《苕溪渔隐丛话》称他“自出胸臆，不肯蹈袭前人”，这却是正当的批评。苏轼的七古有天风海雨逼人之感。故《岘佣说诗》称他“七律每走而不守”。均是七言古的巨子。至于平易一派影响到南宋的杨万里，一直到清末的金和、黄遵宪一派。田园诗，在宋代也有范成大。奇险一派，则流而为黄山谷之诗，一直到清代均受这复古的影响。至于每一派的代表作与其他作者的作品，因为限于篇幅，不暇一一举例了。

① 得　底本脱，据《瓯北诗话》(P.28)补。

第五章○

律绝系统

近代一般人以为作诗只是“平平仄仄”的近体，但不知近体却是古诗的变体，起来很迟的。这一种激变，与沈约等四声八病之说，颇有关系，与六朝之诗句趋于整齐也不无关系。唐代是七言古诗盛行的时期，同时也是近体诗完成的时期。这一个系统，在此以后，已得独树一帜了。

第一节　齐梁小诗与律绝之形成

要研究近体诗之进化的过程，须先观察齐梁间诗句之整齐化，与音韵说之原理。

（甲）诗体之整齐化——王夫之《古诗评选》收“小诗”一类，系将近似绝句之诗，收集起来而远至汉晋。王闿运《八代诗选》也有这一类，自永明始。我们便从谢灵运说起。《文心雕龙·明诗》篇说:“宋初文咏，体有因革。庄、老告退，而山水方滋。俪采百字之偶，争价一句之奇。情必极貌以写物，辞必穷力而追新，此近世之所竞也。”“山水方滋”即是指灵运一派而言的。《宋书·谢灵运传》说他爱游山水，“寻山陟岭，必造幽峻”，“登蹑常着木履，上山则去前齿，下山则去其后齿”。《岘佣说诗》评他“大谢山水游览之作，极为巉削。巉可矫平熟，巉失却浑厚”，足见他对于诗句是重在修削的。如《游南亭》:

时竟夕澄霁，云归日西驰。密林含余清，远峰隐半规。久痗昏垫苦，旅馆眺郊岐。泽兰渐被径，芙蓉始发池。未厌青春好，已睹朱明移。戚戚感物叹，星星白发垂。药饵情所止，衰疾忽在期。逝将候秋水，息景偃旧崖。我志谁与亮，赏心惟良知。

鲍照之诗，可以注意的是七言古诗继曹植后之名作。沈归愚说:“明远乐府，开人世所未有，后太白往往效之”，杜甫亦称“清新庾开府，俊逸鲍参军”。但与近体无关，也不加深论了。齐代诗人谢朓，字玄晖。李白称颂他:“蓬莱文章建安骨，中间小谢又清发”；“解道澄江静如练，令人长忆[①]谢玄晖”。(谢朓有“余

① 忆 底本作“隐”，据《全唐诗》(P.1720)改。

霞散成绮，澄江静如练”之句。）他的《玉阶怨》竟是初型的五绝了：

夕殿下珠帘，流萤飞复息。长夜缝罗衣，思君此何极！

放在唐人五绝之中，也不为过。音律之说起了以后，五言绝句式更成近似，今试举数首如下：

影逐斜月来，香随远风入。言是定知非，欲笑翻成泣。（沈约《为邻人有怀不至》）

泣听离夕歌，悲衔别时酒。自从今日去，当复相思否？（吴均《杂绝句》）

委翠似知节，含芳如有情，全由履迹少，并上玉阶生。（庾肩吾《咏长信宫中草》）

阳关万里道，不见一人归。唯有河边雁，秋来南向飞。（庾信《重别周尚书》）

入春才七日，离家已二年。人归落雁后，思发在花前。（薛道衡《人日思归》）

律诗的起来，以五律为早。谢朓《赠王主簿》已有五律的初型。其中对偶之处，也很工整。

清吹要碧玉，调弦命绿珠，轻歌覆衣带，含笑解罗襦。余曲讵几许，高驾且踟蹰。徘徊韶景暮，惟有洛城隅。

它的用韵、对偶、句数都已完全了。其他的作品，也次列于后：

寂寂长信晚，雀声哦洞房。蜘蛛网高阁，驳藓被长廊。虚殿帘帷静，闲阶花蕊香。悠悠视日暮，还复拂空床。（何思澄《奉和湘东王教班婕妤》）

舍辔下雕辂，更衣奉玉床。斜簪映秋水，开镜比春光。所畏红颜促，君恩不可长，鵕冠且容裔，岂吝桂枝亡?（沈约《携手曲》）

（乙）音律之说——四声之说，虽成于沈约，而实际上，早已有之。阎若璩《尚书古文疏证》：

《文心雕龙》：“昔魏武论赋，嫌于积韵，而善于资代。”《晋·律历志》：“魏武时河南杜夔精识音韵，为雅乐郎中令。”二书虽一撰于梁，一撰于唐，言及魏武、杜夔之事，俱有韵字。知此学之兴，盖于汉建安中。

则汉、魏之间，已有声韵之说。封演《闻见记》：“魏时有李登撰《声类》十卷，凡一万一千五百二十字，以五声命字，不立诸部。"《魏书·江式传》:"晋吕忱弟静仿故左校书李登《声类》之法，作《韵书》五卷，宫商角徵羽各为一篇。"可见魏晋已有声韵的著作了。赵翼《陔余丛考》之《四声不起于沈约说》中云:"按《隋书·经籍志》，晋有张谅撰《四声韵略》二十八卷，则四声实起晋人。"沈约之先尚有刘善经《四声指归》一卷，夏侯咏《四声韵略》十三卷，王斌有《四声论》。因为沈约将四声之说，用入文章诗句中去，所以后人即以他为四声之发明人了。

按封演《闻见记》:"永明中，沈约文字精拔，盛解音律，遂撰《四声谱》，时王融、刘绘、范云之徒慕而扇之。由是远近文学转相祖述，而声韵之道大行。"《南史·庾肩吾传》:"永明末，盛为文章，吴兴沈约、陈郡谢朓、琅琊王融，以气类相推毂。汝南周颙善识声韵，约等文皆用宫商，以平上去入为四声，以此制韵，不可增减，世呼'永明体'。"沈约四声之说，略见于他的《宋书·谢灵运传论》:

> 若夫敷衽论心，商榷前藻，工拙之数，如有可言。夫五色相宜，八音协畅，由乎玄黄律吕，各适物宜，欲使宫羽相变，低昂互节，若前有浮声，则后须切响，一简之内，音韵尽殊；两句之中，轻重悉异，妙达此旨，始可言文。至于先士茂制，讽高历赏，子建函京之作，仲宣霸岸之篇，子荆零

雨之章，正长朔风之句，并直举胸情，非傍诗史；正以音律调韵，取高前式；自骚人以来，此秘未睹。至于高言妙句，音韵天成，皆暗与理合，匪由思至；张、蔡、曹、王，曾无先觉，潘、陆、谢、颜，去之弥远。世之知音者，有以得之，知此言非谬，如曰不然，请待来哲。

关于四声的运用，详见《论音律》一章，兹不赘论。

这时候，音韵之说，颇为风行，文章与诗均受了它的影响。可是钟嵘一班人，却提出抗议道:“王元长创其首，谢朓、沈约扬其波，三贤或贵公子孙，幼有文辩，于是士流景慕，务为精密，襞积细微，专相陵架，故使文多拘忌，伤其真美。余谓文制本须讽诵，不足蹇碍，但令清浊通流，口吻调利，斯为足矣。至平上去入，则余病未能。”但是这一说中的“士流景慕，务为精密，襞积细微，专相陵架”，也正可反证当时的风行了。

诚然，这是自然的趋势，音律之说，本来一定会发生的，因此影响及于诗文，也是意料中的事。因为大凡一种文学，在文人的手中，便会渐渐地走上纤巧刻画的路上去。综上以观，我们可以知道五绝在六朝已成立；七绝与五七言律，发轫于六朝，而成熟于初唐，宋之问与沈佺期是两个重要的人物。律诗之成立，与对偶之说有关。刘勰《文心雕龙·丽辞》篇便有“四对”之说，唐初上官仪又有“六对”“八对”之说（见《诗苑类格》）。故唐初乃有律诗的出现。严羽《沧浪诗话》:“风、雅、颂一变而为两汉五言，三变而为沈宋律诗。”今举沈佺期、宋之问的七绝、五律、七律各一首:

北邙山上列坟茔，万古千秋对洛城。城中日夕歌钟起，山上唯闻松柏声。(沈佺期《北邙》)

可怜冥漠去何之，独立丰茸无见期。君看水上芙蓉色，恰似生前歌舞时。(宋之问《伤曹娘》)

闻道黄龙戍，频年不解兵。可怜闺里月，偏照汉家营。少妇今春意，良人昨夜情。谁能将旗鼓，一为取龙城。(沈佺期《杂诗》)

阳月南飞雁，传闻至此回，我行殊未已，何能复归来。江静潮初落，林昏瘴不开。明朝望乡处，应见陇头梅。(宋之问《题大庾岭驿》)

卢家少妇郁金堂，海燕双栖玳瑁梁。九月寒砧催木叶，十年征戍忆辽阳。白狼河北音书断，丹凤城南秋夜长，谁谓含愁独不见，更教明月照流黄。(沈佺期《古意》)

离宫秘苑胜瀛洲，别有仙人洞壑幽。岩边树色含风冷，石上泉声带雨秋。鸟向歌筵来度曲，云依帐殿结为楼。微臣昔忝方明御，今日还陪八骏游。(宋之问《三阳宫石淙寺应制》)

第二节　唐代诗歌

唐代是诗的总汇时代，作者之多，诗的作风之变化，均是前代所未有的，所以“唐诗”“宋词”已是尽人皆知的名词了。唐初诗的作者之多，一由于天下的升平，一由于帝王的提倡。所谓“金吾弛禁，特许夜行，贵游戚属及下隶[①]工贾，无不夜游，车马骈阗，人不得顾。王主之家，马上作乐，以相夸竞，文士皆赋诗一章，以纪其事，作者数百人”。

总观唐初诗的作者，可以分作两派，一派是承继齐梁的作风，仍以绮靡为尚的，如所谓“四杰”。郄云卿说：“文词齐名，号称四杰，亦云卢（照邻）骆（宾王）杨（炯）王（勃）四才子。”马端临亦称：“文辞齐名，海内称王、杨、卢、骆四才子，亦称四杰。”杨炯曾说：“吾愧在卢前，耻居王后。”张说替他解释道：“耻居王后信然；愧在卢前，谦也。”四杰于唐代诗坛的贡献，一是七言古诗的确立，除杨炯以外，他们作品中有很多的七言诗，如王勃的“阁中帝子今何在，槛[②]外长江空自流”，卢照邻的“得成比目何辞死，愿作鸳鸯不羡仙”，都是七言诗中的名句；一是五律的成立，骆宾王的《在狱闻蝉》和杨炯的《从军行》，是形式非常整

---

① 隶　底本作“俚”，据《大唐新语》（P.127）改。

② 槛　底本作“栏”，据《全唐诗》（P.673）改。

严的五律。杜甫《戏为六绝句》中有四首是评论四杰的：

> 王杨卢骆当时体，轻薄为文哂未休；尔曹身与名俱灭，不废江河万古流。纵[①]使卢王操翰墨，劣于汉魏近风骚，龙文虎脊皆君[②]驭，历块[③]过都见尔曹。才力应难夸数公，凡今谁是出群雄，或看翡翠兰苕上，未掣鲸鱼碧海中。不薄今人爱古人，清辞丽句必为邻，窃攀屈宋宜方驾，恐与齐梁作后尘。

与四杰作风相似而继承齐梁体的为“沈宋”。《旧唐书·文苑传》：“沈佺期与宋之问齐名，时人称为‘沈宋’。”《新唐书·文艺传》亦称：

> 魏建安后迄江左，诗律屡变。至沈约、庾信以音韵相婉附，属对精密。及之问、沈佺期又加靡丽，回忌声病，约句准篇，如锦绣成文，学者宗之，号为“沈宋”。

到了沈宋，七言律诗与七言绝句正式成立了，虽然他们的诗句并

---

① 纵 底本作“从”，据《全唐诗》（P.2452）改。
② 君 底本作“广”，据《杜诗详注》（P.899）改。
③ 块 底本作“愧”，据《全唐诗》（P.2452）改。

不是第一流的好诗，但形式之成熟，这一点是有功于近体诗的形成的。与沈宋齐名的当有杜审言，是杜甫之祖，其七绝七律似比沈宋更有进步。今各举一首作例：

知君书记本翩翩，为许从戎赴朔边。红粉楼中应计日，燕支山下莫经年。(《赠苏书记》)

今年游寓独游秦，愁思看春不当春。上林苑里花徒发，细柳营前叶复新。公子南桥应尽兴，将军西第几留宾。寄语洛城风日道，明年春色倍还人。(《春日京中有怀》)

另一派反对齐梁作风的诗人有王绩、王梵志和陈子昂等。王绩是个酒徒，曾说“良酝可恋”，时称斗酒学士。他的诗的唯一题材便是“酒”。而他所仰羡的是嵇康、阮籍一类的人。如《独酌》：

浮生知几日，无状逐空名；不如多酿酒，时向竹林倾。

王梵志的诗体,《诗式》以“骇俗”两字作评语。关于他的降生,《桂苑丛谈》中还有一则神话：“王梵志，卫州黎阳人也，黎阳城东十五里有王德祖者，当隋之时，家有林檎树，生瘿大如斗，经三年，其瘿朽烂，德祖见之，乃撤其皮，遂见一孩儿，抱胎而出，因收养之。至七岁能语，问曰：'谁人育我？'及问姓名，德祖具以实告；因林木而生，曰'梵天'，后改曰志。'我家长育，可姓王也。'作诗讽人，甚有义旨，盖菩萨示化也。"其说理小诗，颇有风趣，如：

> 梵志翻着袜，人皆道是错。乍可刺你眼，不可隐我脚。
>
> 世无百年人，强作千年调，打铁作门限，鬼见拍手笑。

陈子昂是反对齐梁、志在复古而得名的一个诗人。韩愈称他"国朝盛文章，子昂始高蹈"。《唐书》本传亦称："唐兴，文章承徐、庾余风，天下祖尚。子昂始变雅正。"他作诗推崇建安、正始，而不屑像梁齐时代那么绮丽。在陈子昂之前，唐太宗承宫体余风，戏作绝诗，当时有个虞世南谏道："圣作虽工，体制非雅，上之所好，下必随之。此文一行，恐致风靡，而今而后，请不奉诏。"但虞世南只有空洞的理论，而没力量实行，他自己的诗仍是齐梁体，到陈子昂才能力行。他对于诗的见解，可以见于《与东方公书》一文中：

> 文章道弊，五百年矣，汉魏风骨，晋宋莫传，然而文献有可征者。仆尝暇时观齐梁间诗，彩丽竞繁，而兴寄都绝，每以永叹。窃思古人，常恐逦迤颓靡，风雅不作，以耿耿

也……一昨于解三处，见明公《咏孤桐[1]》篇，骨端气翔，音情顿挫，光英朗练，有金石之音，遂用洗心饰视，发挥幽郁。不图正始之音，复睹于兹，可使建安作者，相视而笑。

他自己的作品，也淳朴古厚，如《登幽州台歌》：

前不见古人，后不见来者，念天地之悠悠，独怆然而涕下！

其后著名的诗人而能独立一宗的，有王维。维字摩诘，不特能诗，而且擅长音乐和图画。《集异记》称他“妙能琵琶”。本传载“有人得奏乐图，不知其名，维视之曰《霓裳》第三叠第一拍也”。苏轼称“维诗中有画，画中有诗”。杜甫《解闷》评王维曰：“不见高人王右丞，蓝田邱壑蔓寒藤；最传秀句寰区满，未绝风流相国能。”其诗恬淡闲静，如“倚杖柴门外，临风听暮蝉”“渡头余落日，墟里上孤烟”“荒城临古渡，落日满秋山”。

王维一派诗人，著名的有孟浩然、储光羲、裴迪、祖咏等。

王士源评孟浩然诗为“骨貌淑清，风神散朗”。杜甫《遣兴》中亦称“吾怜孟浩然，短褐即长夜，赋诗何必多，往往凌鲍谢”。

① 桐 底本作“相”，据《全唐诗》(P.896)改。

又《解闷》云："复忆襄阳孟浩然，清诗句句尽堪传。"储光羲诗多写田家，近于民歌，而所取题材大抵以田园生活为主。如《田家杂兴》："逍遥阡陌上，远近无相识，落日照秋山，千岩同一色。"此一派诗人所作多五言，取材都注重自然，风格都澹远，这是他们相同之处。

与王维同时而作风极不相同的是岑参一派，岑参与高适齐名，世称"高岑"。杜甫诗："海内知名士，云端各异方，高岑殊缓步，沈鲍得同行，意惬关飞动，篇终接混茫。"岑参诗写战事者颇多，而且是赞扬战争的。其写述边塞的情形颇有独到之处。如写雪："北风卷地白草折，胡天八月即飞雪，忽如一夜春风来，千树万树梨花开。"写热："蒸沙烁石然虏云，沸浪炎波煎汉月。"写风："轮台九月风夜吼，一川碎石大如斗，随风满地石乱走。"都是有特殊的地方的。高适诗与岑参同一作风。杜甫诗云："叹息高生老，新诗日又多，美名人不及，佳句法如何。"如其《燕歌行》"大漠穷秋塞草腓，孤城落日斗兵稀，身当恩遇[①]常轻敌，力尽关[②]山未解围"。

与高岑齐名的有王之涣与王昌龄。二王与岑、高不同者，是前者以绝句见称，而且专努力于乐府，所以伎客歌唱，多二王之作。如《集异记》中"旗亭画壁"的故事，便是一例。如那时双

① 遇　底本作"过"，据《全唐诗》（P.225）改。

② 关　底本作"开"，据《全唐诗》（P.225）改。

鬟女郎所歌的绝句，是脍炙人口之作：

黄河远上白云间，一片孤城万仞山。羌笛何须怨杨柳，春风不度玉门关。

王昌龄诗除了绝句以外，尚有其他作品，绝句中亦多有写战争者，但却倾向于非战一方面，这一点和岑、高是不同的，如他的《塞上曲》：

昔日长城战，咸言意气高。黄尘足千古，白骨乱蓬蒿。

盛唐诗人与王维、王昌龄等齐名的尚有李颀，其七言诗的特点是几首七绝合而为一，如《缓歌行》《送[①]刘十》等。他也喜欢咏战争，如《古从军行》：

野营万里无城郭，雨雪纷纷连大漠。胡雁哀鸣夜夜飞，胡儿眼泪双双落。闻道玉门犹被遮，应将性命逐轻车。年年战骨埋荒外，空见葡萄入汉家。

---

① 送　底本作“怀”，据《全唐诗》(P.1351)改。

这一派和王维一派的不同之点是，岑、高以七言为主，王维以五言为主；岑、高多咏战争，王维多咏田园自然；岑、高雄放，而王维恬淡。兼这两派之长，而能独立一宗的，是大诗人李白。

李白的生地与死所，颇有人争论，限于篇幅，不及一一论列。他的作风，不落齐梁旧调，曾说“自从建安来，绮丽不足珍”“大雅久不作，吾衰竟谁陈”。杜甫亦极推崇其诗，《寄李白二十韵》云：

昔年有狂客，号尔谪仙人。笔落惊风雨，诗成泣鬼神。声名从此大，汩没一朝伸[①]。文采承殊渥，流传必绝伦。

李白自己也以复古为己任的，他说：“梁、陈以来，艳薄斯极！沈休文又尚以声律，将复古道，非我而谁？”皮日休《刘枣强碑》论李白道：

歌诗之风，荡来久矣，大抵丧于南朝，坏于陈叔宝。然今之业者，苟不能求古于建安，即江左矣；苟不能求丽于江左，即南朝矣。或为艳伤丽病者，即南朝之罪人也。吾唐来有业是者，言出天地外，思出鬼神表；读之则神驰八极，测

① 朝伸　底本作“乾坤”，据《李太白全集》（P.1487）改。

之则心怀四溟，磊磊落落，真非世间语者，有李太白。

李白诗近于王维一派的，如《访戴天山道士不遇》：

犬吠水声中，桃[①]花带雨浓。树深时见鹿，溪午不闻钟。野竹分青霭，飞泉挂碧峰。无人知所去，愁倚两三松。

近于岑参一派的，如《战城南》：

匈奴以杀戮为耕作，古来惟见白骨黄沙田。秦家筑城避胡处，汉家还有烽火然！烽火然不息，征战无已时。野战格斗死，败马嘶鸣向天悲，乌鸢啄人肠，衔飞上挂枯树枝。士卒涂草莽，将军空尔为！

但其气魄之大，驾岑参一派而上之。李白虽经安史之乱，但其作品上很少受此战事的影响，在作品中常常表现战事情况的，是与李白齐名的大诗人杜甫。

李白之诗，因天资的敏悟，故多飘逸之作；杜甫用力颇深，故其作品刻画殊甚。如“子云清自守，今日起为官”，“云”“日”

---

① 桃　底本作“挑”，据《全唐诗》（P.1858）改。

借对；“次第寻书札，呼儿检赠诗”，“第”“儿”借音作对；而《咏怀古迹》之一中的“三分割据纡筹策，万古云霄一羽毛”，几不可解。自己也承认“新诗改罢自长吟”“语不惊人死不休”“晚节渐于诗律细”。以致堕入奇僻的魔道。其自述学诗之道云：

未及前贤更勿疑，递相祖述复先谁？别裁伪体亲风雅，转益多师是汝师。

杜甫写安史之乱时的名作为三吏、三别。及其弃官入蜀以后，多激昂沉痛之语，晚年绝句喜用律体。胡应麟《诗薮》中说：“杜以律为绝，如‘窗含西岭千秋雪，门泊东吴万里船’等句，本七律壮语，而以为绝句，则断锦裂缯类也。”如《绝句》：

江碧鸟逾白，山青花欲然。今春看又过，何日是归年。

六十以后，在湘鄂间漂泊，比较多感伤之作，如《咏怀古迹》之“庾信平生最萧瑟，暮年诗赋动乡关”“摇落深知宋玉悲，风流儒雅亦吾师”。又如《江南逢李龟年》：

岐王宅里寻常见，崔九堂前几度闻。正是江南好风景，落花时节又逢君。

而于权贵之奢淫，如《丽人行》中的“杨花雪落覆白苹，青鸟飞去衔红巾。炙手可热势莫伦，慎莫近前丞相嗔！”群盗之横行，如《三绝句》中之“前年渝州杀刺史，今年开州杀刺史，群盗相随剧虎狼，食[①]人更肯留妻子！”农耕的荒芜，如《蚕谷行》“天下郡国向万城，无有一城无甲兵。焉得铸甲作农器[②]，一寸荒田牛得耕？”均在他的作品中表现出来。

杜甫的诗[③]好奇的形式衍出韩愈奇僻的一派，杜甫的诗关怀社会的内容，衍出白居易为社会而艺术的一派。

韩愈是一个外强中干的人，患得患失，正因为他的性格是“装腔作势”，故其作品也故意好奇了。他的诗的形式，五言的有上一下四的奇特作法，如《符读书城南》中的“三十骨骼成，乃一龙一猪”。七言句，有上三下四的，如《送区弘南归》中的“我念前人譬葑菲，落以斧引以缧徽[④]”“人生此难余可祈，子去矣时若发机”。又如在一诗中连用“或”字五十个以上。其《忽忽》一首，竟是散文:“忽忽乎，余未知生之为乐也。”又如《嗟哉董生行》:

寿州属县有安丰，唐贞元时县人董生召南，隐居行义于

① 食　底本作“贪”，据《杜诗详注》(P.1240)改。
② 器　底本作“业”，据《杜诗详注》(P.2036)改。
③ 诗　底本无，据文意补。
④ 缧徽　底本作“墨微”，据《全唐诗》(P.3797)改。

> 其中……嗟哉，董生朝出耕，夜归读古人书，尽日不得息，或山而樵，或水而渔。

故沈括评他：“韩退之诗乃押韵之文耳。”《六一诗话》引梅圣俞云：“前史言退之为人木强，若宽韵可自足，而辄傍出；窄韵难独用，而反不出，岂非其拗强而然欤？”赵翼《瓯北诗话》评之最确：

> 至昌黎时，李杜已在前，纵极力变化，终不能再辟一径，惟少陵奇险处尚有可推扩，故一眼觑定，欲从此辟山开道，自成一家，此昌黎所在也。然奇险处亦自有得失，盖少陵才思所到，偶然得之，而昌黎专以此求胜，故时见斧凿痕迹，有心与无心异也。其实昌黎自有本色，仍在文从字顺中，自然雄厚博大，不可捉摸，不专以奇险见长。恐昌黎亦不自知，后人平日读之自见。

孟效、贾岛、卢仝、马异之诗[①]，作风与韩近似，有“郊寒岛瘦”“卢奇马怪”之称。孟郊“喜为穷苦之句”。《六一诗话》举其“借车载家具，家具少于车”，乃是都无一物；“驱却座上千里寒，

---

① 底本无此句，据文意补。

暖得曲身成直身”，非其身备尝之，不能道此句。但《登科后》一首，却是例外：“昔日龌龊不足夸，今朝放荡思无涯。春风得意马蹄疾，一日看尽长安花。”韩愈很崇扬孟郊，有“我愿化为云，东野化为龙”之语。欧阳修也称他们：“韩孟于文词，两雄力相当。”而苏轼的《读孟郊诗》以为孟不及韩：“初如食小鱼，所得不偿劳，又似煮彭蟛，竟日嚼空螯。要当斗清僧，未足当韩豪。”元好问《论诗绝句》，也以为韩诗较胜：

东野穷愁死不休，高天厚地一诗囚。江山万古潮阳笔，合[①]在元龙百尺楼。

贾岛，初为僧，韩愈令其返俗，时孟郊已死。韩有诗云：“孟郊死葬北邙山，日月星辰顿觉闲。天恐文章中道绝，再生贾岛在人间。”贾岛是一个专事“推”“敲”的人，他自己也说（《题诗后》）“二句三年得，一吟双泪流”。其结果流为可笑，如“地祇闻[②]此语，突出惊[③]我倒”“写留行道影[④]，焚却坐禅身”。欧阳修评后两句云：“时谓烧杀活和尚，此尤可笑也。”

卢仝全作怪诗，如《月蚀诗》中的：“天色绀滑凝不流，冰光

① 合　底本作“今”，据《全元诗》（P.170）改。
② 闻　底本作“问”，据《贾岛诗集笺注》（P.36）改。
③ 惊　底本作“骂”，据《贾岛诗集笺注》（P.36）改。
④ 影　底本作“路”，据《贾岛诗集笺注》（P.62）改。

交贯寒朣胧。”马异诗只存四首，其与卢仝结交诗中也有怪僻的话，如“长河拔作数条丝，太华磨成一片石”“将吾剑兮切淤泥，使良骥兮捕老鼠”。其作诗的共同目标，均是立异以为高，与韩愈的求异没有什么两样。

自杜甫的“朱门酒肉臭，路有冻死骨”这一类讽刺社会不平的题材出现以后，激励了白居易一派的诗的内容。白氏对于诗有两种主张值得我们注意。一是为社会而艺术，《与元九书》中所谓“文章合为时而著，歌诗合为事而作”。其新乐府即以此为目的，故序中再三说：“总而言之，为君为臣为民为物为事而作，不为文而作也。”他竭力反对以往传统的“为艺术而艺术”的说法。一是求诗歌的大众化，“老妪都解”这故事便是一个很好的例证。杜甫的改诗是为了求奇，而白氏改诗是为了平易，故其诗当时非常流行，“贾人求市”的故事，也是一个很好的例证。故其诗中多讽谕之作，如[①]《议婚》之悯贫女，《伤宅》之讥豪贵，《海漫漫》之戒求仙……

与白居易同负盛名的，有元稹。时称“元白”。他们两人是很知己的朋友，他论诗的主张与白居易同。作风也相似，如《田家词》“姑舂妇担去输官，输官不足归卖屋。愿官早胜仇早覆，农死有儿牛有犊。誓不遣官粮不足！”但这一派作风是为苏轼所瞧不

① 如　底本作“好”，据文意酌改。

起的，故有“元轻白俗”之讥。同是一派，比元、白较早的有元结、顾况；同时的尚有张籍。张籍诗，后人常与元、白相提并论。如《岁寒堂诗话》所论：

> 张司业诗，与元、白一律，专以道得人心中事为工，但白才多而意切，张思深而语精，元体轻而词躁尔。

张籍之作，如《野老歌》是悯农夫的，《沙堤行》是讥权贵的，《寄衣曲》是刺用兵的，《离妇》是攻击社会上的恶风俗的。如《乌夜啼引》则更写出民间的凄婉之情：

> 少妇起听[①]夜啼乌，知是官家有赦书。下床心喜不重寐，未明上堂贺舅姑，少妇语啼乌：“汝啼慎勿虚。借汝庭树作高巢，年年不令伤尔雏。”

尚有承接王维一派的诗人，与元、白不同的有刘长卿、韦应物、刘禹锡、柳宗元等。刘长卿有“五言长城”之誉（权德舆说），如《寻南溪常道士》：“一路经行处，莓苔见屐痕。白云依静渚，芳草闭闲门[②]。过雨看松色，随山到水源。溪花与禅意，相对

---

① 听　底本作“诉”，据《全唐诗》（P.304）改。
② 门　底本作“月”，据《全唐诗》（P.1512）改。

亦忘言。”集中五律最多，可见其用力所在。韦应物亦以五言见长，白居易称：“韦苏州五言高雅闲淡，自成一家。”苏轼亦称颂：“韦郎五字诗。”如《寄全椒山中道士》：“今朝郡斋冷，忽念山中客。涧底束荆薪，归来煮白石。欲持一瓢酒，远慰风雨夕。落叶满空山，何处寻行迹？”刘禹锡不但以五言诗见长，而首创民间诗歌“竹枝词”。如他所改作的民歌：“杨柳青青江水平，闻郎江上踏歌声。东边日出西边雨，道是无晴却有晴。”柳宗元的诗也以五言为多，如“连袂渡危桥，萦回出林杪”“孤舟蓑笠翁，独钓[①]寒江雪”等，是很有意境的佳句。

这时独创一格，而影响于晚唐的诗体的是李贺。年轻时所作《高轩过》，已足使韩愈、皇甫湜吃惊，“奚囊”是他平日搜集题材的方法，所以他母亲要恨恨地骂他“是儿要呕出心肝乃已耳”了。其作品颇有“艳”的风味。如《龙[②]夜吟》的“寒砧能捣百尺练，粉泪凝珠滴红线”。但终觉刻划太甚。但其名句如“石破天惊逗秋雨”“天若有情天亦老”，是颇为人所传诵的。

唐代末年，有唯美的倾向。如杜牧、温庭筠、李商隐三家的作品。《唐书·艺文志》称他们“词旨缛丽”。杜牧除香艳诗外，尚有不平之鸣，如《泊秦淮》，又如《登乐游原[③]》：“长空澹澹[④]孤鸟没，

---

① 钓　底本作“饮”，据《柳宗元集》（P.1221）改。

② 龙　底本作“然”，据《全唐诗》（P.4440）改。

③ 登乐游原　底本作“乐游原”，据《全唐诗》（P.5954）改。

④ 澹澹　底本作“淡淡”，据《全唐诗》（P.5954）改。

万古销沉向[1]此中。看取汉家何事业，五陵无树起秋风。”李商隐诗精丽可喜，但其病在晦涩。《石林诗话》称其“精密华丽”。而元遗山却评为“只恨无人作郑笺”，王士祯也说“一篇《锦瑟》解人难”。即举《锦瑟》一首作例：

> 锦瑟无端五十弦，一弦一柱思华年。庄生晓梦迷胡蝶，望帝春心托杜鹃。沧海月明珠有泪，蓝田日暖玉生烟。此情可待成追忆，只是当时已惘然。

温庭筠的诗颇有词味，其作品如“鸡声茅店月，人迹板桥霜”“波上马嘶看棹去，柳边人歇待船归”“出寺马嘶秋色里，向[2]陵鸦乱夕阳中”等，都是清疏可诵的句子，至于他对诗歌文学上的贡献，却在另一文体的创制，这里不一一论列了。

第三节　宋诗与清诗

“自不读唐以后诗之论出，于是称诗者，必曰唐诗。苟称其人之诗为宋诗，无异于唾骂。”（叶燮《原诗》）诗到宋代，便变了作风，而尊古之流，却尊唐而黜宋。然而宋人之诗，也有它的特色。

---

① 向　底本作“白”，据《全唐诗》（P.5954）改。
② 向　底本作“回”，据《温庭筠全集校注》（P.279）改。

都穆《南濠诗话》云：

昔人谓诗盛于唐。近亦有谓元诗过宋者。陋哉见也。刘后村云："宋诗岂不愧于唐，盖过之矣。"予观欧、梅、苏、黄、二陈至石湖、放翁诸公，其诗视唐未可便谓之过，然真无愧色者也。元诗称大家必曰虞、杨、范、揭，以四子而视宋，特太山之卷石耳。方正学诗云："前宋文章配两周，盛时诗律亦无俦[①]。今人未识昆仑派，却笑黄河是浊流。"又云："天历诸公制作新，力排旧习祖唐人。粗豪未脱风沙气，难诋熙丰作后尘。"非具正法眼者，乌能道此！

宋诗的特色，在于冲淡轻灵，而能别出新意。唐代宫体、边塞之作品，均已不复再见。这是唐、宋作风不同的地方。

宋初承李商隐之风，有西昆派之目。刘克庄《后村诗话》中评："《西昆酬唱集》对偶字面虽工，而佳句可录者殊少。"魏泰《临汉隐居诗话》也说："杨亿、刘筠作诗，务积故实，而语意轻浅，识者病之。"这一派重视诗的形式而忽略了内容。当时这势力很大，他如王禹偁、林逋等虽不加入这集团，但却没有声势，到了苏舜钦、梅尧臣出，于是为之一变。叶燮说："开宋诗一代之面

① 俦 底本作"传"，据《历代诗话续编》(P.1344)改。

目者，始于梅尧臣、苏舜钦二人。”梅诗工平淡，苏诗以奔放为主。《六一诗话》云：

圣俞、子美齐名一时，而二家诗体特异。子美笔力豪隽，以超迈横绝为奇；圣俞覃思精微，以深远闲淡为意。各极其长，虽善论者，不能优劣也。余尝于《水谷夜行诗》略道其一二云：“子美气尤雄，万窍号一噫，有时肆颠狂，醉墨洒滂霈。譬如千里马，已发不可杀。盈前尽珠玑，一一难拣汰。梅翁事清切，石齿漱寒濑，作诗三十年，视我犹后辈。文词愈精新，心意虽老大，有如妖韶女，老自有余态。近诗尤古硬，咀嚼苦难嘬。又如食橄榄，真味久愈在。苏豪以气轹，举世徒惊骇，梅穷独我知，古货近难卖。”语虽未工，谓粗得仿佛。然不能优劣之也。

此段可以为定论，但是他们的诗，却也并不怎样工整。北宋诗坛终须推欧阳修、王安石、苏轼、黄庭坚四人。南宋则以陆游、陈与义、范成大、杨万里为大家，其余的只能一概从略了。

欧阳修也擅长于词、文，其作风近于婉曲一派，而以古风为最佳。《苕溪渔隐丛话》称他：“欧公作诗，盖欲出自胸臆，不肯蹈袭前人，亦其才高，不见牵强之迹。”这是很好的批评。举其《明妃曲和王介甫作》一首：

胡人以鞍马为家，射猎为俗，泉甘草美无常处，鸟惊兽骇争驰逐。谁将汉女嫁胡儿，风沙无情貌如玉，身行不遇中国人，马上自作思归曲。推手为琵却手琶，胡人共听亦咨嗟，玉颜流落死天涯，此曲却传来汉家。汉宫争按新声谱，遗恨已深声更苦。纤纤女手生洞房，学得琵琶不下堂。不识黄云出塞路，岂知此声能断肠。

王安石喜以议论作诗，亦多言佛理，更喜窜易古人诗句，以为自己的作品。所以《韵语阳秋》《诚斋诗话》中对他多不满意的批评。他又喜集句，而黄庭坚讥他“正堪一笑”。但是《梃斋诗话》却称他“荆公绝句妙天下”。而严羽也说：“公绝句最高，其得意处，高出苏黄陈之上。”足见他绝句之负盛名了。录五七言绝句各一首：

江水漾西风，江花脱晚红。离情被横笛，吹过乱山东。（《江上》）

落帆江口月黄昏，小店无灯欲闭门。侧出岸沙枫半死，系船应有去年痕。（《江宁夹口》）

诗到苏轼，而境界一变，去唐甚远（王渔洋语）。元遗山诗：“只知诗到苏黄尽，沧海横流却是谁？”严羽云：“国初之诗，尚沿袭唐人……至东坡、山谷，始自出己意以为诗，唐人之诗变矣。”然而在诗的历史上看来，这却是一种进化的现象。苏诗以七古见长，《岘佣说诗》：“东坡最长七古，沉雄不如杜，而奔放过之；秀逸不如李，而超旷过之。又有文学以济其才，有宋三百年无敌手也。”如《游金山寺》：

我家江水初发源，宦游直送江入海。闻道潮头一丈高，天寒尚有沙痕在。中泠南畔石盘陁，古来出没集涛波，试登绝顶望乡国，江南江北青山多。羁愁畏晚寻归楫，山僧苦留看落日。微风万顷靴纹细，断霞半空鱼尾赤，是时江月初生魄，二更月落天深黑。江心似有炬火明，飞焰照山栖乌惊。怅然归卧心莫识，非鬼非人竟何物？江山如此不归山，江神见怪惊我顽。我谢江神岂得已，有田不归如江水。

他的七言绝句，也有很好的，如“惆怅东阑一株雪，人生看得几清明”“春江水暖鸭先知”“一年好景君须记，最是橙黄橘绿时”等等，均为后人所传颂的。

黄庭坚，是江西诗派的领袖，与苏轼齐名，时称“苏黄”。他作诗颇费苦心。自云：“十度欲言九度休，万人丛中一人晓。”《避暑录话》载黄元明说：“鲁直旧有诗千余篇，中岁焚三之二，存者无几，故名《焦尾集》。其后稍自喜，以为可传，故复名《敝帚集》。”他又有“夺胎”“换骨”之说，也和王安石一样抄袭古语。后人斥为“剽窃之黠者”。作诗颇学奇语，亦是一病。而江西诗派，却奉为正宗。魏泰评他:“作诗得名，好用南朝人语，专求古人未使之事，又一二奇字缀葺而成诗，自以为工，其实所见之僻也，故句虽新奇，而气乏浑厚。”元遗山对于此点，颇不满意，故他《论诗绝句》中说:“论诗宁下涪翁拜，未作江西社里人。”山谷古诗近体，均有佳句如:

人间风月不到处，天上玉堂森宝书。想见东坡旧居士，挥毫百斛写明珠。我家江南摘云腴，落硙霏霏雪不如。为公唤起黄州梦，独载扁舟向五湖。(《双井茶送子瞻》)

四顾山光接水光，凭栏十里芰荷香。清风明月无人管，并作南楼一味凉。(《鄂州南楼书事》)

方回跋尤袤之诗曰:“中兴以来，言诗必曰尤、杨、范、陆。诚斋时出奇峭，放翁善为悲壮，公与石湖，冠冕佩玉，端庄婉庄。”陆游生在这流离动荡的时代，以诗寄其哀怨愤怒之情，确是南宋一大家，而他的诗有一万四千余首，也是一个多产的人，同时他是主张“文从实处工”的人，处处抓住现实作题材。“琴废还重理，诗成更细评”“夜来一笑寒灯下，始是金丹换骨时”。《四库全书总目》云:“游诗清新刻露，而出以圆润，实能自辟一宗……

才情繁富，触手成吟，利钝互见，诚所不免……然其托兴深微，遣词雅隽者，全集之内，指不胜屈。”他的古诗近体均有可观：

丈夫不虚生世间，本意灭虏收河山。岂知蹭蹬不称意，八年梁益凋朱颜。三更抚枕忽大叫，梦中夺得松亭关。中原机会嗟屡失，明日茵席留余潸，益州官楼酒如海，我来解旗论日买。酒酣博塞为欢娱，信手枭卢喝成采。牛背烂烂电目光，狂杀自谓元非狂。故乡九庙臣敢忘，祖宗神灵在帝旁。(《楼上醉书》)

为忧名花抵死狂，只愁风日损红芳。绿草夜奏通明殿，乞借春阴护海棠。(《花时遍游诸家园》)

范成大，是宋代的田园诗人，他的诗较王维一班人更有田园的普遍乐趣。《石湖诗集》之中，也以此类为最多。有“流丽”与“轻灵”之味，如：

阵阵轻寒细马骄，竹林茅店小帘招，东风已绿南溪水，更染溪南柳万条。(《自横塘过黄山》)

南浦春来绿一川，石桥朱塔两依然。年年送客横塘路，细雨垂杨系画船。(《横塘》)

梅子金黄杏子肥，麦花雪白菜花稀。日长篱落无人过，

惟有蜻蜓蛱蝶飞。(《夏日田园杂兴》)

放船闲看雪山晴，风定奇寒晚更凝。坐听一篙珠玉碎，不知湖面已成冰。(《冬日田园杂兴》)

但是除了这种田园诗以外，别的诗却少佳作，这不能不说是他作品中的一个遗憾。

与陆游、范成大齐名的尚有杨万里。方回《瀛奎律髓》说他："一官一集，每集必变一格。"他自己在《南海诗集序》中也如此说过。他后来诗学白居易，他说："每谈乐天诗，一谈一回妙，少时不知爱，知爱今已老。""病里无聊费扫除，节中不饮更愁予。偶然一读香山集，不但无愁病亦无"。方回称他的作品："虽沿江西派之末流，不免有颓唐粗俚之处，而才思健拔，包孕富有，目为南宋一作手，非后来'四灵''江湖'诸派可得而并称。"他的绝句平易而活泼：

一日江行百折中，回头犹见夜来峰。好山十里都如画，更与横排一径松(《真阳峡》)

数间茅屋傍山根，一队儿童出竹门。只爱行穿杨柳渡，不知失却李花村。(《归东园》)

雾外江山看不真，只凭鸡犬认前村。渡船满板霜如雪，印我青鞋第一痕。(《晓过大皋渡》)

在南渡初期，江西派中的巨子，要算陈与义了。他与北宋陈无己号称宋诗二陈，但无己“闭门觅句”，终不及与义的自然轻松。宋高宗喜欢他的“客子光阴诗卷里，杏花消息雨声中”也不是偶然的。《四库全书总目》称他的作品：“湖南流落之余，汴京板荡以后，感时抚事，慷慨激越，寄托遥深，乃往往突过古人。”录近体古诗各一首：

雨后江南绿，客悲随眼新，桃花十里影，摇荡一江春。朝风逆船波浪恶，暮风送船无处泊。江南虽好不如归，老荠绕墙人得肥。(《江南春》)

中庭淡月照三更，白露洗空河汉明。莫遣西风吹叶尽，却愁无处着秋声。(《秋夜》)

诗到宋代而诗话多，据《四库全书总目》所载，已将近五十余种，故有“诗话作而诗亡”之论。但也不定诗话多便会影响于作诗的。这是宋代诗坛与唐代的一个不同之点。宋代诗有诗派之名，如“西昆”“江西”等等，唐代则无之。有诗派则其持论易偏，堂庑未大。故刘克庄诗中说：

派里人人有集开，竞师山谷友诚斋。只饶白下骑驴叟，不效勾牵入社来。

论诗者多以宋、元合称，但是元代的诗不及宋人。顾嗣立《寒厅诗话》中论元代诗派甚详：

元诗承宋、金之际，西北倡自元遗山（好问），而郝陵川（经）、刘静修（因）继之，至中统、至元而大盛，然粗豪之习，时所不免。东南倡自赵松雪（孟頫）、而袁清容（桷）、邓善之（文原）、贡云林（奎）辈从而和之。时际承平，尽洗宋、金余习，而诗学为之一变。延佑、天[1]历之间，风气日开，赫然鸣其治平者，有虞（集）、杨（载）、范（梈[2]）、揭（傒斯），一以唐为宗，而趋于雅，推一时之极盛。时又称虞、揭、马（祖常）、宋（本褧）。继而起者，世惟称陈（旅）、李（孝光）、二张（翥、宪），而新喻傅汝砺（若金）、宛陵贡泰甫（师泰）、庐陵张光弼（昱），皆其流派也。若夫揣炼六朝，以入唐律，化寻常之言为警策，则有晋陵[3]宋子虚（无）、广陵成原常（延珪）、东阳陈居采（樵），标奇竞秀，各自名家。间有奇才天授，开阖变怪，骇人视听，莫可测度者，则贯酸斋（小云）、冯海粟（子振）、陈刚中（孚），继则萨天锡（都剌），而后杨廉夫（惟桢）。廉夫当元代兵戈扰

① 天　底本作“大”，据《清诗话》（P.83）改。
② 梈　底本作“椁”，据《清诗话》（P.84）改。
③ 陵　底本作“隆”，据《清诗话》（P.84）改。

> 攘，与吾家玉山主人（瑛）领袖，振兴风雅，与东南柯敬仲（九思）、倪元镇（瓒）、郭羲仲（翼）、郑九成（韶）辈，更倡迭和，淞泖之间，流风余韵，至今未坠。

其中以元遗山一人，独步当代。郝伯常评其诗：“以五言为雅正，出奇于长句，杂言至五千五百余篇，用今题为乐府，揄扬新声者又数十百篇。皆近古所未有也。”瞿存斋说：

> 元遗山在金末，亲见国家残破，诗多感怆，如云“高原水出山河改，战地风来草木腥”“花啼杜宇归来血，树挂苍龙蜕后鳞”“白骨又多兵死鬼，青山元有地行仙”“燕南赵北无全土，王后卢前总故人”，皆寓悲怆之意。

有明一代，初以杨基、张羽、徐贲、刘基称四家，至弘、正之间，李东阳出而重格律，李梦阳、何景明出而提倡复古，《四库全书总目》评之云：“梦阳倡言复古，使天下毋读唐以后诗，持论甚高，足以悚当代之耳目，故学者翕然从之，文体一变。厥复摹拟剽贼，日就窠臼。”明代之诗，实有此弊。

清代初期，以诗名者有江左三大家——钱谦益、吴伟业、龚鼎孳。钱谦益论诗称扬白居易、苏轼、陆游，排斥明代诸家，不遗余力。吴伟业则以《圆圆曲》著称。《四库全书总目》评吴氏之诗为“才藻艳发，吐纳风流，有藻思绮合，清丽芊[①]眠之致。其中歌行一体，尤所擅长。格律本乎四杰，而情韵为深；叙述类乎香山，而风华为胜。韵协宫商，感均顽艳，一时尤为绝倒。”因吴氏身感亡国之悲，不得已而仕于清代，曾有诗自悼云：“我是淮王旧鸡犬，不随仙去落人间”，其胸怀之抑郁可知。金俊明题《牧斋诗钞》论钱谦益的诗道：“托体遥深，庀材宏富。情真而体婉，力厚而思雄，音雅而节和，味隆而色丽”，可谓推崇备至。其诗如：

踏青车马过清明，薄霭新烟逗午晴。日射夭桃含色重，风和弱柳著衣轻。春禽欲傍钗头语，芳草如当履齿生。每向东山看障子，不知身在此中行。

龚氏虽与吴、钱齐名，而宴饮酬酢之作，多于登临凭吊之文。三人之中，实以吴氏为最优。稍后有王士祯，徐珂评其“枕葄唐旨，独嗜神韵，海内推为正宗”。而袁枚却以为他的诗力太薄：“一代正宗才力薄，望溪文集阮亭诗。”翁方纲评他：“诗如仙子五铢衣，随手凑补。”则其病在乎侧重形式。王氏对于作诗的见解，本宋代严羽《沧浪诗话》中“妙悟”之说，发而为“神韵”之论。倡“不着一字，尽得风流”之说。所谓“神韵”乃象外之旨，弦

① 芊　底本作“芋”，据《四库全书总目》（P.1520）改。

外之音，亦即是诗的风致。赵翼《瓯北诗话》中说：

> 阮亭（王士祯）专以神韵为主，如《秦淮杂诗》，有感于阮大铖《燕子笺》事云："千载秦淮呜咽水，不应仍恨孔都官。"《仪征柳耆卿墓》云："残月晓风仙掌露，何人为吊柳屯田？"蕴藉含蓄，实是千古绝调。然专以神韵胜，但可作绝句，而元微之所谓"铺陈终始，排比声韵，豪迈律切"者，往往见绌，终不足以八面受敌，为大家也。"

王氏古体惟宗王、孟，上及谢朓，律诗宗杜甫，但以七绝为佳，如：

> 江乡春事最堪怜，寒食清明欲禁烟。残月晓风仙掌露，何人为吊柳屯田？（《真州绝句》）
>
> 太华终南万里遥，西来无处不魂销。闺中若问金钱卜，秋雨秋风过灞桥。（《灞桥寄内》）

此时朱彝尊亦宗王、孟，兼学唐、宋，以博雅见称。王士祯评其诗，极称其永嘉诗中《南亭》《西射堂》《孤屿》《瞿溪》诸篇。然是时仅规抚王、孟，未尽所长。至其中岁以还，则学问愈博，风骨愈壮，长篇险韵，出奇无穷。赵执信《谈龙录》论王士祯及朱氏诗，以为王之才高，而学足以副之，朱之学博，而才足以运之；

又论其失，称“朱贪多，王爱好”，亦是公论。按王、朱两氏，好用僻典，书卷多而性灵隐，亦是一病。

赵执信曾向王士祯请教古诗的格律，士祯靳不肯言，赵执信便发愤将唐人的诗集，作归纳的研究，乃著《声调谱》一书，有“落调”“单拗”“双拗”诸例，其说颇为精密。《四库全书总目》:

> 执信娶王士祯之甥女，初相契重，相传以求作《观海集序》，士祯屡失其期，遂渐相诟厉，仇隙终身。今观《还山集》中，尚有酬士祯诗二首，又为士祯作《西城[①]别墅十三咏》，至《鼓枻集》中《渡江》一首，已有“只应羡诗老，持节问岷源”句，注曰:“谓阮翁。”又《悼吴孝廉》一首，有“渔洋未识名先著”句，其词气已不和平。自是以还，遂互相排击。则谓二人之衅，生于作《观海集》时，其说当信。迨其后沿波逐流，递相祖述，坚持门户，入主出奴，哓哓然迄无定说。平心而论，王以神韵缥缈为宗，赵以思路劖刻为主。王之规模阔于赵，而流弊伤于肤廓；赵之才力锐于王，而末派病于纤小。使两家互救其短，乃可以各见所长。正不必论甘而忌辛，好丹而非素也。

① 城 底本作“域”，据《四库全书总目》(P.1527)改。

当时，尚有宋荦、陈维松、邵长蘅、查慎行诸人，陈维松学韩苏，邵长蘅学杜苏，查慎行学韩苏，此数人中，以查慎行为最有名。王士祯称查诗与陆游相埒："奇创之才，慎行逊游，绵至之思，游逊慎行。"又称其五七言古体，有陈师道、元好问之风。《四库全书总目》称："慎行近体，实出剑南，但游善写景，慎行善抒情，游善隶事，慎行善运意，故长短互形……至于后山古体，悉出苦思，而不以变化为长；遗山古体，具有健气，而不以灵敏见巧；与慎行殊不相似。核其渊源，大抵得诸苏轼为多。观其积一生之力，补注苏诗，其得力之处可见。明人喜称唐诗，自国朝康熙初年窠臼渐深，往往厌而学宋，然粗直之病亦生焉。得宋人之长而不染其弊，数十年来，固当为慎行屈一指也。"

专事学宋诗而得名者，有厉鹗。厉氏生平博洽群书，尤熟于宋事，曾作《宋诗纪事》一百卷，《南宋院画录》八卷，又有《南宋杂事诗》，皆考证详明。《四库全书总目》称："其诗吐属娴雅，有修洁自喜之致，绝不染南宋江湖末派，虽才力富健，尚未能与朱彝尊等抗行，而恬吟密咏，绰有余思。"

袁枚论诗，主性灵之说，以为诗者人之性情，性情之外无诗。"诗有别才，非关学问"。《随园诗话》中论诗："今诗流有三病焉，其一，填书塞典，满纸死气，自矜淹博。全无蕴藉，失口而道，自夸真率。近又有讲声调，而圈平点仄以为谱者……必欲繁其例，狭其径，苛其条规，桎梏其性灵，使无生人之乐，不已傎乎。”故又在《答施兰垞论诗书》中说：“诗者，各人之性情耳，与唐、宋无与也。若拘拘焉持唐、宋以相敌，是己之胸中，有已亡之国号，而无自得之性情，于诗之本旨已失矣。”其诗以古体较为庄重。如《玉泉观鱼》：

玉泉何澄清，银河移在地。戢戢万鱼头，空行渺无际。江鳞金陆离，白小影摇曳。窥客若有情，衔花俨相戏。池间荇藻长，风定水烟细。可惜夕阳沉，钟声云外至。春山生睡容，游客有归意。回看波纹平，淡月僧门闭。

论诗各说，除上述“神韵”“性灵”两说之外，尚有翁方纲之“肌理”说。翁诗宗杜、韩、苏、黄，其肌理之说系针对神韵而言。略谓“渔洋拈神韵二字，固为超妙。但其弊恐流为空调，故特拈肌理二字”。沈德潜亦有“格调”之论。此说系针对“性灵”而言。乃选《古诗源》、唐、宋、元、明诗《别裁》，古体必宗汉、魏，近体必宗盛唐，元和以下，视为别派。故与袁枚信书往还，相争甚烈。按沈氏之说，系受之于吴江叶燮。叶氏以杜为归，以情境理为宗旨，推本性情，语见实际。论者或有燮体素储洁，而德潜多渣滓之说。沈氏弟子极多，再传到黄景仁，作诗的成就在沈氏之上。其诗追纵李白，风格矜重，生气远出，而泽于古。

道光以后，有陈太初，以清苍幽峭为主，其诗，字皆人人能识之字，句皆人人能造之句；及积字成句，积句成韵，积韵成章，遂无前人已言之意，已写之景。徐珂评其“体会精微，出以精思健笔”。其后有魏默深之作。稍相类似。

另一派作风以生涩奥衍见长，语必惊人，字忌习见，如郑珍《巢经巢诗钞》之作。其后陈三立以奇字作诗，流于险怪一路。另一派则易以今语，如龚定庵、黄遵宪、谭嗣同、金和之作。与诗的变成语体很有关系。说详后章。

清季以六代为圭臬，缘情绮靡，而自成一宗的，有王闿运。如《斗姥宫尼院》：“瑶阶翠柏不知霜，仙地宜分玉女房。镜里云霞烘月影，川中脂粉带天香。灵宫定有珠为蕊，尘世应知海未桑。朱鸟窗前几人到，等闲邪见莫思量”。清代专以学宋诗自成一宗的，有陈师石遗，曾有《元诗纪事》。其论诗宗、陈师道[①]，尝云：“今人强分唐诗、宋诗，不知宋人皆推本唐人诗法，力破余地耳……若墨守旧说，唐以后之诗不读，有日蹙国百里而已。”有《石遗室诗话》。

---

① 道字及其后逗号疑衍。

第六章 ○

俗曲系统

诗在唐宋已成为文人们的玩意了。而民间的山歌依然存在。这时候，又因为受了佛教的影响，而有说佛、记佛的故事的诗歌出来。同时诗歌之外，又加上了很简单的乐器。因此这一类东西，只能替他起个名字，名之曰“俗曲”。

虽然这是“俗”的东西，但是一脉相传，迄今未灭。尤其佛教的故事，传遍于民间，于今尤甚。所以这一类，我们也得加以研究，因为它实在也是“诗歌文学”之一种，不过不是“雅”的东西罢了。我在《学生杂志》第十九卷十一号中曾有《中国俗文学的改进与文艺大众化》一文，这里面曾提及现代文艺不妨采用俗曲的形式，因为这形式对于大众是熟悉的。这里只能将以往俗曲之大概情形，作简单地叙述。

第一节　佛曲

隋有九部乐，至唐而增为十部。多了一种《天竺乐》。《续通考》中有“唐《述佛法曲》”之名，盖从印度传来。唐乐署供奉曲中，有《龟兹佛曲》《急龟兹佛曲》《罗刹末罗》等,《羯鼓录》所载有“诸佛曲调”一项，中分《九仙道曲》《卢舍那仙曲》《御制三元道曲》《四天王》《半阁磨奴》《失波罗辞见柞》《草堂富罗》《于门烧香》《宝头伽》《菩萨阿罗地舞曲》《阿陀弥大师曲》。从这些名词的意义看来，这些是与佛教有关系的。

罗振玉《敦煌零拾[①]》中有俚曲三种，这是唐代最早的俚曲。三首之中,《天下传孝十二时》中“阿阇世王不是人，杀父害母生禽兽”殊类佛家语，而《禅门十二时》则与佛更有关系了。《敦煌掇琐》中有《太子十二时》从“子”说到“亥,”系讲摩耶太子的出世与成佛。如“黄昏戌，佛闻双林无有失。阿难合掌白佛言，文殊来问维摩诘”“人定亥，十代弟子来忏悔，佛说西方净土国，见闻自消一切罪”。大抵唐代俗曲，分作两大类，一种是与佛教有关的，如上文所述，一种是述说传闻的，如《董永行孝》《季布骂阵词文》，他的形式颇类七言绝句，如：

---

① 零拾　底本作“拾零”，据《清史稿艺文志拾遗》（P.2490）改。下文统改，不再出校记。

> 季布得官如谢敕，拜舞天街喜气新。密报先谢朱解得，明明答谢濮阳恩。鼓蹬临歌归本去，摇鞭喜得脱风尘。若论骂阵身登首，万古千秋只一人。

与现代弹词宝卷的体例，非常相似。《敦煌零拾》中又有佛曲三种。据罗氏所说：说书之风，肇于唐而盛于宋两京。即谓说书起于佛曲的。据《乐府杂录》："长庆中俗讲僧文淑善吟经，其声宛畅，感动里人。"又《卢氏杂记》（见《太平广记》）云，"文宗善吹小管，时法师文淑为入内大德。一日，得罪，流之。弟子入内。收拾院中籍入家具辈[①]，犹作法师讲声，上采其声为曲子，号文淑子"。我们可以知道，这种佛曲是讲的，同时又是合乐的。而在当时颇为通行。又唐赵璘《因话录》中记载：

> 有文淑僧者，公为聚众谭说，假托经论，所言无非淫秽鄙亵之事。不逞之徒，转相鼓扇扶树，愚夫冶妇乐闻其说，听者填塞寺舍。瞻礼崇拜，呼为和尚教坊，效其声调以为歌曲。其氓庶易诱，释徒苟知真理，及文义稍精，亦甚嗤鄙之。近日庸僧，以名系功德[②]使，不推台省府县，以士流好窥其所为，视衣冠过于仇雠。而淑僧最甚，前后杖背，流在边地数矣。

① 辈　底本作"籍"，据《太平广记》（P.1546）改。
② 德　底本作"道"，据《因话录》（P.95）改。

足见当时说佛之盛，及其流弊了。今试举《大目乾连冥间救母变文》一节，以知佛曲的体例（就是现今民间通行的目连救母的故事）：

目连言讫更向前行，须臾之间，至一地狱，目连启言狱主：此个地狱中，有青提夫人已否？是贫道阿娘，故来认觅。狱主报言：和尚，此狱中总是男子，并无女人。向前问有刀山地狱之中。问必应得见。目连前行，至地狱，左名刀山，右名剑树。地狱之中，锋剑相向，涓涓血流。见狱主无量罪人，入此地狱。目连问曰：此个名何地狱？罗察答言：此是刀山剑树地狱。目连问曰：狱中罪人，作何罪业，当堕此地狱？狱主报言：狱中罪人，生存在日，侵损常住游泥伽蓝，好用常住水果，盗常住柴薪，今日交伊攀剑树，支支节节，皆零落处。

刀山白骨乱纵横，剑树人头千万颗。欲得不攀刀山者，无过寺家填好土。栽接果木入伽蓝，布施种子倍常住，阿你个罪人不可说，累劫受罪度恒沙。从佛涅槃仍未出，此狱东西数百里，罪人乱走肩相棳。业风吹火向前烧，狱卒把杈从后押，身手应是如瓦碎，手足当时如粉末。沸铁腾光向口浇，著者左穿如石穴。铜箭傍飞射眼睛，剑轮直下空中割。为言千载不为人，铁把楼聚还交活。

这种佛曲在宋初被禁止了。于是便一变而为“讲史”“讲浑经”“说参请”之类的东西。即后世宝卷之初型。吴自牧《梦粱录》：

> 谈经者，谓演说佛书；说参请者，谓宾主参禅等事……又有说浑经[①]者。

可惜那时的本子没有了。无从考查。宝卷，在宋代已有之，是否即是说经的东西，不得而知了。相传宋普明禅师有《香山宝卷》，乃是宝卷中最早的作品，北平图书馆藏有抄本《销释真空宝卷》为宋元人的作品。这两者，也说是宝卷的开山祖，但是它们的经法内容，和佛曲相似。《销释印空实际宝卷》的开场是：

> 夫《印空宝卷》者，能开解脱之门，妙偈功德，往入菩提之路。印空偈二十四品，品品而奥意难穷。

足见是用通俗的话来讲经谈唱的。宝卷的内容别为两大类：（甲）与佛教有关的，不是劝世，便是讲佛的故事。（乙）非佛教的，其中是神怪或民间故事。大约宝卷初为说佛，而后来范围渐渐广大

① 经　底本脱，据《梦粱录》（P.196）补。

而至非佛教的故事了。

第二节　大鼓与弹词

宋代佛曲销沉以后，而北方盛行鼓词。其乐器则以鼓为主。最著名的，是赵德麟《商调蝶恋花鼓子词》，是用十个《蝶恋花》的调子来咏元稹《会真记》的故事的。其中也是韵文散文揉合而成。他自序道：

> 夫传奇者，唐元微之所述也……倡优女子，皆能调说大略，惜乎不被之以音律，故不能播之声乐，形之管弦……今于暇日略其烦亵，分之为十章。每章之下，属之以词。或全摭其文，或止取其意。又别为一曲，载之传前，先叙前篇之义，调曰商调，曲名蝶恋花。句句言情，篇篇见意。奉劳歌伴，先定格调，后听芜词。

每段开唱之前，即有“奉劳歌伴，再和前声”两句。这种形式正是合于讲唱之用的。其后有诸宫调与董解元的《弦索西厢》，均是鼓子词的一种。陆放翁《小舟游近村》：

> 斜阳古道赵家庄，负鼓盲翁正作场。身后是非谁管得，

满村听唱蔡中郎。

这里也可以约略知道一些当时鼓词的大约情形。明末清初，有贾凫西的鼓调，不用说明，全是唱和，这又是一种变体了。现在所存的鼓词，大抵是金戈铁马，写国家动荡的故事的。要知道现代大鼓的情形，刘复编《中国俗曲总目稿》，李家瑞编《北平俗曲略》，杨庆五编《大鼓书词汇编》，可以参考。今录《通俗大明定北炮打乱柴沟全传》一节：

胡总镇，垛口以内往下望，麾前的，副参游守细观瞧。但只见无数番兵临城下，乱恍盔缨雉尾飘，身披明甲如凶虎，一个个，项短脖粗猛又肖。羊皮袄下藏利刃。沙鱼鞘内代顺刀。马似欢龙宗尾乍，人显威风杀气高。天降野人生口北，时常的，侵犯边界抢南朝。总镇看罢将头点，付内多呼两三遭。怪不得大元不肯来纳进，所仗着，将勇兵多呈雄威。两国这一打上仗，胜败输赢往后瞧。

弹词是南方的诗歌，也与佛曲有相当的关系。它的句调似现代之宝卷，多三字句，七字句。据说最早的弹词是元末杨维桢的《四游记弹词》。臧晋叔曾刻行过。明杨慎有《二十一史弹词》，每段先有《临江仙》一阕，后引诗句，然后再入正文。与鼓词颇为相似。明末柳敬亭之说书，亦有人疑即弹词。而《桃花扇·余韵》一折中柳敬亭所唱的一节,《秣陵秋》确是弹词：

〔丑弹弦介〕六代兴亡，几点清弹千古慨；半生湖海，一声高唱万山惊。〔照盲女弹词介〕

以下便是唱的《秣陵秋》了。现存弹词本子，大多为女性的作品。所写的故事，也以男女恋爱为多。这大约是南北方民族性不同的缘故。弹词的本子，近来很易见到，不必再一一举例了。

第七章○

词曲系统

“词”“曲”似乎是二种不同的文学形式，但是就它性质看来，原来是相同的。“词”是合乐的东西，在歌楼茶馆中歌唱的。“曲”的一种“散曲”，也是和词同样的性质。至于“剧曲”，则留在下编表演文学中去论列。

“词”“曲”的起来与没落，有一种共通的地方。就是他起来由于音乐，没落时也因为脱离了音乐。其趋势也是相同。所以并列作一章来说。

第一节　词的起来

词的起源，不外乎“音乐”的改变与“民歌”之发展。现在就依这两项分开来说：

（甲）音乐之改变　隋唐以后，乃是俗乐胜于雅乐的时期。这是自然的现象。江慎修说："古乐之变为新声，亦犹古礼之易为俗习，其势不得不然，今人行古礼有不安于心者，则听古乐亦岂能谐于耳乎。故古乐难复，亦无容强复。"这议论是不错的。唐代为什么音器会改变呢？这是和外国来往的缘故，外国乐器大量地输入中国来了。

外音之入中国，北周时已有之。《隋书·音乐志》：沛公郑译云：周武帝时有龟兹人曰苏祗婆，善琵琶，听其所奏，一均之中，间有七声，因则问之，答云：父在西域称为知音，代相传习，调有七种。以其七调，勘校七声，冥若符合……译因而强之，始得七声之正。又有"五旦"，华言"均"也。译遂因其所捻琵琶弦柱相引为均，推演其声，更立七均，合成十二，以应十二律，律有七音，音立一调，故成七调。——这是依外国乐器来校勘中国之乐的第一期。隋代之乐，仍是继承北周之乐器。《新唐书·礼乐志》中说："自周陈以上，雅郑淆杂而无别。隋文帝始分为雅俗二部。"凌延堪《燕乐考原》说："雅部乃郑译所附会者，俗乐即苏祇婆琵琶也。"沈存中云："唐以先王之乐为雅乐，前者新声为清乐，合胡部者为燕乐——三者截然不同。唐之雅乐，以部伎之绝无性识者为之；盖天宝之法曲即清乐，今之南曲，清乐之遗声也；胡部即燕乐，今之北曲，燕乐之遗声也；法曲与胡部合奏，即南北合调也。"《通典》云：

武德九年正月，始命太常少卿祖孝孙考正雅乐。至贞观二年六月，乐成奏之。初，孝孙以梁陈旧乐，杂用吴楚之音，周齐旧乐，多涉胡戎之伎，于是斟酌南北，考以古音，而作大唐雅乐，唐制凡大朝会及国家大典，则用雅乐，岁时宴飨及宫中宴会，则用俗乐。

试将唐代外来音乐列表以说明。

（1）宴乐——与胡部合奏者（胡部乃西域乐器之总名）。（见《乐府杂录》）

（2）印度乐——见俗曲系统章。羯鼓亦来自天竺。（见《羯鼓录》）

（3）西域乐——《乐志》:“龟兹起自吕光，灭龟兹，因得其声，其乐器凡十五种为一部，工二十人。”箜篌歌起于西域，亦见《乐志》。《唐会要》又有疏勒乐，唐国乐等均来自西域者。

（4）蒙古高丽乐——以琵琶为主。

（5）云南乐——《续通志》:“太宗至道元年，牂牁王龙汉环遣使来贡，太宗召见，令作本国歌舞，一人吹瓢器为蚊蚋声，良久数十辈，连袂宛转而舞，以足顿地为节，询其曲名《水曲》，由是遂流传中国云。”按牂牁，今贵州境内。

由上可知唐代音乐变化的情形了。音乐既有此改变，则合乐的诗歌文学，也因此而发生一种激变。唐代初年，因乐府已不复可歌，

士大夫阶级以绝句来暂时作合乐的代用品。所以唐之绝句多可歌者，如《渭城曲》，如《竹枝词》等均是。《集异记》:

> 开元中，王昌龄、高适、王之涣齐名。一日微雪，三人共诣旗亭小饮。忽有伶官十数人登楼会宴，妙妓四辈，寻续而至，旋则奏乐。王昌龄等私相约曰:“我辈各擅诗名，每不自定甲乙，今可密观诸伶所讴。若诗入歌词多者，则为优矣。”俄一伶唱曰:“寒雨连江夜入吴，平明送客楚山孤。洛阳亲友如相问，一片冰心在玉壶。”昌龄引手画壁曰“一绝句”。又一伶讴曰:“开箧泪沾臆，见君前日书。夜台何寂寞，犹是子云居!”适引手画壁曰:“一绝句。”寻一伶讴:“奉帚平明金殿开，且将团扇共徘徊。玉容不及寒鸦色，犹带昭阳日影来。”昌龄又引手举杯曰:“二绝句。”独遗之涣。之涣自以诗名已久，因谓诸人曰:“此事皆潦倒乐官，所唱皆巴人下俚之词耳!”指诸妓中双发一人曰:“如所唱非我诗，即不敢与诸君争衡矣。”次至双鬟，发声曰:“黄河远上白云间，一片孤城万仞山。羌笛何须怨杨柳，春风不度玉门关。”之涣即戏饮二子曰:“田舍奴，我岂妄哉!”

这是唐代绝句可唱的一个证据。王灼《碧鸡漫志》中也说:

> 《竹枝》《浪淘沙》《杨柳枝》，乃诗中绝句，而定为歌曲。故李太白《清平调》词三章皆绝句，元白诸诗亦为知音者协律作歌。白乐天守杭州，元微之赠云："休道玲珑唱我诗。"自注云："乐人高玲珑能歌，歌予数十诗。"乐天亦戏赠诸妓云："席上争飞使君酒，歌中多唱舍人诗。"又闻歌妓唱前郡守严郎中诗云："已留旧政布中和，又付新诗与艳歌。"元微之见人咏韩舍人新得诗戏赠云："轻新便伎唱，凝妙入僧禅。"

如此的话，很多很多。唐代合乐的文学，在词未兴以前，乐府没落之后唯一的便是绝句。但是音乐一变动之后，如此句式整齐的诗句歌唱起来，调子便嫌简单，于是《阳关三叠》便用绝句来重复歌唱，诗中也有了"泛声"。《朱子语录》："古乐府只是诗，中间却添了许多泛声，后来人怕失了那泛声逐一添个实字，今曲子便是。"《唐音癸签》："唐初歌曲多用五七言绝句，律诗亦间有采者，想亦有剩字剩句于其间，方成腔调。其后即以所剩[①]者为实字，填入曲中歌之，不复别用和声。"均是例证。调中有《捣练子》，即比七言绝句少一字。如：

> 深院静，小庭空，断续寒砧断续风。无奈夜长人不寐，

① 剩 底本作"填"，据《唐音癸签》（P.170）改。

数声和月到帘栊。

同时，在诗与词过渡时期的作品，也有这种形态的，如张志和的《渔歌子》。

西塞山前白鹭飞，桃花流水鳜鱼肥。青箬笠，绿蓑衣，斜风细雨不须归。

不是同前面的例一样吗？这原因是乐调的改变，乐调改变了，于是词就应运而生。

（乙）由于民歌在唐代民间已有一种类似长短句的东西。敦煌石室里所发掘出来的，正是初期的词在民间流行着的形式。《敦煌零拾》所收有七首。有《渔歌子》一首，注云上王次郎：

春雨微，香风少，帘外莺啼声声好。伴孤屏，微语笑，寂时前庭悄悄。　　当初去，向郎道，莫保青娥花容貌。恨惶交，不归早，教妾□在烦恼！

伦敦博物院所藏的一本《云谣杂曲子》共三十首，也是词未通行时，唐代的民歌。但恐怕已经文人的修改了，如《凤归云》：

征夫数载，萍寄他邦，去便无消息，累换星霜。月下愁听砧杵声，塞雁行。孤眠鸾帐里，枉劳魂梦，夜夜飞飏。　想君薄行，更不思量？谁为传书与，表妾衷肠？倚牖无言垂血泪，暗祝三光。万般无奈处，一炉香尽，又更添香！

《竹枝词》，本来也是民歌，而后来文人拟作。刘禹锡记他在建平所见道："里中儿联歌《竹枝》，吹短笛，击鼓以赴节。歌者扬袂睢[①]舞，以曲多为贤。聆其音，中黄钟之羽，卒章激讦如吴声。虽伧儜不可分，而含思宛转，有《淇澳》之绝。"今存之民歌，如：

杨柳青青江水平，闻郎江上唱歌声。东边日出西边雨，道是无晴还有晴。（"晴"与"情"谐声）

白居易作《忆江南》，刘禹锡亦作《春去也》，自注云："依《忆江南》曲拍为句。"这是填词的尝试，以后诗的本题只变成了调名，而作者竟可以不必顾到题意了。再依现代词调名观之，它们的来源，如"三台""乌夜啼"则出于古乐府，如"望瀛""法曲献仙音"则出于清乐，如"霓裳""凉州""胡渭州""八声甘州"则出

① 睢　底本作"雅"，据《刘禹锡集》（P.359）改。

于外国，如“水调”“河传”等均是自制之曲。则“调名”单是作音调的符号之用，于文义并无关系。

唐末五代之词，即是此种作品——小令。《花间集》一书即是此时作品的总集。唐代词人，当推温庭筠。吴梅云：“论词者必以温氏为大宗，而为万世不祧之俎豆。”可见对他的尊重了。如《更漏子》：

玉炉香，红蜡泪，偏照画堂秋思。眉翠薄，鬓云残，夜长衾枕寒。　梧桐树，三更雨，不道离情正苦、一叶叶，一声声，空阶滴到明。

陆游云：“诗至晚唐五季，气格卑陋，千人一律，而长短句独精巧高丽，后世莫及。”五代之词，以李煜为大家，而韦庄、冯延巳次之。

李煜之词，后人称为圣手。一由于他的天才，一由于他身经亡国之痛，发之为文字，便觉真情款款。王国维云：“尼采谓一切文学，予爱以血书者，后主之词，真所谓以血书者也。”如《虞美人》：

春花秋月何时了，往事知多少。小楼昨夜又东风，故国不堪回首月明中。　雕栏玉砌应犹在，只是朱颜改。问君能有几多愁，恰似一江春水向东流。

冯延巳词，王静安称其“堂庑特大，开北宋一代风气”。陈廷焯说：“正中韵极沉郁之致，顿挫之妙。”如《蝶恋花》：

六曲阑干偎碧树。杨柳风轻，展尽黄金缕。谁把钿筝移玉柱？穿帘燕子双飞去。　满眼游丝兼落絮。红杏开时，一霎清明雨。浓睡觉来莺乱语，惊残好梦无寻处。

韦庄的《秦妇吟》写黄巢之乱，家家传诵。周济评他的词为“清艳绝伦”。王静安《人间词话》也说：“‘画屏金鹧鸪’，飞卿语也，其词品似之。‘弦上黄莺语’，端己语也，其词品似之。”举《菩萨蛮》一首：

红楼别夜堪惆怅，香灯半掩流苏帐。残月出门时，美人和泪辞。　琵琶金翠羽，弦上黄莺[①]语。劝我早归家，绿窗人似花。

《介存斋论词杂著》云：“毛嫱、西施，天下美妇人也。严妆

① 莺　底本作“金”，据《全唐五代词》（P.152）改。

佳，淡妆亦佳，粗服乱头，不掩国色。飞卿，严妆也，端己，淡妆也，后主则粗服乱头矣。”王静安也说：“温飞卿之词，句秀也。韦端己之词，骨秀也。李重光之词，神秀也。”到五代为止，正是词体成立的时期。

第二节　词的勃兴与衰老

为什么词到了宋代而大盛，宋代词与五代之词有什么不同？这个问题的解答是：（一）宋初作词的人是懂得音乐的人。（二）宋代“慢词”形成，而词的变化愈多。例如“慢词”的著为文字始于柳永，而柳永又是了解音乐的人。叶梦得《避暑录话》中说：

> 柳永为举子时，多游狭邪，善为歌辞，教坊乐工每得新腔，必求永为辞，始行于世。

虽然他为当时晏殊一般自命为君子的人所瞧不起，但是他对于词的贡献是不可泯灭的。《能改斋漫录》：“词自南唐以来，但有小令，慢词起自仁宗朝，中原息兵，汴京繁庶，歌台舞席，竞睹新声。耆卿失意无聊，流连坊曲，遂尽收俚俗语言，编入词中，以便使人传习，一时动听，散布四方，其后东坡、少游、山谷辈相继有作，慢词遂盛。”但《碧鸡漫志》却有下列的论断：“唐中叶始渐有慢词，凡大曲就本宫调转引、序、慢、近、令，如仙吕《甘州》有八声慢是也。”我的解释，以为“慢曲”本是调名，有声无辞，唐已有之。而柳永以此调填入字面，遂成词体。《都城纪胜》：“唱叫小唱，谓执板唱慢曲，曲破[①]大率重起轻杀，故谓之浅斟低唱。”而“浅斟低唱”正是柳永的作风。唐代的慢曲，出于大曲，大曲是表演兼歌唱的文学。

因此柳永是宋代词坛上的一个重要角色。冯煦称：“曲处能直，密处能疏，奡[②]处能平，状难状之景，达难达之情，而出之以自然，自是北宋巨子。”如王士祯所颂扬的《雨霖铃》：

寒蝉凄切。对长亭晚，骤雨初歇。都门帐饮无绪，方留恋处，兰舟催发。执手相看，泪眼竟无语凝噎。念去去千里烟波，暮霭沉沉楚天阔。　多情自古伤离别，更那堪冷落清秋节？今宵酒醒何处，杨柳岸，晓风残月。此去经年，应是良辰好景虚设。便纵有千万种风情，更待与何人说！

张子野上结晏欧之局，下开苏秦之先，晁无咎曰：“子野与耆卿齐名，而时以子野不及耆卿。然子野韵高，是耆卿所乏处。”《古今诗话》称当时有“张三中”“张三影”之目。北宋词坛能自

① 破　底本作“铍”，据《都城纪胜》（P.85）改。

② 奡　底本作“篡”，据《词话丛编·蒿庵论词》（P.3585）改。

立一派，卓然为大家者，当推苏轼。他与词有了很密切的关系。晁无咎称他的词为“曲子缚不住”者。当时称誉他的，说他“天风海雨逼人”（陆游语）；“高出人表，周秦人所不能到”（张炎语）。但是不满意他的却也很多。陈无己云：“东坡以诗为词，如教坊雷大使之舞。虽极天下之工，要非本色。”陆游又说：“世言东坡不能词，故所作乐府，词不多协……公非不能歌，但豪放不喜裁剪以就声律耳”。《四库全书总目》之持论最为公允：

> 词至晚唐五季以来，以清切婉丽为宗。至柳永而一变，如诗家之有白居易。至轼而又一变，如诗家之有韩愈。遂开南宋辛弃疾等一派，寻源溯流，不能不谓之别格，然谓之不工，则不可。

但是词自苏轼而有“豪放”一派，而有“铁板铜琶”之论。其流则成为文人之词，与音乐关系相去日远，使词成为死亡衰老的遗产了。所以词变于苏轼，也可以说词亡于“豪放”的一派。词家以“婉约”为正宗、当行、本色，正因为词的乐调适合于“婉曲”的缘故。但苏氏亦有婉曲之作，如《水龙吟》赋杨花：

> 似花还似非花，也无人惜，从教坠抛家傍路，思量却是无情有思。萦损柔肠，困酣娇眼，欲开还闭。梦随风万里，

寻郎去处，又还被莺呼起。　　不恨此花飞尽，恨西园，落红难缀。晓来雨过，遗踪何在？一池萍碎。春色三分，二分尘土，一分流水。细看来，不是杨花，点点是离人泪。

贺铸，以“梅子黄时雨”句得名。人以其秃发，称“贺梅子”。张文潜称他的作品“幽索如屈宋，悲壮如苏李”。秦观与贺铸齐名，但后人以为其[①]婉约之正宗。蔡伯世云：“子瞻辞胜乎情，耆卿情胜乎辞。辞情相称者，惟少游而已。”张綖云：“少游多婉约，子瞻多豪放，当以婉约为主。”其词如“斜阳外，寒鸦数点，流水绕孤村”等语，均为后人所传诵。

周邦彦，善音律，初为税监，与李师师交好，适徽宗至，因词犯上，押出国门，李师师歌其别词《兰陵王》“柳阴直”一首，得免。后召为大晟乐正。大晟府是徽宗时代的乐府。所以周词能协律，又能别制新声。他的贡献是多创制，善铺叙，婉约中有沉郁之致。后人评云：

邦彦于南北宋间，为词家大宗，所作皆精深华艳，而气格浑成，镕铸成语如己出，此由笔力高妙，不但以娴于音律见长也。(《四库全书总目》)

---

① 底本无，据文意补。

美成深远之致，不及欧秦。唯言情体物，穷极工巧，故不失为第一流之作者。但恨创调之才多，创意之才少耳。（王国维《人间词话》）

词至美成，乃有大宗，前收苏秦之终，后开姜史之始，自有词人以来，为万世不祧之宗祖。（吴梅《词学通论》）

南渡以后，承苏轼之风者，有辛弃疾。刘潜夫云："公所作，大声镗鞳，小声铿訇，横绝六合，扫空万古。其秾丽绵密者，又不在小晏、秦郎之下。"周济作苏轼与辛氏之比较道："世以苏辛并称，苏之自在处，辛偶能到之，辛之当行处，苏必不能到。"简直以为辛在苏之上了。举辛氏《水龙吟》一首：

楚天千里清秋，水随天去秋无际。遥岑远目，献愁供恨，玉簪螺髻。落日楼头，断鸿声里，江南游子。把吴钩看了，阑干拍遍，无人会登临意。　　休说鲈鱼堪脍，尽西风季鹰归未？求田问舍，怕应羞见，刘郎才气。可惜流年，忧愁风雨，树犹如此。倩何人唤取，红巾翠袖，揾英雄泪？

姜夔通音律，多自度曲，《暗香》《疏影》二阕，即是他所创制的。见于其集中者，凡十七支。旁书宫调及乐谱，宋代曲谱可以见于今日的，仅此十七阕了。李清照，为宋代著名女词人。除善词以外，尚有论词之语。其言曰：

> 本朝柳屯田永变旧声，作新声，出《乐章集》，大得声称于世。虽协音律，而词语尘下。又有张子野、宋子京兄弟……辈继出，虽时有妙语，而破碎何足名家。至晏丞相、欧阳永叔、苏子瞻学际天人，作为小歌词，直如酌蠡水于大海，然皆句读不葺之诗耳。又往往不协音律……王介甫、曾子固文章似西汉，若作小歌词，则人必绝倒，不可读也。乃知词别是一家，知之者少。后晏叔原、贺方回、黄鲁直出，始能知之。而晏苦无铺叙，贺苦少典重，秦少游专主情致，而少故实。譬如穷家美女，虽极妍丽丰逸，而终乏富贵态。黄即尚故实，而多疵病，譬如良玉有瑕，价自减半矣。

自李氏之论出，而词有“当行”“本色”之目。

张炎论词，主张“词要清空，不要质实”，与吴文英之堆砌相反。故张炎论文英词谓“梦窗如七宝楼台，眩人眼目，折碎下来，不成片段”。沈义父《乐府指迷》也论文英“深得清真之妙，其失在用事下语太晦，人不可晓”。张吴与王沂孙并称宋末三大家。沂孙之词较张炎为深。吴梅综论宋代之词道：

> 大抵开国之初，尚沿五季之旧，才力所诣，组织较工，

晏欧为一大宗，二主一冯，实资取法，顾未能脱其范围也。汴京繁庶，竞睹新声，柳永失意无憀，专事绮语，张先流连歌酒，不乏艳辞。惟托体之高，柳不如张，盖子野为古今一大转移也。前此为晏欧，为温韦，体段虽具，声色未开。后此为苏辛，为姜张，发扬蹈厉，壁垒一变。而界乎其间者，独有子野……迨苏轼则得其大，贺铸则取其精，秦观则极其秀，邦彦则集其成。此北宋词之大概也。南渡以还，作者愈盛，而抚时感事，动有微言……绍兴以来，声律之文，自以稼轩、白石、碧山为优，梅溪、梦窗则次之，玉田、草窗又次之，至竹屋、竹山辈，纯疵互见矣。此南宋词之大概也。

但词至宋末，音律渐失，元明清三代学词之人，但是依字填词，不复再与音乐有关。这一点正和诗歌文学兴衰的规律相合，自民间至文人而大盛，失乐而衰。其后则不过是一旧种文学的遗骸而已。

清代之词，朱彝尊宗姜张，陈其年宗苏辛，纳兰成德宗李煜，朱彝尊为浙派之领袖。谭献《箧中词序》："浙派词，竹坨开其端，樊榭（厉鹗）振其绪，频伽（郭麐）畅其风。皆奉石帚（姜夔）玉田（张炎）为圭臬，不肯进入宋人一步。"浙派之末有常州派之反动。张惠言为首，宗周邦彦，他们主张"词非寄托不入，专寄托不出"。但其间不出入于此两家者，有项鸿祚、蒋春霖，颇能别出心裁，自成一格。龚自珍词同于诗，亦自有其作风。清末有郑文焯学清真，朱祖谋宗梦窗，而王静安则直宗五代。终不能自铸新词者，因为是失乐的缘故。但清代词人论词韵之作较宋为多。吴梅云：“论律诸家，以清代为胜。红友订词，实开橐钥；顺卿论韵，亦推输[①]墨。”这是末期词学的大概情形。

第三节 元明散曲

“散曲”与“剧曲”相对而言，亦名“清曲”。张旭初《吴骚合编·凡例》：“《南词韵选》及《遴奇振雅》诸俗刻所载清曲，大略雷同。”所谓“清曲”，即是散曲。散曲可分作“套数”与“小令”两种。杨朝英《阳春白雪》所载燕南芝庵先生撰《唱论》中说：

> 成文章曰乐府，有尾声名套数，时行小令唤叶儿。

所谓“成文章”者，即是“套曲”。套曲以有尾声为原则。或一首一尾组成，或用同宫调之曲调五六个组成之。小令通常以一首为一篇，但亦用二首以上小令合咏一事的，如李开先咏《傍妆台》

① 输 底本作“翰”，据《词学通论》(P.160)改。

一百首。

散曲的起来，由于民间的民歌，一面与表演文学合流而为剧曲，一面由文人之模仿而成散曲。但其中亦保存了若干俚语俗话。而一方面也是受词调与诸宫调之刺激而成的。

元代何以会盛行此种文体呢？（一）由于元代的废除科举。王国维《宋元戏曲史》：

余谓元初之废科目，却为杂剧发达之因。盖自唐宋以来，士之竞于科目者，已非一朝一夕之事，一旦废之，彼其才力无所用，而一于词曲发之。且金时科目之学，最为浅陋（观刘祁《归潜志》卷七、八、九数卷可知），此种人士失所业，固不能为学术上之事，而高文典册，又非所素习也，适杂剧之新体出，遂多从事于此，其间，充其才力，而元剧之作，遂为千古独绝之文字。

（二）由于元人入主中国，汉人不得居高位，而才学之士，乃愤作曲以寄其不平之慨。明胡侍《真珠船》中有一节说：

当时台省元臣、郡邑正官及雄要之职，中州人多不得为之，每沉抑下僚，志不得伸。如关汉卿乃太医院尹，马致远省行务官，宫大用钓台山长，郑德辉杭州路史，张小山首领官，其他屈在簿书，老于布素者尚多有之。于是以其有用之才，而一寓之于声歌之末，以抒其拂郁感慨之怀，所谓不得其平则鸣也。

钟嗣成《录鬼簿》分列散曲与剧曲。写散曲的作者，始于董解元。自注："金章宗时人，以其创始，故列诸首云。"又称之为"前辈名公"，凡四十五人。又"方今才人相知者"有四十七人。则前期为钟氏之前辈，后为与钟氏同时之作者。其后作者，残元本《阳春白雪》中除古代人外，有元人六十人。明永乐二十年贾仲明有《续录鬼簿》，所记为元末明初之作者。于是可见元代散曲作者之盛了。

今略论元明散曲之作风，及著名的几个作者。王骥德《曲律》论南北作风不同道："北人尚余天巧，今所传《打枣竿》诸小曲有妙入神品者，南人若学之决不能入，盖北人之《打枣竿》与吴人之山歌，不必文士，皆百里之侠或闺阃之秀，以无意得之，犹《诗》郑卫诸风，修《大雅》者反不能作也。"沈德符《顾曲杂言》曾记载小令的历史道：

元人小令行于燕赵后，浸淫日盛，自宣正至成弘①后，

① 成弘　底本作"化治"，据《元曲纪事》（P.48）改。

中原又行《锁南枝》《傍妆台》之类，李崆峒先生初自庆阳徙居汴梁，以为可继《国风》之后，何大复继至，亦酷爱之。今所传《泥捏人》及《鞋打卦》《熬鬏髻》三阕为三牌名之冠，故不虚也……嘉隆间乃兴《闹五更》《寄生草》《罗江怨》《哭皇天》《干荷叶》《粉红莲》《桐城歌》《银绞丝》之属。自两淮以至江南，渐与词曲相远……比年以来，又有《打枣竿》《挂枝儿》二曲，不问南北，不同老幼贫贱人人习之，亦人人喜听之，以至刊布成帙，举世相传，沁人心腑，其谱不知从何来？真可骇叹。

元代散曲，首推关汉卿与马致远。任中敏编《元人散曲三种》，有关汉卿的辑本，存散曲不多。如[一半儿]，颇为人所推崇：

碧纱窗外静无人，跪在床前忙要亲。骂了个负心，回转身，虽是我话儿嗔，一半儿推辞一半儿肯。

套曲如[新水令]：

[新水令]楚台云雨会巫峡，赴昨宵约来的期话。楼头燕子，庭院已闻鸦。料想他家，收针指，晚妆罢。

［乔牌儿］款将花径踏，独立在纱窗下。颤钦钦把不定心头怕，不敢将小名儿呼咱，只索等候他。

［雁儿落］怕别人瞧见咱，掩映在酴醾架。等多时不见来，只索独立在花阴下。

［挂搭钩］等候多时不见他，这的是约下佳期话。莫不是贪睡人儿忘了那？伏冢在蓝桥下。意懊恼恰待将他骂，听得呀的门开，蓦见如花。

［豆叶黄］髻挽乌云，蝉鬓堆鸦。粉腻酥胸，脸衬红霞。袅娜腰肢更喜恰，堪讲堪夸。比月里嫦娥媚媚孜孜，那更撑达。

［七弟兄］我这里觅他唤他，哎！女孩儿，果然色胆天来大。怀儿里搂抱着俏冤家，揾香肋悄语低低话。

［梅花酒］两情浓，兴转佳。地权为床榻，月高烧银烛，夜深沉，人静悄，低低的问如花，终是个女儿家。

［收江南］好风吹绽牡丹花，半合儿揉损绛裙纱。冷丁丁舌尖上送香茶，都不到半霎，森森一向遍身麻。

［尾］整乌云欲把金莲屧，纽回身再说些儿话。你明夜个早些儿来，我等听着纱窗外芭蕉叶儿上打。

剧曲以关、王、马、白齐名；在散曲上，能驾关氏而上的只有马致远一人。有《东篱乐府》。［天净纱］一曲，颇负盛名：

枯藤老树昏鸦，小桥流水人家，古道西风瘦马，夕阳西下，断肠人在天涯。

王静安《人间词话》说：“寥寥数语，深得唐人绝句妙境。有元一代词家皆不能办此也。”马氏作风偏于豪放，而关氏则偏于婉约。此是元曲第一期的权威者。比他们稍后而值得注意的作者，有张可久、乔吉、杨朝英、钟嗣成四人。张可久有《小山乐府》。钱惟善赠诗，有“公干才名倾邺下，小山词赋擅江南”。足见当时是颇负盛名的。涵虚《正音谱》评道：

张小山之词，如瑶天笙鹤，清而且丽，华而不艳，有不食烟火气，可谓不羁之才。若被太华仙见，招蓬莱海月，词林之宗匠也。

他的作品，如［梧叶儿］次韵：

鸳鸯浦，鹦鹉洲，竹叶小渔舟。烟中树，山外楼，水边鸥，扇面儿潇湘暮秋。

他有套曲《一枝花》颇得好评。沈德符《顾曲杂言》：“若散套虽诸人皆有之，惟马东篱‘百岁光阴’，张小山‘长天落霞’为一时绝唱。”

乔吉有《梦符散曲》三卷，见《散曲丛刊》中。李开先评他：“蕴藉包含，风流调笑，种种出奇，而不失之怪；多多益善，而不失之繁；句句用俗，而不失其文。”他雄伟的一类则“天吴跨神鳌，噀沫于大洋，波涛汹涌，截断众流”（涵虚《正音谱》）。录［折挂令］《丙子游越怀古》：

蓬莱老树苍云，禾黍高低，狐兔纷纭。半折残碑，空余故址，总是黄尘。东晋亡也，再难寻个右军，西施去也，统不见甚佳人。海气长昏，啼鸩声干，天地无春。

杨朝英号淡斋。他曾选名作为《阳春白雪》《太平乐府》二集，元代散曲，仅见于此。《正音谱》评他底作品，为“碧海珊瑚”。钟嗣成号丑斋，《正音谱》评他的作品为“腾空宝气”。他的《录鬼簿》也是关于元曲的宝典，我们可以就此考出当时作者大约的时代。录杨朝英《湘妃怨》一首：

闲时高卧醉时歌，守己安贫好快活。杏花村里随缘过，胜尧夫安乐窝[①]。任贤愚后代如何？失名利痴呆汉，得清闲谁

① 窝　底本脱，据《金元散曲》（P.1296）补。

似我？一任他门外风波！

明朝，因帝王的爱好，如明太祖之喜《琵琶记》，宁献王权作《太和正音谱》，周宪王有燉作《诚斋乐府》，所以小曲一时大盛。牛恒诗："唱彻宪王新乐府，不知明月下樊楼。"李梦阳《汴梁元宵绝句》：

中山孺子倚新妆，赵女燕姬总擅场。齐唱宪王新乐府，金梁桥外月如霜。

足见当时之盛况了。当时作者当以高明为有名，但散曲则不多见。明代之曲，当先论朱有燉。他有《诚斋乐府》二卷。《曲品》评为："色天散圣，乐国飞仙，嗣出天潢，才分月露。"其缺点则在套语太多。在昆曲以前之作者，有康海、冯惟敏、王磐、沈仕。康海因刘瑾同乡被黜，益行放浪。《四友斋丛说》称："对山尝与伎女同跨一驴，令从人赍琵琶自随，游行道中，傲然不屑。"有《沜东乐府》。任中敏论他脱明初之习，力为振拔，有功明代之散曲。冯惟敏有《海浮山堂词稿》，其作风豪壮为多，但亦有婉约之句。王磐性好楼居，坐卧其中（见《扬州府志》）。有《西楼乐府》一卷。王骥德《曲律》称小令北调，咏物之工者，首推王磐。江盈科《雪涛诗话》云："材料取诸眼前，句调得诸口头，朗诵一过，殊足解颐，其视匠心学古，艰难苦涩者，真不啻啖哀家梨也。”沈仕曲“艳冶绵丽”。徐又陵《蜗亭杂订》云：“成、弘间沈青门（仕）、陈大声辈，南词宗匠。”张旭初《吴骚合编》云：“其词艳冶出俗，韵致和谐，入南声之奥室矣。”

昆曲起来以后，南曲为盛，与昆曲未兴时的北曲争驰，此时曲已入于琢磨雕炼之境，不复有民间的意味了。此时有梁辰鱼与沈璟二人最为有名，梁重典雅，沈重本色。梁氏之作，重在辞藻，而其病则失于音律。但在当时颇负盛名。王伯稠赠他诗道：

粉毫吐艳曲，粲若春花开。斗酒青夜歌，白头拥吴姬。家无担石储，出多少年随。

朱彝尊《静志居诗话》中也载王元美之诗：“吴阊白面冶游儿，争唱梁郎雪宫诗。”有《江东白苎》《续江东白苎》各二卷。如［玉抱肚］《吴宫词》：

双双兰桨，采莲归重催晚妆。看西施舞罢纤腰，半含娇笑倚东床。芙蓉帐小夜添香，杨柳风多水殿凉。

沈璟有《南九宫谱》，为作曲者的圭臬。沈德符谓其：“可称度曲申韩。”他重在律，而不重文字，因此后人讥为“生硬”。王骥德云："吴江（沈璟）守法，斤斤三尺，不欲令一字乖律，而毫锋殊拙。"当然音律与文字之典丽是两个问题。举他的《八声甘州》一曲为例：

春宵多月亭，记曲江阤上，丽日初晴。蓝桥仙路，裴航恰遇云英。梦花堂畔言誓盟，玉镜台前作证诚。他负心，几曾教鱼雁传情。

此词音律殊佳，而其文意则风趣索然。重音律的作家大抵均有这种毛病的。

其他元明散曲作家，很多很多，限于篇幅，不能一一评述。

散曲虽是俗的，但其力量与文艺上的价值，颇不下于唐诗宋词。故专在此章提及，希望研究诗歌文学的人，多多注意于这一方面。明陈宏绪《寒夜录》引卓珂①月说：

我明诗让唐，词让宋，曲让元，庶几［吴歌］［挂枝儿］［罗②江怨］［打枣竿］［银绞丝］之类，为我明一绝耳。

散曲即是此等民歌在文人笔下改造出来的东西。如果要研究当时

---

① 珂　底本作"阿"，据《寒夜录》（P.6）改。
② 罗　底本作"罢"，据《寒夜录》（P.6）改。

民间的此类曲子，则冯梦龙有《挂枝儿》一书。凌蒙初云：“今之时行曲，求一语如唱本［山坡羊］［刮地风］［打枣竿］［吴歌］等中一妙句，所必无也。”可见当时文人也有曾注意及此的。

第八章 ○

新诗系统

一切诗歌文学，到了清代的末年，均是脱离音乐而没落[①]了。于是近几年，有语体诗的出现。语体的形式，当然有的是受了西洋诗的影响，然而事到现在，新诗尚未开出一条新的途径。所以这一章中，预备谈谈两个问题，一是新诗运动的略史，一是新诗今后应该向那一条路走。过去的检讨，我们已下过一番工夫，那么今后新诗的进展过程，我们正不妨以以前的诗歌文学作为明鉴而下一个判断。

第一节　新诗的起来

新诗的起来，不是近二三十年内的事。我们要先溯述到清代

① 底本此处有“衰”字，疑为衍字。

末年的诗人。清末学宋的诗人，已有散文化、语体化的倾向，不过它的形式仍是旧诗而已。如金和的《初五日纪事》，实在正是一篇散文：

前日之战未见贼，将军欲赦赦不得，或语将军难尽诛，姑使再战当何如？昨日黄昏忽传令，谓不汝诛贷汝命。今夜攻下东北城，城不可下无从生。三军拜谢呼刀去，不到前回酣睡处。空中乌乌狂风来，沉沉云阴轰轰雷。将谓士曰雨且至，士谓将曰此可避。回鞭十里夜复晴，急见将军天未明。将军已知夜色晦，此非汝罪汝其退。我闻在楚因天寒，龟手而战难乎难。近来烈日恶作夏，故兵之出必以夜。此后又非进兵时，月明如昼贼易知。乃于片刻星云变，可以一战亦不战。吁嗟乎！将军作计必万全，非不灭贼皆由天！安得青天不寒亦不暑，日月不出不风雨。

全篇正如很平易的散文。这已开变化之风气了。其后黄公度（遵宪）出而诗格为之大变。第一点，他能注意于山歌一类的作品而加以收集。即题名《山歌》。他说："土俗好为歌，男女赠答，颇有《子夜》《读曲》遗意。采其能笔于书者，得数首。"采录民歌不始于他，但至少在当时，他有这一种见解：民歌不一定是俗而不足观的东西。第二点，他对于诗的观点，颇有惊人的见解。他的《杂感诗》五篇之一云：

> 大块凿混沌，浑浑旋大圜。隶首不能算，知有几万年？羲轩造书契，今始岁五千。以我视后人，若居三代先。俗儒好尊古，日月故纸[①]研。六经字所无，不敢入诗篇。古人弃糟粕，见之口流涎。沿习甘剽盗，妄造丛罪愆。黄土同抟人，今古何愚贤！即今忽已古，断自何代前？明窗敞琉璃，高炉爇香烟。左陈端溪砚，右列薛涛笺。我手写我口，古岂能拘牵。即今流俗语，我若登简编，五千年后人，惊为古斓斑[②]！

“我手写我口”“即今忽已古，断自何代前？”均是独抒己见，发前人之所不敢发的。他攻击俗儒拘泥学古的不应该，这实在是诗学革命时代的一个鲜明的旗帜。他又有《罢美国留学生感[③]赋》，是一首很长的记事诗。其中用了许多外国通行的名词，如“嬉戏替戾冈”注云：“‘替戾冈’，羯族语，出也。”“游宴贺跋支”注云：“‘贺跋支’，契丹语，府署邸馆。”又有二千多字的《香客篇》，也是明白如话的。这实在是诗的必然之趋势。他的见解是对的。

黄氏的诗更有一点好处，是纪实。纪实便是摘取现实的题材，

① 纸　底本作“低”，据《黄遵宪集·人境庐诗草》（P.120）改。
② 斓斑　底本作“斑烂”，据《黄遵宪集·人境庐诗草》（P.120）改。
③ 感　底本脱，据《黄遵宪集·人境庐诗草》（P.161）补。

用诗的形式来写述。这也是一种进化的现象，自从白居易创言“为社会而艺术”的主张之后，一直到黄氏才能实现。“以文为诗，以诗作史”，实是黄氏的诗中之特点，其平易近民歌之作品如《拜曾祖母李太夫人墓》，颇以口语入诗，今节抄一段：

邻里向我笑，老人爱不差。果然好相貌，艳艳如莲花。诸母背我骂，健犊行破车。上树不停脚，偷芋信手爬。昨日探鹊巢，一跌败两牙。噀血喷墙壁，盘礴画龙蛇。兄妹昵我言，向婆乞金钱。直倾紫荷囊，滚地金铃圆。爷娘附我耳，劝婆要加餐。金盘脍鲤鱼，果为儿下咽。伯叔牵我手，心知不相干。故故摩儿顶，要图老人欢。儿年九岁时，阿爷报登科，见儿大父旁，一语三摩娑：“此儿本属猴，聪明较猴多。雏鸡比老鸡，异时知如何？我病又老耄，情知不坚牢。风吹儿不长，那见儿扶摇。待儿胜冠时，看儿夺锦标。他年上我墓，相携看宫袍……”大父回顾儿，此言儿熟记。一年记一年，儿齿加长矣。儿是孩提心，那知太婆事！

的确合于通俗平易的条件，而感情则盎然言外。梁启超《饮冰室诗话》中说：“近世诗人能镕铸新理想以入旧风格者，当推黄公度。”又说：“公度之诗，独辟境界，卓然自立于二十世纪诗界中，群推为大家，不容诬也。”

但是黄氏仍旧不放弃用旧式整齐的诗句来作诗，所以以后谭嗣同一流的作者，都沿其旧式，在旧文学的形式中装入“不求古”的思想与语言。一直到民国以后，严复首先介绍了西洋近世思想，林纾首先介绍西洋近代小说，于是译诗也渐渐风行。《普法战纪》一书中曾有王韬译过德、法国歌各一篇，大约这是最早的翻译诗了。此后马君武、苏曼殊均先后译过外国诗，马氏诗稿中译有拜伦的《哀希腊》、虎特的《缝衣歌》、歌德的《阿明临海岸哭女诗》，但是也采取旧式，苏曼殊译拜伦诗是用五言古诗，马氏则为七言古诗，苏氏自云：

> 顾视元文，犹不相及，自余译者，浇淳散朴，损益任情，宁足以胜鞮寄之任？今译是篇，按文切理，语无增饰，陈义悱恻，事类相称。

是否他的译作与序文相合，我们不去论它，总之他能注意于“事类相称”，倒是颇为高明的。

但是，后代新诗之形式，无疑是学步欧洲诗的形式的。中国第一册语体诗集是胡适的《尝试集》。当然这只是一种尝试。他大胆地丢弃了诗中的声律与对偶，丢弃了诗的拟古，而采用一种新的形式；但是平心说来，其文字上的技巧与内容之贫乏，是不可否认的事。如《人力车夫》：

车子，车子，车来如飞，客看车夫，忽然中心酸悲。客问车夫："你今年几岁？拉车拉了多少时？"车夫答客："今年十六，拉过三年了，你老别多疑。"客告车夫："你年纪太小，我不坐你车。我坐你车，我心惨凄！"车夫告客："我半日没有生意，我又寒又饥，你老的好心肠，饱不了我饿肚皮！我年纪小拉车，警察还不管，你老又是谁？"客人点头上车说："拉到内务部西。"

之后有刘大白的《旧梦》，俞平伯的《冬夜》等等，脱不了旧诗的窠臼，或者采旧诗之意而入新的形式。

以后有无韵诗之创作，如刘延陵、沈玄卢、闻一多、梁实秋诸人，但是又炫于欧洲诗的理论，也不能开辟出一条新的道路来。这时期[①]可以说是旧体诗已破坏了，而新诗正在建设的时候。

第二节　新诗之动向

新诗将来往那里走，这一个问题，颇不易解答。但就目前的作品来看，也不易猜测应走上哪一条路。最近文艺大众化的呼声又沸腾起来，而大家都知道民族的大众的文艺之最佳形式是诗歌。

① 底本在"时期"后有"现代"两字，疑为衍字。

因此“诗歌”决不会再走上以前的那一条典雅而富丽的途径上去的。同时旧诗因音调的束缚而僵化了，则音律之必须自由，也是无可异议的事。据我的意见，新诗的将来，不外下列三条之变化：

（甲）大众化——所谓大众化，一方面求形式上的平易，一方面更求题材之现实。“诗言志”者，即是抒发感情，但所发抒的当求其真，“无病呻吟”“吟风弄月”“孤愤牢骚”均可不必。但其所用之方法，正不妨利用抽象之假象（论见《论文章》一章）。同时，应该如金和所云：“所作不能纯乎纯，要之语语皆天真。时人不能为，乃谓非古人。”黄遵宪所云：“我手写我口。”明邱濬亦云：

> 摛语操辞不用奇，风行水上茧抽丝。寻常景物口头语，便是诗家绝妙词。

同时，民歌正是一种很好的参考品。观察，也是当代诗人们所应做的工作。照诗歌文学进化的过程看来，民间文学是性灵的文学，是初发芽而活泼的文学。一到文人仿作，便有求雅的倾向，这倾向便是他日灭亡的种子。如果新诗依然是“典雅化”的作品，则其功用和庙堂的文学一样，而不久便会灭亡的。

（乙）引用口头语入诗，而不失其文字上之技巧——用口头语入诗，自王梵志至黄遵宪均有此种主张。明代小品文家对于文章，也有此议论。但引用口头语，其弊往往会流于粗率而失去其感染性，则文章上之几点技巧必须运用，感情乃可传达，而使读者听者有感应的力量。但是所谓技巧，却并不一定是典丽古雅（参看《论文章》一章），而有许多歌谣是有很巧妙的技巧的。如民歌之“风来啦，雨来啦！老和尚背了鼓来啦！”末一句不言“雷”而言“鼓”，这是假象凭作者主观而表达的。不说“雷”而婉曲地说“鼓”，又利用“老和尚”之印象来符合“雷”所给予人们的印象，这便是利用文字上的技巧了。如此表达，才有感染别人的特性。

（丙）音律化——我所说的音律，并不是近体“平平仄仄”“仄仄平平”的四声和阴阳，也不是说一定要“一东”“二冬”“三江”“四支”的押韵。试看古代的诗歌，虽没有一定的音律之规定，但是有“音节”“声律”“韵调”之自然的配合，这也是诗歌文学的特质（参阅《论音节》一章）。我们知道诗歌文学的特质便是在与音乐发生关系，但民歌未必合乐，而其必须“谐声顺口”，是必然的现象，如果诗歌文学而没有音乐的特性，则与普通文章没有什么两样了。所谓“自然的韵律”者，即是它有音乐上的美而不必故作一定之程式而规定它。古诗有音乐上不调和的美，近体着重于调和的美。古诗着重于不整齐的美，近体着重于整齐的美。新诗的音调也必须由作者加以注意，而注意于下列二点:（一）除去古代所谓“平仄”，而依照活的语言的平仄。（二）以日常语言中的自然音节来代替那些音乐上的音律。

诗歌既是表现人生的一种方式，所以诗与人生的关系，也是非常密切的。新诗的形式既如上述，则其内容必须更切于人生诸问题，不但使读者看了有喜怒哀乐之情，同时也得使读者看了，对于生活上思想上有良好的影响。

要了解新诗之前途，必先将过去的诗歌文学加以精密的检讨。它有怎样的长处，有些什么短处，“鉴往知来”，这句话是不错的。本书余论一编，从音律、文字、格调三方面来论断旧诗的性质。

第三编 表演文学

“表演文学”四字，是我杜撰的。本来“表演文学”与“歌唱文学”是漠不相关的两件事，但是中国的歌唱文学到了宋代与表演文学合流，两者已变成同一的东西了。如南北曲，是表演的，然而又是可歌唱的。现在的平剧，也是如此。所以另外辟出一编来论列。因为它本是诗歌文学的变体，所以这编所述，也不如上一编那么详细了。

唐宋大曲和其余的歌舞剧，正是歌唱表演相合的产品，可是唐代以前的乐府中已有舞曲。源流所自，可得而言。其后有名的表演文学，便是南戏北曲亦即所谓“元曲”与“明传奇”，再变而成花部与地方剧。所以依这几项一一论列。话剧虽受欧洲近代剧之影响，与诗歌文学无关，但其论剧之说，足以校正我国平剧之缺点。近代剧之发生亦必然之现象，故附列于地方戏之后，以作参考之意。至如叙述作者历史的地方，仍仿上一编的体例，但作大概的鸟瞰，因为这是“史”一方面的记述，而此处，却偏重于原理及其流变的原因的。

第一章 ○

诗歌文学与表演文学之合流

说文云："倡，乐也。"倡字古通唱，似有歌唱的意义。戏剧出于古代的舞祷，则歌唱与表演原来也是同出一源的。汉代乐府之中，有《公莫舞》一种，《旧唐书·音乐志》：

> 《公莫舞》，晋宋谓之巾舞，其说云：汉高祖与项籍会鸿门，项庄剑舞，将杀高祖，项伯亦舞，以袖隔之，且云："公莫害沛公也。"汉人德之，故舞用巾，以象项伯衣袖之遗式。

则在表演一方面，已有具体的故事，在歌唱方面，也已与表演相合了。梁代有《上云乐》，见李太白诗《上云乐》注，又见于清纳兰容若《渌水亭杂志》中。周舍所作之词，今日尚存，系长短句而协韵者。又《教坊记》载《踏摇娘》的戏剧：

北齐有人姓苏，鮑鼻，实不仕，而自号为郎中。嗜饮酗酒，每醉，辄殴其妻，妻衔悲诉于邻里，时人弄之。丈夫着妇人衣，徐步入场行歌，每一叠，旁人齐声和之云："踏摇，和来，踏摇娘苦，和来。"以其且步且歌，故谓之踏摇，以其称冤，故言苦。及其夫至，则作殴斗之状，以为笑乐。

但是这两者真正[①]的合在一起，且信而有征的，当在宋代。宋代以后，又变成两者混合的一种独立之文学了。

第一节　宋代乐曲

王国维《宋元戏曲史》："其歌舞相兼者，则谓之'传踏'（曾慥《乐府雅词》卷上），亦谓之'转踏'（王灼《碧鸡漫志》卷三一），亦谓之'缠达'（《梦粱录》卷二十）。北宋之转踏，恒以一曲连续歌之。每一首咏一事，共若干首，则咏若干事。然亦有合若干首而咏一事者。《碧鸡漫志》谓石曼卿作《拂霓裳转踏》述开元天宝遗事是也，其曲调唯［调笑］一调用之最多……此种词前有勾队词，多以一歌一曲相间，终以放队词，则亦用七绝。此宋初体格如此，然至汴京之末，则其体渐变。"这是偏重于歌唱

① 正　底本作"真"，据文意改。

方面的东西。又宋代尚有“队舞”，见《宋史·乐志》，又有“曲破”,《宋史》称太宗制曲破二十九。这两者均是偏重于舞的东西（详见《宋元戏曲史》）。此外与后世戏剧有关而兼歌舞的，当推“大曲”。

“大曲”这名词，南北朝已经有了（见《魏书·乐志》）。唐代因之（见于《教坊记》及《乐府诗集·近代曲辞》）。大曲之特点:（一）始终只有一曲。王国维云:“曲之遍数虽多，然仍限于一曲。”（二）舞时仅一人动手。陈旸《乐书》:“优伶常舞大曲，惟以一工独进，但以手以容，然一人舞前段，一人舞后段。”（三）乐器众多，诸部合奏，为独立之音乐。见天基圣节所排之大曲。大曲之文章，现代尚能保存者，为董颖《道宫薄媚大曲》（见《乐府雅词》），曾布《水调歌头》（见《玉照新志》），史浩《采莲大曲》（见鄮峰真隐慢录）。王灼《碧鸡漫志》云:

> 凡大曲有散序、靸、排、遍、攧、正攧、入破、虚催、实催、衮遍、歇拍、杀衮，始成一曲。谓之大遍。

而现存之大曲中,“攧”后尚有“延遍”之名,“实催”之前尚有“衮遍”，而散序排遍均不止一遍，排遍多至八九。周密《齐东野语》称北宋葛诚守作四十大曲。但其中亦有有声无词者。

大曲与后代之词及曲均有关系。王灼云:“后世就大曲制词者，类从简省。”宋人词调出于大曲者甚多，如《六幺令》《梁州令》等摘取大曲之一段而成。同时整段的大曲，一变而为后世之曲。

宋《崇文总目》有《周优人曲辞》，原注:“周吏部侍郎赵上交、翰林学士李昉、谏议大夫刘陶，司勋郎中冯古，纂录燕优人曲辞。”大曲为优人所唱，其渊源恐在宋以前。至于宋代之杂剧，其名目见于《武林旧事》，有所谓“爨”“孤”“酸”“卦铺儿”等名，又如“争曲六幺”“扯拦六幺”等，以曲调上的“六幺”之名作杂剧名目的。其角色大约为五人，其中“戏头”“引戏”“次净”“副末”四个是一定不易的。吴自牧《梦粱录》中记载杂剧演唱时之情形:

> 诸杂剧色皆浑服，各服本色紫、绯、绿宽衫，义襕镀金带。自殿陛对立，直至乐棚。每遇供舞戏，则排立，七手举左右盾，动足应拍，一齐群舞，谓之按曲子……第四盏进御酒，宰臣百官如送酒，歌舞并同前，教乐所伶人，以龙笛腰鼓发浑子。参军色执竹竿拂子，奏俳语口号，祝君寿。新剧色打，和毕，且谓:“奏罢今年新口号，乐声惊裂一天云。”参军色再致语，勾合大曲舞……第五盏进御酒……乐部起三台舞，参军色执竿奏数语，勾杂剧入场，一场两段。是时教乐所杂剧色何雁喜……等俱御前人员，谓之无过央……第七

盏……宰臣酒，慢曲子；百官酒，舞三台，参军色作语，勾杂剧入场。

这种情形已很类似后代的杂剧与南戏了。而其中最大的特点是“动作”“歌唱”联合起来，又加以“角色”的分化。所以说诗歌文学与表演文学之合流始于宋代，是不会错误的。

第二节　院本与诸宫调

陶宗仪《辍耕录》有“院本”七百十三本。陶氏说：“偶得院本名目，用载于此，以资博识者之一览。”但却又肯定地说：“唐有传奇，宋有戏曲、唱弹、词说，金有院本、杂剧、诸宫调。院本、杂剧，其实一也，国朝院本、杂剧，始厘而二之。”因此王国维便决定以“院本”为金代的东西。我们要研究王氏之肯定是否有理，得先明白“院本”两字的意义。《太和正音谱》：“行院之本也。”但刘东生《娇红记》有“院本上开，下杂剧上”，“院本《黄丸儿》，院本上”，以及“《申论》引院本《师婆旦》上”，可见院本可以插入杂剧，而与杂剧不是一件东西；同时“行院”乃是到处游行的唱本。据近人的解释，“院本”与“杂剧”本是一种东西，“杂剧”乃是总名，“行院”通指戏文的本子。到了元代“杂剧”即是“北曲”，为戏剧之名，而所谓“五花爨弄”之流，仍名之“院本”。《辍耕录》

所录之院本分为十二类。（一）和曲院本，（二）上皇院本，（三）题目院本，（四）霸王院本，（五）诸杂大小院本，（六）院幺，（七）诸杂院爨，（八）冲撞引首，（九）拴搐艳段，（十）打略拴搐，（十一）诸杂砌。也许“院本”者正是杂剧以外的戏，类似现代的“角力”“变戏法”之类的表演。《梦粱录》称：

又有杂扮，或曰杂班，又名经元子，又谓之拔和，即杂剧之后散段也。顷[①]在汴京时，村落野夫，罕得入城，遂撰此端。多是借装山东河北村叟，以资笑端。

此或即院本之一种，在最初只是杂剧中打诨的一部分而已。元人杜善夫所作《庄家不移勾栏》套曲中写“爨”的一节中，有“却爨罢，将幺拨[②]”之语。又记其动作道：

一个装做张太公，他改做小二哥。行行行说向城中遇见个年少的妇女向帘儿下立，那老子有意铺谋，待取作老婆，教小二相说合。但要的豆谷米麦，问甚布绢纱罗。教太公往前那，不敢往后那，抬左脚，不敢抬右脚，番来番去，由它

① 顷　底本作“项”，据《梦粱录》（P.192）改。
② 拨　底本作“摆”，据《元明散曲》（P.26）改。

一个，太公心下实焦燥，把一个皮棒槌[1]，则一下打做两半个，我则道兴词告状，刬地大笑呵呵。

这是元曲中保存的一段“院本”吧。《水浒传》雷横枷打白秀英一回中，称白秀英之说书曰“院本”，也许是后人借用这名字，也许是院本的变相。

再来讨论诸宫调。宋孟元老《东京梦华录》有“孔三传《耍秀才诸宫调》”之名。又耐得翁《都城记胜》中有“诸宫调本京师孔三传编撰，传奇、灵怪、八曲、说唱”之语，则宋代已有之，《碧鸡漫志》谓“熙丰、元祐间，兖州张山人以诙谐独步京师，时出一两解，泽州孔三传者，首创诸宫调古传，士大夫皆能诵之”。《梦粱录》亦云：“说唱诸宫调，昨汴京有孔三传编成传奇灵怪，入曲说唱。”周密《武林旧事》“诸宫调传奇”下有高郎妇、黄淑卿、王双莲，袁太道诸艺人。诸宫调的起来，或受“唱赚”之影响。“唱赚”出于大曲，其组织很简单。《都城纪胜》云：

唱赚在京师只有缠令、缠达。有引子、尾声为缠令；只以两腔递互循环间用者为缠达。中兴后，张五牛为大夫，因听动鼓板中，又有四太平令或赚鼓板，遂选为赚。赚者，堪

[1] 槌　底本作“搥”，据《金元散曲》（P.32）改。

赚之义也。令人正误美听，不觉已至尾声，是不宜为片序也。

今《刘知远诸宫调》中，亦有缠令，足证诸宫调或由于缠令而变的。诸宫调最奇特的地方，是用套数联成一调的，或附尾声或不附尾声。或用引子。同时又联合套数再加说白来叙述一件故事。在大曲与唱赚里只用一个宫调来联合，而诸宫调却连合多数不同宫调的套数，来表演一个故事，这也正是“诸宫调”之所以得名吧。

诸宫调的本子，当初只有一部董解元的《西厢记》，与王伯成的《天宝遗事》残文。近年以来，有《刘知远诸宫调》在外国发现，研究的资料也更多了。“诸宫调流变为南北曲”这话，似乎也得到了相当的实证。

第二章

元人杂剧——北曲

臧晋叔选刊元杂剧百种，给予后人研究元曲时不少的便利。但是他在这本子，却加了许多删改。后来《古今杂剧》被发现了，用以对照（其中有十三种与臧选同），同时，盋[①]山图书馆所藏《元明杂剧》二十七种出，而研究元曲的资料也增加了不少。元杂剧的总数，元钟嗣成之《录鬼簿》称有四百五十八种。《太和正音谱》则增至五百六十六种，其中多明人所作。臧选有九十三种为元人所作，加《古今杂剧》中之不同者十三种，加《元明杂剧》中之不同的元人作品三种，再加最近发现之《贬黄州》《西游记》等，约为一百二十余种。它的题材，据《太和正音谱》所说，不外十二种:（一）神仙道化,（二）林泉丘壑,（三）披袍秉笏,（四）忠臣烈士,（五）孝义廉节,（六）叱奸骂谗,（七）逐臣孤

① 盋　底本作“盔”，据《孤本元明杂剧提要》（P.1）改。

子,（八）钹刀杆棒,（九）风花雪月,（十）悲欢离合,（十一）烟花粉黛,（十二）神头鬼面。现在分来源、体例与元曲概况，分述于后。

第一节　北曲之来源

凌廷堪《燕乐考原》:“天宝之法曲，即清商南曲，胡部合奏，即燕乐北曲。今南北曲实本于此。”王世贞《艺苑卮言》:“自金元入中国，所用胡乐，嘈杂凄紧，缓急之间，词不能按，乃更为新声以媚之。”则此亦为宋代杂剧流为元杂剧之一原因。王国维论北曲较宋曲进步之处道:

> 元杂剧之视前代戏曲之进步，约而言之，则有二焉。宋杂剧中用大曲者几半。大曲之为物，遍数虽多，然通前后为一曲，其次序不容颠倒，字句不容增减，格律甚严，故其运用亦颇不便。其用诸宫调者，则不拘于一曲。凡同在一宫调中之曲，皆可用之。顾一宫调中，虽或有联至十余曲者，大抵用二三曲而止。移宫换韵，转变至多，故雄肆之处，稍有欠焉。元剧则不然，每剧皆用四折，每折易一宫调，每调之中，必在十曲以上，其视大曲为自由，而较诸宫调为雄肆。且于正宫之［端正好］［货郎儿］［煞尾］，仙吕宫之［混江

龙][后庭花][青哥儿]，南吕宫之[草池[1]春][鹌[2]鹑儿][黄钟尾]，中吕宫之[道和]，双调之[折桂令][梅花酒][尾声]，共十四曲，皆不拘字句，可以增损，此乐曲上之进步也。其二则由叙事体而变为代言体也。宋人大曲，就其现存者观之，皆为叙事体。金之诸宫调，虽有代言之处，而其大体只可谓之叙事。独元杂剧于科白中叙事而曲文全为代言……不可谓非戏曲上之一大进步也。此二者之进步，一属形式，一属材质。

王氏又据调名而研究之，知元曲调名，出于大曲者十一，出于唐宋词者七十有五，出于诸宫调者二十有八，出于宋代旧曲者十。据内容而研究之，如白朴之《崔护谒浆》，宋官本杂剧中已有《崔护六幺》《崔护逍遥乐》；如关汉卿《包待制三勘蝴蝶梦》，院本中已有《蝴蝶梦》一剧；王实父《崔莺莺待月西厢记》，而诸宫调中有董解元之《西厢记》，宋官本杂剧中亦有《莺莺六幺》。

元杂剧之出于诸宫调，毫无疑议，不特调名相同，而其组织之形式亦很相似。如元刊无名氏《张千替杀妻》杂剧之组织为：

① 池　底本作“地”，据《宋元戏曲史》(P.75)改。
② 鹌　底本作“鷂”，据《宋元戏曲史》(P.75)改。

[端正好][滚绣球][倘[1]秀才][滚绣球][倘秀才][滚绣球][叨叨令][尾声]

以[倘秀才][滚绣球]二曲相循环，中唯以[叨叨令]，与《梦粱录》所云："宋之缠达，引子后只有两腔，迎互循环"相合。此类在元杂剧中甚多甚多，但其所用之曲调，仍沿宋词旧式。《宋史·乐志》"教坊部"载宋词所用本二十八调，除已废置者外，通行的有十八调：

[正宫][中吕][道宫][南吕][仙宫][黄钟][越调][大石][双调][小石][歇指][林钟][中吕][南吕][仙吕][黄钟羽][般涉][正平]

诸宫调便是用这十八种调子的。因此元杂剧的调曲，与宋词也不无关系的。

第二节　元杂剧之结构作风与作者

元杂剧的结构，是每本以四折加一楔子为原则。每折的组织，

① 倘　底本作"俏"，据《宋元戏曲史》（P.80）改。下文径改，不再出校记。

便是一个宫调的套数，前有［引子］，后有［尾声］，与诸宫调同。但亦有例外者，如《赵氏孤儿》有五折，《罗李郎》《东窗事犯》《马陵道》等，有两个楔子。不过这是很少见的。所谓楔子，通常在一剧的最前面，但亦有置于一二折之间的，如《青衫泪》；二三折之间的，如《岳阳楼》；三四折之间的，如《伍员吹箫》。其中所用之曲，大抵是［仙吕・赏花时］或［仙吕・端正好］连幺篇。每折所用之曲，多少并不一定，有多至二十六曲者。不过楔子中曲少白多，似乎是一个原则。

每一折以“宾白”始，次为场中主角之“唱”，“唱”与“白”互相错综，以进行其情节，唱毕主角下场，或以之终一折，或使残余脚色述一二简单之宾白后终一折，这是通例。元杂剧一本，自始至终，只有一个“正末”或“正旦”唱。而主唱者所饰角色却可以任意调动。角色的名称，也很复杂：

“末”——正末、冲末、二末……

“旦”——正旦、老旦、大旦、小旦、色旦、外旦……

“杂”——净、丑、外、孤、细酸、邦老、倈、曳剌、卜儿、孛老……

至于元杂唱之用法，不外下列四项：

（1）为对话之用。（2）表白剧中人物之意思。（3）表说事态。（4）描写四周之环境。

元杂剧以“唱”“科”“白”三种为原则。“唱”乃歌曲由当场之优伶自唱。“科”为体态与动作。“白”为台词。每一套中，均用同一宫调，决不混用他宫，一套之中，必须一韵到底。其韵为“中原音韵”，有平上去而无入声。所用者仅［黄钟］［正宫］［仙吕］［中吕］［南吕］五宫，及［大石调］［小石调］［双调］［越调］［商角调］［般涉调］［商调］共十二种。此种杂剧之表演法，现已失传，今昆曲中之北曲，尚有其遗风，一套开始之二三曲，用名唤“底板”之拍子极缓之曲，中途拍子渐紧，至尾声再变缓而终一套。这是唱的情形。至于“白”，初登场时，先以数句诗开始，再则口语之独白。今《元曲选》中有“带云”“背云”等，这是白的情形。吴梅《顾曲麈谈》：

亦思元杂剧之演法，与今时传奇演法大异乎？歌者自歌，白者自白。一人居中司歌，其余宾白诸人，环侍左右。先令司宾白者出场，两旁分立。待此一折中人齐集以后，然后正末登场，引吭而歌。众人或和歌或介白。其有邦老、孛儿，与正末为难事者，方出位演串，而旁侍者依然也。非若今日演戏[①]之状也。

① 戏　底本作“献”，据《顾曲麈谈》卷下（P.25）改。

至于元剧之作风，则以朱权《太和正音谱》所论十五体之说为较详。“丹丘体，豪放不羁。宗匠体，词林老手之词。黄冠体，神游广漠，奇情太虚，有餐霞服日之想，名曰‘道情’。承安体，华观伟丽，过于佚乐。盛元体，快然有雍熙之治；字句皆无忌惮，又曰不讳体。江东体，端谨严密。江南体，文采焕然，风流儒雅。东吴体，清严华巧，浮而且艳。淮南体，气劲趣高。玉堂体，正大。草堂体，志在泉石。楚江体，曲抑不伸，摅忠诉志。香奁体，裙裾脂粉。骚人体，嘲讥戏谑。俳优体，诡喻淫谑，即淫词”。现存元剧作者及剧名，列举于后：

关汉卿——《西蜀梦》《拜月亭》《谢天香》《金线池》《望江亭》《救风尘》《单刀会》《玉镜台》《诈妮子》《蝴蝶梦》《窦娥冤》《鲁斋郎》《绯衣梦》《续西厢》。

马致远——《青衫泪》《岳阳楼》《陈抟高卧》《汉宫秋》《荐福碑》《任风子》。

郑廷玉——《楚昭王》《后庭花》《忍字记》《看钱奴》。

白朴——《梧桐雨》《墙头马上》。

郑光祖——《㑳梅香》《周公摄政》《王粲登楼》《倩女离魂》。

尚仲贤——《柳毅传书》《气英布》《尉迟恭》《三夺槊》。

高文秀——《双献功》《谇范叔》《遇上皇》。

武汉臣——《老生儿》《玉壶春》《生金阁》。

石君宝——《秋胡戏妻》《曲江池》《紫云庭》。

张国宾——《汗衫记》《薛仁贵》《罗李郎》。

乔梦符——《玉箫女》《扬州梦》《金钱记》。

杨显之——《临江驿》《酷寒亭》。

秦简夫——《东堂老》《赵礼让肥》。

杨梓——《霍光鬼谏》《豫让吞炭》《不服老》。

吴昌龄——《西游记（六本）》《风花雪月》《东坡梦》。

王实甫——《西厢记（四本）》《丽春堂》。

李文蔚——《燕青博鱼》。李直夫——《虎头牌》。

王仲文——《救孝子》。纪君祥——《赵氏孤儿》。

戴善甫——《风光好》。石子章——《竹坞听琴》。

孟汉卿——《魔合罗》。李行道——《灰阑记》。

王伯成——《贬夜郎》。孙仲章——《勘头巾》。

康进之——《李逵负荆》。李好古——《张生煮海》。

岳伯川——《铁拐李》。狄君厚——《介之推》。

孔文卿——《东窗事犯》。张寿卿——《红梨花》。

宫天挺——《范张鸡黍》。金仁杰——《追韩信》。

范康——《竹叶舟》。曾瑞——《留鞋记》。

萧德祥——《杀狗劝夫》。朱凯——《昊天塔》。

王晔——《桃花女》。李致远——《还牢末》。

杨景贤——《刘行首》。罗贯中——《风云会》。

李寿卿——《伍员吹箫》《月明和尚》。

此外,《黄粱梦》一本，称马致远、李时中、花李郎、红字李二所合撰。又有《七里滩》《博望烧屯》《替杀妻》《小张屠》《陈州粜米》《鸳鸯被》《风魔蒯通》《争报恩》《来生债》《朱砂担》《合同文字》《冻苏秦》《小尉迟》《神奴儿》《谢金吾》《马陵道》《渔樵记》《举案齐眉》《梧桐叶》《隔江斗志》《盆儿鬼》《百花亭》《连环计》《抱妆盒》《货郎旦》《碧桃花》等二十六本。元杂剧之作品，已经发现的，大概不出于此了。

第三章

明人传奇——南曲

第一节　明人传奇——南戏之来源

南曲并不始于明代，凌廷堪《燕乐考原》已言之。明何良俊曰:“金元人呼北戏为杂剧，南戏为戏文。”则明代以前，已有“南戏”之目了。王国维《宋元戏曲史》:

> 南戏之渊源于宋，殆无可疑。至何时进步至此，则无可考。吾辈所知，但元季既有此种南戏耳。然其渊源所自，或反古于元杂剧。今试就其曲名分析之，则其出于古曲者，更较元北曲为多……沈璟之《南九宫谱》二十二卷中……出于大曲者二十四……出于唐宋词者一百九十……出于金诸宫调者十三……出于南宋唱赚者十……同于元杂剧曲名者十有

三……尚有出于古曲者……南曲五百四十三章中，出于古曲者凡二百六十章，几当全数之半；而北曲之出于古曲者，不过能举其三分之一，可知南曲渊源之古也。

按明初叶子奇有《草木子》一书，云：“俳优戏文，始于王魁。永嘉人作之……其后元朝南戏盛行，及当乱，北院本特盛，南戏遂绝。”则南曲渊源甚古，至北曲盛而后衰落，到了明代，又复兴起来的。祝允明《庄岳猥谈[①]》云：

南戏出于宣和之后，南渡之际，谓之温州戏剧。予见旧牒，其时有赵闳夫榜禁，颇述名目，出《赵贞女蔡二郎》等，亦不甚多。

徐文长《南词叙录》也以《王魁》《赵贞女》二戏为南戏之祖。同时，刘一清《钱唐遗事》中说：“贾似道少时，佻㒓尤甚。自入相后，犹微服间行，或饮于伎家。至戊辰己巳间，王焕戏文盛行于都下，始自太学，有黄可道者为之。”元统一之初，南戏北曲尚并行，《青楼集》：“龙楼[②]景、丹墀秀，皆金门高之女，俱有

① 下文语出祝允明《猥谈》，又胡应麟著有《庄岳委谈》，而此谓“祝允明《庄岳猥谈》”，当是作者误记。

② 楼 底本作“栖”，据《青楼集》（P.32）改。

姿色，专工南戏。”元钟嗣成《录鬼簿》亦云：“南北调合腔，自沈和甫始。”又云：

萧德祥，杭州人。以医为业，号复斋。凡古文俱檃括为南曲，街市盛行，又有南曲戏文等。

足见元初擅长北曲者也有工于南曲的。今《永乐大典》中有《小孙屠》，为南北合套。则元初南戏之衰，或由南北合套——北曲包举南曲——亦未可知。

现存最早的南戏，为《荆》（《荆钗记》，或称柯丹邱撰。世传有元刊本。有人疑此柯丹邱即丹丘子，为明朱权所作）《刘》（《刘知远白兔记》）《拜》（《拜月亭》，或名《幽闺记》，或以为元施君美作）《杀》（《杀狗记》，《静志居诗话》以为徐畛作，元末明初人）。或以《拜月亭》易《琵琶记》（高则诚作。则诚，蒋仲舒《尧山堂外记》、王世贞《艺苑卮言》云名拭。而《静志居诗话》则曰名明）。然而据《永乐大典》《南九宫谱》《南词叙录》中之南戏（见《永乐大典目录·宦门子弟错立身》中所举之戏名，以及《南九宫谱·刷子序散曲》集古传奇名，《南词叙录》之《宋元旧篇目录》），去其重复，共有六十九种，而其中题材与北曲同者，有三十七种。其中现代尚存者，仅《小孙屠》《张协状元》《宦门子弟错立身》三种。但其时代是否在《荆》《刘》《拜》《杀》以前，已不得而知了。

南戏之形成亦与诸宫调有关。第一，董解元《西厢记》是诸宫调，有五本廿折，此即南戏出数增加之由来，加《琵琶记》有四十三出之多，与杂剧以四折为原则者不类。第二，诸宫调可以频变宫调，而南戏在一出中可混用二种以上之宫调。此“唱赚”“北曲”均无之。第三，北曲必以“宾白”开场，而南戏先唱后白，与诸宫调先唱曲而后补说话之体相似。足见它与诸宫调之关系比北曲更为密切。同时它的结构与唱法，又比北曲为自由而进步。就“唱”而言，唱者不如杂剧的止限于一人。各种角色均须歌唱。而有“接唱”“同唱”“合唱”之变化。而且，一出中以数变宫调为常例。元代虽有十三宫调，至元末明初则仅有九宫调。南曲又多用“南北合套”之调子。曲之中有“引子”（拍子慢缓之曲，优伶上场唱之），“过曲”（拍子严格，主曲，接引子而唱。连续以若干曲歌之），“尾声”（南曲可以不用，与北曲必须用者不同）。北曲必须一韵到底，而南曲则可以自由换韵，所用之韵为南音，平上去通押，与北曲同，但严于入声，则较北曲为复杂。“俗语”与“衬字”亦较北曲为少。就“白”而言，南戏诵诗之时，不如北曲之一人独念，可以由若干角色分别念诵一句或若干句者。就“科”言之，除实动作以外，尚有舞态。就角色言之，南戏之“生”，相当于北杂剧之“末”，其余大同小异。但北曲中以人格名角色之名目，南戏中已经没有了（如俫儿、孤、孛老、邦老、卜儿之类）。

南北曲最大的差异，在乎乐器之不同。北曲以琵琶为主，重在弦索；南曲以鼓板为主，重在板眼。徐文长《南词叙录》云：

听北曲使人神气鹰扬，毛发洒淅，足以作人勇往之志，信胡人之善于鼓怒也……南曲则纡徐绵眇，流丽婉转，使人飘飘然，丧[①]其所守而不自觉，信南方之柔媚也。

足见北曲之长，在乎雄伟，南曲之长，在乎婉曲。王世贞《艺苑卮言》：

大抵北主劲切雄丽，南主清峭柔远……凡曲，北字多而调促，促处见筋；南字少而调缓，缓处见眼。北则辞情多而声情少，南则辞情少而声情多。北力在弦，南力在板。北宜和歌，南宜独奏。北气易粗，南气易弱。此吾论曲三昧语。

第二节 南曲之概况

明代的戏剧，均是南戏——传奇，北曲虽有，但已很少见。

① 丧 底本作“表”，据《南词叙录》（P.245）改。

沈德符《顾曲杂言》云:“沈吏部(璟)《南九宫谱》盛行，而《北九宫》反无人问。”南戏至嘉靖间，已有进步，至万历间乃大放异彩。这是由“昆腔”盛行的缘故。

“昆腔”者，昆山人的口调来唱南曲的腔调。明张元长《笔谈》云:“魏良辅别号尚泉，居太仓南关，能谐声律……梁伯龙起而效之，考订元杂剧，自翻新调，作《江东白苎》《浣纱》诸曲……谓之昆腔。”王骥德《曲律》:“旧凡唱南调者，皆曰海盐;今海盐不振，而曰昆山。昆山之派，以太仓魏良辅为祖。”足见昆腔以前，尚有海盐腔。其实不仅此一种。徐文长《南词叙录》:

> 今唱家称弋阳腔，则出于江西，两京、湖南、闽、广用之;称余姚腔者，出于会稽，常、润、池[①]、太、扬、徐用之;称海盐腔者，嘉、湖、温、台用之。惟昆山腔止行于吴中。

何元朗《四友斋丛话》引杨升庵曰:“近日多尚海盐南曲。”则似以海盐腔为最古，在昆曲未盛前，海盐腔亦最通行。昆山之所以兴，也许是音节美丽的缘故。徐文长称其:“流丽悠远，出乎三腔之上，听之最足动人，妓女尤妙此，如宋之嘌唱，即旧声加

① 池　底本作“汝”，据《南词叙录》(P.242)改。

以泛艳者也。”魏良辅为嘉、隆间人，而祝允明《猥谈》作于嘉靖之前，即有昆山腔之名，可知昆腔并非起于魏氏，不过魏氏加以改良而已。《弦索辨讹》：“初时虽有南曲，只用弦索官腔。至嘉、隆间，昆山有魏良辅者，乃渐改旧习，始备众乐器，而剧场大成，至今遵之。所谓南曲，即昆曲也。”

昆曲盛而北曲亡。何元朗云：“近日多尚海盐腔……甚者北土亦移而耽之，更数世后，北曲亦失传矣。”沈德符《顾曲杂言》：“自吴人重南曲，皆祖昆山魏良辅，北词既废。”但一脉相传，至明末清初，尚有偶能北曲者。所谓“顿老琵琶”是。钱谦益《金陵杂题》：“顿老琵琶旧典型，檀槽[①]生涩响丁零。南巡法曲无人问，头白周郎掩泪听。”周在浚《金陵古迹诗》：“顿老琵琶奉武皇，流传海内北音亡。如何近日人情异，悦耳吴音学太仓？”自注云：“今太仓弦索胜而北音亡。”自从昆曲兴起，一切旧腔均消灭了，于是南戏遂称独盛。

南戏的本子，今日可以见到者，有明毛晋编的汲古阁《六十种曲》，明沈泰编的《盛明杂剧》（有初集、二集，共六十四种），清邹式金的《杂剧新编》三十四种（均系清人之作），民国刘世珩之《暖红室汇刻传奇》及吴梅之《奢摩他室曲丛》，作品之多为元曲所未及。其中故事大抵沿袭古代传说而加以放大或附会（见拙

---

① 檀槽　底本作“坛场”，据《牧斋有学集》卷八（P.417）改。

作《元明南戏题材之来源》,《中流杂志》第一卷五期)。作者之生平亦较元曲作者易于考订而知道他详细的身世。

昆曲盛行以后，可以注意的是南戏也走上了宋词的路，分成了两派，一主音律，一求文字之工。于是也就有了两个代表作家——沈璟与汤显祖。

沈璟，吴江人，精于音律。王骥德《曲律》评曰:“临川(汤显祖)之与吴江(沈璟)，故自冰炭。吴江守法，斤斤三尺，不欲令一字乖律，而毫锋殊拙。临川尚趣，直是横行，组织之工，几与天孙争巧，而屈曲聱牙，多使歌者咋舌。”沈璟《曲品》中曾提出他的主张道:“宁[①]协律而词不工，读之不成句，而讴之始协，是曲中之巧。”因此著《南九宫十三调曲谱》。徐复祚称为“词林南车”。王骥德也说:“自词隐(沈璟)作《词谱》(《九宫谱》),海内斐然向风，衣钵相承，尺尺寸寸。”他竭力反对汤氏之重文，在他的《博笑记》中，曾有《论曲二郎神套数》，中间有几句说:

名为乐府，须教合律依腔，宁使时人不鉴赏，毋使人挠喉捩嗓。说不得才长，越有才越当着意斟量。

沈氏有《属玉堂传奇》十七种，今已残佚过半。重律轻文，

① 宁　底本作“宜”，据《曲品校注》(P.37)改。

而吕天成非常心折，在《曲品》中称扬道："运斤成风，游刃有余，词坛之庖丁，此道赖以中兴，吾党甘为北面。"因为吕氏也是主张曲须重律的。

汤显祖即是《牡丹亭》(《还魂记》)之作者，字义仍，号若士，所居曰玉茗堂，江西临川人。朱彝尊《静志居诗话》称："义仍填词，妙绝一时，语虽斩新，源实出关、马、郑、白。"除《牡丹亭》外，尚有《紫箫记》《紫钗记》《南柯记》《邯郸记》四种。《牡丹亭》一剧，沈璟与吕天成以其不甚协律，先后改定。所以汤氏与伶人书中说："《牡丹亭记》要依我原本，吕家改的，切不可从。虽增减一二字以便俗唱，却与我原本做的意趣大不同了。"(《玉茗堂尺牍·与宜伶罗章》)其诗集中有诗云;"醉汉琼筵风味殊，通仙铁笛海云孤。总饶割就时人景，失却王维旧雪图。"《曲律》:

> 临川尚趣，直是横行，组织之工，几与天孙争巧。而屈曲聱牙，多令歌者咋舌。吴江曾为临川改易《还魂》字句之不协者，吕吏部玉绳（天成）以致临川。临川不怿，后书吏部曰："彼恶知曲哉，余意所至，不妨拗折天下人嗓子。"

但是不合音律一病，终为后人所指斥。沈德符称："汤义仍《牡丹亭梦》一出，家传户诵，几令《西厢》减价。奈不谙曲谱，用韵多任意处，乃才情自足不朽也。”

自此以后，“吴江派”与“玉茗堂派”各成系统，而后人不知音律者多，于是“玉茗堂派”便占得优势。可是南曲这时已注定了没落的命运了，清代虽有李渔（笠翁）“手则握笔，口则登场”，然而一般人却以为是“词近鄙俗”的。

第三节　南戏之流变与近代剧

清兵入关以后，昆曲遂衰。[①] 吴梅《戏曲概论》云：“乾隆以上，有戏有曲；嘉道之际，有曲无戏；咸同以后，实无曲无戏。”这句话很能说出昆曲衰颓之情形，清李斗《扬州画舫录》：

> 两淮盐务，蓄有花雅两部，以备大戏。雅部即昆腔，花部方面，包含京腔、秦腔、弋阳腔、梆子腔、高腔、二黄腔、罗罗腔，总名之曰“乱弹”。

又《燕兰小谱》说：“元时院本，凡旦色之涂抹科诨取妍者为花，不傅粉而工歌唱者为正，即唐雅乐部之意也。今以弋腔、梆子等曰花部，昆腔曰雅部，使彼此擅长，各不相掩。”这时昆曲变

① 此观点有可商之处，一般认为昆曲衰落是清中叶以后的事情。

成雅部，已是快没落了。民间所通行的只是“乱弹”。乱弹之中包括的各腔调，复杂而多，也可以说是地方剧的发展。《岑斋读曲》记载怀宁曹氏藏有嘉庆以前之抄本，排场是以昆曲与乱弹相间用，足证当时昆曲已只存一部分了。《金台残泪记》：“所谱昆曲，无西秦南弋诸陋习，顾听者落落然。”张漱石《梦中缘序》：“长安之梨园……而所好惟秦声罗弋，厌听吴骚，歌闻昆曲，辄哄然散去。”其实此时昆曲已变成了与地方戏合流的产物，真正的昆曲已不再为一般人喜欢了。

乱弹中，京腔即高腔，亦即弋阳腔。而弋阳腔实即昆曲之变。清震钧《天咫偶闻》：“国初最尚昆腔戏，至嘉庆犹然。后乃盛行弋腔，俗呼高腔。仍昆腔之辞，变其音节耳。”其他秦腔出于西秦，以胡琴月琴为主，即今西皮之祖，见谢章铤《赌棋山庄词话》。梆子，河北河南均有之，即今日皮黄剧中之“南梆子腔”。句腔出于山西。——均是地方戏合为乱弹，而其中在清中季最盛行的是梆子与“徽班”（西秦腔之变体）；最后，流变而为“皮黄剧”。

“黄”为“二黄”，“皮”为“西皮”，盛于咸丰之间。《天咫偶闻》：“道光末，二黄腔忽盛行，其声比弋则高而急，其辞皆市井鄙俚，无复昆弋之雅。”《梨园佳话》：“自南北隔绝，旧者老死，后至无人，北人度曲，究难合拍，昆曲于是衰微矣。”又曰：“昆曲有腔无韵，亦将成《广陵散》。”目前虽仍有摘唱之风，已为文士们高兴清唱之用，剧场中已不能再见昆曲，同时昆曲中之题材，也已经渐渐变成皮黄剧中的本事了。

皮黄剧的本事有从元杂剧来的，如《单刀会》；有从昆曲来的，如《牡丹亭》中的《闹学》《游园惊梦》；有从梆子腔来的，如《王宝钏》；有仍依徽班者，如《徐策跑城》；有从民间歌谣故事来的，如《小上坟》，而同时一剧之中，也夹着昆曲的一部分。

但是皮黄之弊，仍是沿着南曲的作风，是歌舞剧之一种，而其表白均有不现实的毛病，与西洋浪漫主义派戏剧之 Makebelieve 的弊病一样。其题材也似嫌有一贯相同之病，因此近年来因西洋近代剧之影响而有话剧运动，这并不是一件偶然的事。译本的上演，也是切合于现在实际之需要的。近代剧在结构的思想上，在表演的技巧上，似乎比皮黄进步得多了，“以主观的意见，变为客观具体的事实，表现人生意志上之争斗”，Hamilton 的定义，正是近代剧超过皮黄的地方，其他各人物个性之刻划，结构之发展，环境之安排，均是剧作上重要的工作。而“剧本必要有舞台性”这一条件，也可以避免它走上以前没落的路途。近四年来，话剧似乎更勃兴起来，在内地乡间也有话剧的出现。但近代剧决非“文明剧”，也决非单为知识阶级消闲的东西。因此近来“街头剧”一名称，也有人提起。作者曾在《戏剧与文学》第一卷第一期中有《谈街头剧》一文，我以为街头剧正是目前戏剧界应有努力之工作的一种。因为它已与诗歌脱离了关系，所以也不加讨论了。

近代歌舞剧不甚流行，实在歌唱文学与表演文学合流，虽是一种必然的趋势，就现代戏剧本身的艺术而论，也不必一定有诗歌在内。现代我国又接受了外来音乐的洗礼，则音乐的用具上，定有一番变化，因此歌唱文学与表演文学之分道扬镳，是必然的现象，而且诗歌文学之将有更新奇之表现，也是意料中的事。

余论
第四编

诗歌文字，皆有他们的灵魂——音乐，这在上面已经说过了。虽然后来脱离了音乐而止剩其形骸，但是在文字上留着音律的美是无疑的。同时就它们音律上关系的改变，也可以看到演变之迹。诗歌文学关于音律之要素，不外两种：

（1）句子之轻重律——四声之安排，句子之长短。

（2）句与句间之和谐——“韵脚”。

而其变化之方式，也不外（一）整齐的调和的美，（二）不整齐的，不调和的美两种。然而古今论音律的话很多很多，不得不来讨论一下。

但是单靠音律不一定能表现诗歌文学之特质的。音乐是一个抽象的调子。如果没有文字，则便无从表现。所以文字上还得求其有感染性。试将古今诗歌文学之文字加以研究，不难发现它们的几个原则，也得在此加以申论。

诗歌文学大抵有几个调子，平仄四声和用韵，须依此谱一一填充，此文学遗产，到现在还有人在仿制。虽然我不希望学者也去学步，但是这一种常识，不得不加以说明的。

第一章 ○

论音律

文字有音律之说，三国已有之（详见第一编中），至沈约而大行。《文心雕龙·声律》篇：

> 凡声有飞沉，响有双叠，双声隔字而每舛，叠韵杂句而必睽。沉则响发而断，飞则声飏不还[①]。并辘轳交往，逆鳞相比，迂其际会，则往蹇来连，其为疾病，亦文家之吃也。

“异音相从谓之和”指“声”而言；“同声相应谓之韵”指“韵”而言。“声”是发声，“韵”是收韵。要研究这个问题，必先明白“四声”之不同，与“双声”“叠韵”之说。

---

① 还　底本作“远”，据《增订文心雕龙校注》（P.427）改。

（甲）四声——四声，是“平”“上”“去”“入”。顾炎武《日知录》的解释是：“平音最长，上、去次之，入则诎[①]然而止，无余音矣。其重其疾，则为上为去为入，其轻其迟，则为平。”江永《说文谐声谱》：“平声长空，如击钟鼓，上、去、入短实，如击土木石。”王鸣盛《十七史商榷》云：“同一声也，以舌头言之则为平，以舌腹言之为上，急气言之即为去，闭口[②]言之即为入。”而其中又以元周德清《中原音韵自序》中为详：

> 字别阴阳者，阴阳字平声有之，上、去[③]俱无。上、去各只一声，平声独有二声，有上平声，有下平声。上平声非指一东至二十八山而言，下平声非指一先至二十七感而言。前辈为《广韵》，平声多分为上下卷，非分其音也，殊不知平声字字俱有上平下平之分，但有有音无字之别；非一东至山者上平，一先至感皆下平声也……阴者即下平声，阳者即上平声……便可知平声阴阳字音，又可知上、去二声各止一声，俱无阴阳之分矣。

四声之外，又有五声之说了。其实阴阳之分，即是清浊之异。

① 诎　底本作“绌”，据《音学五书·音论》（P.61）改。
② 口　底本作“气”，据《十七史商榷》（P.98）改。
③ 上、去　底本“去”后衍一“入”字，据《中原音韵》（序言页）删。

凡平声收音有鼻音的，如“东”“风”，即是阳声；平声收音无鼻音的，如“妻”“稀”，是阴声。而平、上、去、入四声之分别，即是拍子之长短。平声最长，有四拍以上，上声则只有三拍子，去声两拍子，入声最促，仅一拍或半拍。“平”“上”“去”“入”四字即各依其声分别的四个代表记号。这四类中的字很多很多。《梁书》云：

> 约撰《四声谱》，以为在昔词人，累千载而不悟，而独得胸衿，穷其妙旨，自谓入神之作，武帝雅不好焉。问周舍曰：“何谓四声？”舍曰：“天、子、圣、哲是也。”

无论“天、子、圣、哲”也好，“王、道、正、直”也好，“东、董、冻、笃”也好，这四个字，便是依照平、上、去、入的关系组成的。

诗中用声的地方，最大原则是以“平”独立，以“上”“去”“入”合为“仄”声，而只有“平”“仄”之别。古诗对于“平仄”的调剂，不甚求其均匀。但王士祯《古诗平仄论》《赵秋谷》《声调谱》、董研樵《声调四谱图》均以为古诗乐府亦可定则。《声调谱》中论五古：“间以律句，即以古句救之；总之，两句一联，断不得乱。”又说：“无一联是律者，平韵古体，以此为式。”又说“平平仄平仄，为拗律句，乃仄韵古诗下句正调也。”

又论七古道，仄仄平平平平平，仄仄仄平平平平，与平平平平仄平平，均不可用。《古诗平仄论》：

> 七言古自有平仄，若平韵到底者，断不可杂以律句。其要在第五字必平，第五字既平，第四字又必仄，第四第五平仄既合，第二字可平可仄，然不如平之谐也。古人多用平……至其出句，第五字多用仄，如间有用平者，则第六字多仄；至出句之第二字，又多用平……总之，出句之第二字平，第五字仄，其余四仄五仄亦谐……落句第五字平，第四字仄，上有三仄四仄，亦皆古句正式……首尾腰腹[1]，须铢两匀称为正。

其实，古人未必有法，不过王士祯一般人告诉学者如何方可“和谐”的方法，不必细细加以研究。如宋初之词，元初之曲，其声律本是可以随便，古诗又何独不然？近体为了求其整齐均匀，皆有一定之格律。如：

> 月落乌啼霜满天，江枫渔火对愁眠。姑苏城外寒山寺，夜半钟声到客船。

---

① 腰腹　底本作“嘤鸣”，据《王维资料汇编》（P.1340）改。

第一句“仄仄平平仄仄平”以一对“平”一对“仄”相隔而用，以下三句均是如此，不过位置互易罢了。又如：

白日依山尽，黄河入海流。欲穷千里目，更上一层楼。

第一句“仄仄平平仄”也是以一对“平”一对“仄”相隔而用，以下均是如此，不过互易其位置，其变化的方式与上首七绝同。推之五律七律，均是如此。如：

戍鼓断人行，边秋一雁声，露从今夜白，月是故乡明。有弟皆分散，无家问死生。寄书长不达，况乃未休兵。

今年游寓独游秦，愁思看春不当春。上林苑里花徒发，细柳营前叶漫新。公子南桥应尽兴，将军西第几留宾？寄语洛城风日道，明年春色倍还人。

其实它们音律上的变化，还是呆板的。词的兴趣，在音律上便补救了这种缺点。词的作者，知道自然的音律较之呆板的为有趣，于是便打破了那种规定。宋初之词，不但不分阴阳四声，同时平仄也不规定。后来词分四声，还是失乐以后，南宋依谱归纳出来的。因为依谱填词，不得不注意于“调”。于是词调之外，又有题目。如苏轼有《念奴娇》，下注云“赤壁怀古”，念奴本是唐代宫女之名，元稹《连昌宫词》:“力士传呼觅念奴，念奴潜伴诸郎宿。”自注:“念奴，天宝中名倡，每岁楼下酺宴，万众喧溢，不能禁，众乐为之罢奏。”但与“怀古”毫无关系，可知词调之名本即题目，后则但为调子（如F调、G调）之符号，与文义毫无关系。又如《演繁露》云:

> 《六州歌头》，本鼓吹曲也。近世好事者倚其声为吊古词，音调悲壮，又以古兴亡事实文之。闻其歌，使人慷慨，良不与艳词同科。

足见《六州歌头》是代表悲壮的曲调的一个符号。词与诗不同（也可以说较诗进步）的地方,（一）在句中有衬字（不过没有曲子那么多）。（二）调子的变化较多。（三）句子长短无定。因此其音律上之变化，也较诗为繁。词中衬字，以一二字为限，如王沂孙《露华》“胜小红临水湔裙”,“胜”是衬字。吴文英《唐多令》“纵芭蕉不雨也飕飕”,“也”字是衬字。这是加字之例。又如调中有《减字木兰花》，则减字亦有此例。能如此，则句子长短无定，可以有音节上之变化。今存词调，约有一千左右，其中的变化也比近体之只有绝律、五七言、仄起、平起为繁复。据张炎《词源》所载，词的调子虽多，其大要不过七宫（黄钟、仙吕、正宫、高宫、南吕、中吕、道宫），十二调（大石、小石、般涉、歇指、越调、仙吕、中吕、正平、高平、双调、黄钟羽调、商调），但已比诗的音节为复杂了。至于句的长短，有一字句（《十六字令》中有之），二字句（平仄较多，如王沂孙《无闷》之“清致”），三字句（领题句以仄仄平为多，通常则仄平平），四字句（普通二平二仄间用，但亦有例外的，有上三下一句），五字句（有上二下三，及上三下二句），六字句，七字句（上三下四，与上四下三），八字句，九字句；亦较诗句为自由。

词的音律，不单平仄，尚须分别上、去、入三声。上、去两声分别最严，而入声有时可与上声或平声通用，去声则独立为一种。万树《词律序》云：“论声虽以一平对三仄，论歌当去对平、上、入。”沈义父《乐府指迷》中也以为去声最紧要。吴梅《词学通论·绪论》中说：

> 平仄之道，仅止两途，而仄有上、去、入三种，又不可遇仄而概以三声统填也。一调之中，可以统用者，十之六七；不可统用者，十之三四；须斟酌稳惬，方能下字无疵。于是四声之说起矣。盖一调有一调之风度声响，若上、去互易，则调不振起，便有落腔之弊。黄九烟论曲，有“三仄应须分上去，两平还要辨阴阳”，填词何独不然？如《齐天乐》有四处必须用去、上声，清真词“云窗静掩，露囊清夜照书卷，凭高眺远，但愁斜照敛”是也。此四句中如“静掩”“眺

远”“照敛”，万不可用他声，故此词切忌用入韵。虽入可作上，究不相宜……盖上声舒徐和软，其腔低，去声激厉劲远，其腔高，相配用之，方能抑扬有致。大抵两上两去，法所当避[①]；阴阳间用，最易动听……万红友云：“名词转折跌荡处，多用去声。”此语深得倚声三昧，盖三仄之中，入可作平，上界平仄之间，去则独异，且其声由低而高，最宜缓唱，凡牌名中应用高音皆宜用此。

论谱之书，以万树《词律》为最早，明代虽有《啸余谱》，颇嫌其芜陋。康熙《御定词谱》也是一部可以参考的书。

曲的调子，北曲常用的是九调（黄钟、正宫、仙吕、南吕、中吕、大石、商调、越调、双调），南曲常用的是十四调（仙吕、正宫、中吕、南吕、黄钟、道宫、越调、商调、双调、仙吕入双调、羽调、大石、小石、般涉），每一宫调各有他的风格：

仙吕——清新绵邈　南吕——感叹伤悲　中吕——高下闪赚　黄钟——富贵缠绵　正宫——惆怅雄壮　道宫——飘逸清幽

大石——风流蕴藉　小石——旖旎妩媚　高平——条拗

① 避　底本作“选”，据《词学通论》（P.15）改。

滉漾　般涉——拾掇抗堑　歇指——急并虚歇　商角调——悲伤宛转　双调——健捷激袅　商调——凄怆怨慕　角调——呜咽悠扬

其中歇指、角调已亡，商角南亡北存。其变化因为有小令与套曲的关系，较词调的每阕独立者又为复杂。这是较词进步的地方，又衬字较词中为多，如北曲［仙吕·寄生草］：

长醉后方何碍，不醒时有甚思。糟腌两个功名字，醅渰千古兴亡事，曲埋万丈虹霓志。不达时皆笑屈原非，但知音尽说陶潜是。

其中“长醉后”“不醒时”“不”“但”，均是衬字。“有甚”“尽说”，均上去声。而其中又有务头，必须注意。吴梅云：“务头者，曲中平、上、去三音联串之处也。如七字句，则第三、第四、第五三字，不可用同音，大抵阳去与阴上相联，阴上与阳平相联，或阴去与阳上相联，阳上与阴平相联，每一曲中必须有三音或二音相联之一二语，此即务头也。”上例“虹霓志”“陶潜是”即为务头。《笠翁偶集》亦有此说。又论四声道：

平、上、去、入四声，惟上声一音最别。用之词曲，较他音独低；用之宾白，又较他音为高。填词者每用此声，最宜斟酌。此声利于幽静之词，不利于发扬之曲；即幽静之词，亦宜偶用间用，切忌一句之中，运用二三四字。盖曲到上声字，不求低而自低，不低则此字唱不出口。如十数字唱而忽有一字之低，亦觉抑扬有致；若重复数字音低，则不特无音，且无曲矣。至于发扬之曲，每到吃紧关头，即当用阴字易阳字，尚不发调，况为上声之极细者乎。

曲于四声之中，“入作三声”，而上、去又分别阴阳来了。

（乙）双声叠韵与用韵——凡是“叠韵”之字，在口语常常相近，如“东”与“风”。所以古代歌词即有用韵的方法。毛先舒《韵学通指》：“三代以上人书，往往涉笔成韵，亦不必诗歌，经子皆然。”故“韵是自然的指示”（K.Hurd 的话），这话是不错的。如“长袖善舞，多钱善贾”，“贾”音“顾”，与“舞”是叠韵字，也是同韵字，可以协韵。所以一切诗歌文学中，用韵乃是普遍不易的现象。如：

池外轻雷池上雨，雨声滴碎荷声。小楼西角断虹明。栏杆私倚处，遥见月华生。　　燕子飞来窥画栋，玉钩垂下帘旌。凉波不动簟纹平。水晶双枕畔，犹有堕钗横。

岐王宅里寻常见，崔九堂前几度闻。正是江南好风景，落花时节又逢君。

其中“声”“明”“生”“旌”“平”“横”，均是叠韵字，“闻”与“君”也是如此。又如：北曲［中吕·迎仙客］：“雕檐红日低，画栋早云飞，十二阑干天外倚。望中原，思故国，感慨伤悲，一片乡心碎。”其中“低”“飞”“悲”“碎”，也是叶韵[①]的。

诗韵最早者是隋陆法言的《切韵》，唐天宝中孙愐修正之而为《唐韵》，书已亡佚。宋陈彭年重修，名《大宋重修广韵》。以声为归，沿《切韵》之旧，分平声五十七韵，上声五十五韵，去声六十韵，入声三十四韵，合为二百六韵。其后又有“平水韵”，系毛晃所编，平水人刘渊所刻者，元初黄公绍《古今韵会》，依它的分类，成一百七韵（见钱大昕《十驾斋养新录》）。元阴时夫《韵府群玉》又合为一百六韵。清《佩文韵府》因之，即今之《诗韵》。词韵，相传以《菉斐轩词林要韵》为最早。厉鹗诗有“欲呼南渡诸公起，韵本重雕菉斐轩”之语，似系宋人之韵书。但今人又疑为北曲而作，后戈载有《词林正韵》，一般作词者均奉为圭臬。其韵的范围，较诗韵为宽。又平、去、上可以通押，入声独为一目。如第一部平声一“东”、二“冬”，去声一“董”、二“肿”，去声一“送”、二“宋”，均可通押，而入声则一“屋”、

① 也叫“协句”“协韵”，古代学者感到诗句韵不和谐，便以为作品中某些字须临时改读某音，称为叶韵。

二“沃”、三“烛”可合用（依吴梅氏据《广韵》《合沈谦》《词韵略》与戈载《词林正韵》之说）。曲韵则分清浊阴阳，北曲之韵为周德清《中原音韵》，南曲之韵，用明人本《洪武正韵》后据范善臻的《中州音韵》。周氏只有平声分阴阳，范氏则去、上皆一一分别。入声派作三声，南北曲均是一致。但吴梅则云：“入作三声，仅有七部：支、微，鱼、虞，皆、来，萧、豪，歌、戈，家、麻，尤、侯诸部是也。然此是曲韵，于词微有不合。就词韵论，当分八部，以屋、沃、烛为一部；觉、药、铎[①]为一部；质、栉、迄、昔、锡、职、德、缉为一部；术、物为一部；陌、麦为一部；没、曷、末为一部；月、黠、辖、屑、薛、叶、帖为一部；合、盍、业、洽、狎、乏为一部。”虽则词曲均可入作三声，而此却是其不同处。李渔论南曲用韵，以为“鱼”“模”当分用，闭口音如“侵”“寻”，“盐”“咸”，不可用（吴梅论词亦有此说）。又以为入韵不可多填：

> 入声韵脚，宜于北而不宜于南，以韵脚一字之音，较他字更须明亮。北曲止有三声，有平上去而无入，用入声字作韵脚，与用他声无异也；南曲四声俱备，遇入声之字，定宜唱作入声，稍类三音，即同北调矣。

---

① 铎　底本作“锋”，据《词学通论》（P.16）改。

由上可知词曲之韵，较诗为严，而北曲又较词为严，南曲则更复杂了。

双声叠韵，不单与“叶韵”之理有相当的关系，而且是诗歌文学中常有的因子。葛胜仲《丹阳集》中引皮日休《杂体诗序》曰：“《诗》云‘是蟏蛸在东”，又曰‘鸳鸯在梁’，双声起于此也。”但是双声叠韵之说，大盛于南北朝。其原理是将每一字分成二声，上一声为“发声”，下一声为“收韵”，如“东”字，实由“德翁”两音切成；“德”音是发声，“翁”音是收韵。凡是二字相连其发声相同的，叫“双声”；收韵相同的，叫“叠韵”。如“丁”的发音也是“德”音，那么“丁东”便是双声字；“风”字的收韵也是“翁”音，那么“东风”便是叠韵字。南北朝时在谈吐中也有用双声叠韵的。如《洛阳伽蓝记》所载：

> 冠军将军郭文远堂宇园林，匹于邦君，时陇西李元谦乐双声语，常经文远宅前过，见其门阀华美，乃曰：“是谁第宅？”遇佳婢春风曰：“郭冠军家。”元谦曰：“此婢双声。”春风曰：“狞奴慢骂。”元谦服婢之能，于是京邑翕[①]然传之。

《诗经》中多叠韵双声字，钱大昕《十驾斋养新录》、赵翼

---

① 翕　底本作“翁”，据《洛阳伽蓝记校注》（P.249）改。

《陔余丛考》都已统计过。如“旅力方刚”，上两字双声，下两字叠韵。又如“陟彼高冈，我马玄黄”，“高冈”“玄黄”均是双声。《古诗十九首》中“慷慨有余哀”，“慷慨”“有余”双声。“所过无故物”，“所过”“无故”均是叠韵。唐人游戏之作，有全首均用双声叠韵的。如：

溪空唯容云，木密不陨雨。迎渔隐映间，安问讴鸦橹。（陆龟蒙《双声溪上诗》）

穿烟泉潺湲，触竹犊[①]觳觫。荒篁香墙匡，熟鹿伏屋曲。（皮日休《奉和叠韵山中吟》）

词曲中如“一叶夷犹”四字双声，“叹[②]年端连环转烂漫”八字叠韵。但是这一种偶而巧遇，有自然之妙，如斤斤致力于此，便大可不必了。

即以声韵两者而论，自然之韵律，实在也比刻画规定的韵律来得有趣。词曲中一首可以换用平仄韵，是一种解放，如《荷叶杯》：

记得那年花下，深夜。初识谢娘时。水堂西面画帘垂，

① 犊 底本作“独”，据《陆龟蒙全集校注·松陵集》（P.1566）改。
② 叹 底本作“欢”，据《梦窗词汇校笺释集评》（P.398）改。

携手暗相期。　　惆怅晓莺残月，相别，从此隔音尘。如今俱是异乡人，相见更无因。

“下”“夜”一仄韵，“时”“垂”“期”一平韵；“月”“别”又一仄韵，“尘”“人”“因”又一平韵。但是《诗经》之用韵更为有趣。同时不协的地方，也是很多的，如《邶风·击鼓》：“爰居爰处，爰丧其马，于以求之，于林之下”，古音“处”“下”为韵。又如“麟之趾，振振公子”，“麟”“振”为韵，用在句首。“无竞维人，四方其训之”，“竞”“方”为韵，用在句中。又如“爰采[①]唐矣，沬之乡矣，云谁之思？美孟姜矣，期我乎桑中，要我乎上宫，送我乎淇之上矣”，其中“中”“宫”独立一韵，如此之类，甚多甚多，而并无一定的规律，却变化无穷，读之成诵。这样看来，用韵也还是以自然为上。然而一种文学，在精通文字的文人手中，总渐趋于严密之一途，这也是自然的趋势。

① 采　底本作“爰”，据《十三经注疏·毛诗正义》（P.663）改。

第二章○

论文章

诗歌文学的文字，应该是自然的，有感染性的。未来派的艺术家主张用二三种颜色不同的墨水，二三种字形不同的字模，直接刺激读者之视觉。他们以为文字之力，在文章中很有帮助。我国梁代刘勰也颇有类似这样的主张,《文心雕龙·练字》篇:

> 缀字属篇，必须练择：一避诡异，二省联边，三权重出，四调单复。“诡异”者，字体瑰怪者也，曹摅诗称，“岂不愿斯游，褊心恶凶呶”，两字诡异，大疵美篇，况乃过此，其可观乎？“联边”者，半字同文者也。状貌山川，古今咸用，施于常文，则龃龉为瑕。如不获免，可至三接，三接之外，其字林乎？“重出”者，同字相犯者也。《诗》《骚》适会，而近世忌同，若两字俱要，则宁在相犯。故善为文者，富于万篇，贫于一字，一字非少，相避为难也。“单复”者，字形肥瘠者也。瘠字累句，

> 则纤疏而行劣，肥字积文，则黯黕而篇暗。善酌字者，参伍单复，磊落如贯珠矣。

虽然这种议论似乎是苛求，可是对于文字方面之重视，却于此可见。贾岛的“推敲”，为了一字的适当，袁牧的“一字千改始心安”，贯休改贞白诗“此波涵帝泽”中的“波”为“中”字，李泰伯改范仲淹“先生之德”中的“德”字为“风”字（见《唐诗纪事》与《容斋随笔》），均是一字不肯放过的例子。杜甫诗：“新诗改罢自长吟。”项斯诗：“枕上用心静，惟应改旧诗。”贾岛之“两句三年得，一吟双泪流。”均是在文字上用过极大的气力的。

吴梅论作词云：“作词之难，在上不似诗，下不类曲，不淄不磷，立于二者，要须辨其气韵。大抵空疏者作词易近于曲，博雅者填词不离乎诗，浅者深之，高者下之，处于才不才之间，斯词之三昧得矣。”沈义父《乐府指迷》论作词云：“音律欲其协，不协则成长短之诗；下字欲其雅，不雅则近乎缠令之体；用字不可太露，露则直突而无深长之味；发意不可太高，高则狂怪而失柔婉之意。”此四语为词学之指南。然而诗词中却颇有相通之处。徐轨《词苑丛谈》：

> “夜阑更秉烛，相对如梦寐。”叔原则云：“今宵剩把银釭照，犹恐相逢是梦中。”此诗与词之分疆也。

又《后村诗话》云：

雍陶《送春诗》云："今日已从愁里去，明年莫更共愁来。"稼轩词："是他春带愁来，春归何处，却不解带将愁去。"虽用前语而反胜之。

又《古今词论》：

贺黄公曰："词家多翻诗意入词，虽名流不免，李后主《一斛珠》末句云：'绣床斜凭娇无那，烂嚼红绒，笑向檀郎唾。'杨孟载《春绣绝句》云：'闲情正在停针处，笑嚼红绒唾碧窗。'"

但是词的长调却与小令不相似，与诗之古风为路近，而婉曲隐藏则过之。词中七字句有上三下四的，而诗之七言则均是上四下三。这是文字上大略的不同。

李笠翁（渔）论曲，有"贵显浅""重机趣""戒浮泛""忌填塞"之说。又云：

曲与诗余，同是一种文字，古今刻本中，诗余能佳，而曲不能尽佳者，诗余可选而曲不可选也。诗余最短，每篇不过数十字……曲文最长，每部必须数十折，非八斗长才，不能始终如一。

这是词与曲不同的地方。词还是歌唱之文，而曲却为表演之作。所以“显浅”的确是曲的文字上之要点。李氏之论道：

曲文之词采，与诗文之词采，非但不同，且要判然相反，何也？诗文之词采，贵典雅而贱粗鄙，宜蕴藉而忌分明；词曲不然，话则本之街谈巷议，事则取其直说明言。凡读传奇而有令人费解，或初阅不见其佳，深思而后得意之所在者，便非绝妙好词，不问而知为今曲，非元曲也。

但是后来的散曲作者却与词同流，都注重于文字上之修饰了。今依诗歌文学文字上的技巧，来作一综合之讨论。

（甲）诗歌文学以抒情之作为多，为作者之主观。——抒情之方法，不外“记叙”“议论”两种。“借彼之景，达我之情”者，即是利用记叙事物来寄托作者之感情，诗中的“比”“兴”即是此例。而后有象征咏物之作。如姜夔的《齐天乐》咏蟋蟀，借抒伤乱流离与国家之悲：

庾郎先自吟愁赋，凄凄更闻私语。露湿铜铺，苔侵石井，都是曾听伊处。哀音似诉，正思妇无眠，起寻机杼。曲曲屏山，夜凉独自甚情绪。　　西窗又吹暗雨，为谁频断续，相和砧杵？候馆吟秋，离宫吊月，别有伤心无数，豳诗漫与，笑篱落呼灯，世间儿女，写入琴丝，一声声更苦！

吴梅云：“咏物词须别有寄托，不可直赋。自诉飘零，如东坡之咏雁，独写哀怨，如白石之咏蟋蟀，斯最善矣。”又如李白《流夜郎题葵叶》：

惭君能卫足，叹我远移根。白日[①]如分照，还归守故园。

曲之咏物则另有风趣，如王田之［红绣鞋］咏琵琶：

身子儿生来的偏瘦，玳筵前逞尽风流。子弟每抱着喜悠悠，一只手脖儿上搂，一只手在肚儿上抠，抠的他百般声儿都有。

均是以景述情，借境生情的抒情法，其方法也是主观的。以议论抒情的例子很多。有时这两者可以混合在一起，然而它总是主观

① 日　底本作“石”，据《李太白全集》（P.1138）改。

的表达法。

（乙）意境上的技巧——意境上的技巧，大抵不外“含蓄”“假象”“铺张”三种方式。

所谓“含蓄”，便是“有余不尽”的意思。一件事情或者一种情感，作者只说出三分之二，其余的要待读者自己去体会，便会发生有余不尽的趣味。其原则也在乎“婉曲”。“天上只有文曲星，所以文章求曲”，虽则是一句调侃的话，然而在诗歌文学中却是一种重要的因子。例如李清照的《凤凰台上忆吹箫》：“新来瘦，非关病酒，不是悲秋”，她只将两种瘦的原因否认了，而不曾提出所以瘦的原因来，而读者可以体会到，瘦的原因既非悲秋又非病酒，那么定是“相思苦”了。又如陆游《题屈原祠》诗：“一千五百年间[①]事，只有滩声似旧时”，也只说了一半。依旧的只有滩声，那么滩声以外，便均已变了样子，就有“人物全非”之感了。又如梁伯龙的［夜行船］：

万里涛回，看滔滔不断，古今流水。千年恨都化英雄血泪。徙倚，故国秋余，远树云中，归舟天际。山势，还依旧枕寒流，阅尽几多兴废。

---

① 间　底本作“前”，据《剑南诗稿校注》（P.190）改。

“山势，还依旧枕寒流”的说法与陆游诗的说法是相同的。司马光《迂叟诗话》中有一节：

> 古人为诗，贵于意在言外，使人思而得之，近世诗人惟杜子美最得诗人之体。如“国破山河在，城春草木深。感时花溅泪，恨别鸟惊心”。“山河在”，明无余物矣；“草木深”，明无人矣；花鸟，平时可娱之物，见之而泣，闻之而恐，则时可知矣。他皆类此，不可遍举。

其实古人诗歌之中，均以此方法见长，即豪放之词，也有时用这种方法来宣泄情感的，如此，便易有感染性了。

所谓“假象”，乃是作者主观所得之印象，即以此印象告知读者，比直说实物较为有趣。例如一玻璃杯水中直插一根筷，我们隔了水看去，那根筷子是曲折的，这便是“假象”，作者如果以这假象告知读者，读者便能浮出他从前对于这一种视觉的印象，而发生更亲切的了解。如果说明光的曲折，筷子原是直的，便全无趣味，便是客观而非主观的了。因此诗歌文学之中有许多类似笨拙的话，有许多不重理智的话，但其中却有感染性，如果加以理智的说明，那感染性，便被破坏了。例如贺知章的“不知[①]细叶

① 不知　底本作“借问”，据《全唐五代词》（P.953）改。

谁裁出，二月春风似剪刀”，李商隐的“嫦娥应悔偷灵药，碧海苍天夜夜心”，苏轼的“我欲乘风归去，又恐琼楼玉宇，高处不胜寒”，又“不知天上宫阙，今夕是何年”，同是此例。同时对于无生命的东西，作者也常加以人的感情，这也是假象的作用。如李商隐的“蜡炬成灰泪始干”，“泪”是作者所得之假象；李煜的“数声和月到帘栊”，“到”也是作者的假象；唐寅的“春深小院飞细雨”，马致远的“四围山一竿残照里，锦屏风又添铺翠，”“飞”与“锦屏风”也是作者的假象。《敕勒川歌》中的“风吹草低见牛羊”，其妙处，也在直接以所得之象传达于读者。其他如“落日无言西下”，“多情只有春庭月，犹为离人照落花”，“饥来驱我去，不知竟何之”……这一类的例子，多不胜举。

所谓“铺张”者，主观的感情，当激动的时候，往往会作过分之形容，这形容，便是“铺张”。汪中所谓“辞不过其意则不畅”。王充所谓“誉人不增其美，则闻者不快其意；毁人不益其恶，则听者不惬于心”。这是意境上强调作者情感的方法，决不致误为事实的。《文心雕龙·夸饰》篇：

是以言峻则嵩高极天，论狭则河不容舠，说多则子孙千亿，称少则民靡孑遗。襄陵举滔天之目，倒戈立漂杵之论，辞虽已甚，其义无害也。且夫鸮音之丑，岂有泮林而变好？荼味之苦，宁以周原而成饴？并意深褒赞，故义成矫饰，大

> 圣所录，以垂宪章。孟轲所云:“说诗者不以文害辞，不以辞害意”也。

所以铺张不一定说它多，不一定是数量上的铺张，时间上也有的。这种例子在诗歌文学中常可以遇到。如杜甫之“锦江春色来天地，玉垒浮云变古今”，柳永之“便纵有千种风情，更与何人说”，范仲淹之“愁肠已断无由醉，酒未到，先成泪”,《西厢》之“请字儿未曾出声，去字儿连忙答应”，尤其是“千万”“半”“一”等语常为人所用，但已忘了是铺张的性质了。

以上三种，在意境上常被应用，而使人认为“诗的神秘”。其实不过参合这几种手段而加以变化。其要点在于不依陈言，能够别出新意，而所写之情，必须真挚。故凡应酬之作，考试之作，文字表面刻画虽精，而意境上总不能新，因此也少有佳作。

（丙）文字上的技巧——诗歌文学文字上的技巧，大抵常见到而惯用的，也不外“借境”“代用”“复叠”三种:

所谓“借境”者，乃是利用名词给人们的印象来衬映自己之情，其用法一种是选择背景，一种是以人之情感加于无知之事物上。大凡一个词语，因为用法关系，常给予人们一种印象，如“鹰”有凶暴残忍的印象,“血”有可怕的印象,“嫣红”是美丽的,“血红”“猩红”带有可怕的意味。作者便常常利用这印象来唤起读者之共鸣。不但词语如此，动作也如此。如白居易《琵琶行》

中有“钿端云篦击节碎，血色罗裙翻酒污”，上一句以此动作来唤起读者对于她豪兴的共鸣，后一句“血色”“翻”在热闹中又带着凄凉可怕的意味。又如《长恨歌》中之“玉容寂寞泪阑干，梨花一枝春带雨”，上下两句，给人们之印象有类似和联合的好处。因此诗歌文学的文字上，常利用这手段来表达。如温庭筠诗：“鸡声茅店月，人迹板桥霜”，全以几个名词联合起来，颇有画面的效果。词中如“寒山一带伤心碧”，加“伤心”两字；“吴山点点愁”，加一“愁”字；又如《忆秦娥》：

> 箫声咽，秦娥梦断秦楼月。秦楼月，年年柳色，灞陵伤别。　　乐游原上清秋节，咸阳古道音尘绝。音尘绝，西风残照，汉家陵阙。

其中“古道”“西风”“残照”，均给个人以衰老颓唐之印象，全首即以此种词来感染别人的。又如“千嶂里，长烟落日孤城闭”，“羌管悠悠霜满地。人不寐，将军白发征夫泪”（范仲淹《渔家傲》），“山映斜阳天接水。芳草无情，更在斜阳外”（《苏幕遮》）。曲中亦有此例，如梁伯龙之［白练序］：

> 西风里，见点点昏鸦渡远洲。斜阳外，景色不堪回首。寒骤，漫依楼，奈极目天涯无尽头。消魂处，凄凉水国，败

荷衰柳。

其中如“西风”“昏鸦”“斜阳”“天涯”“凄凉”“败荷”“衰柳”，均是有此作用的——不特在诗歌中如此，文章中也有之。诗中以字面之浓丽动人者，为李商隐的诗，但多写富丽一路。姑举一首作例：

来是空言去绝踪，月斜楼上五更钟。梦为远别啼难唤，书被催成墨未浓。蜡照半笼金翡翠，麝熏微度绣芙蓉。刘郎已恨蓬山远，更隔蓬山一万重。

这一类正是“借境生情”的好例子。

所谓“代用”，即是称一物而不直称其物之名，用直接或[①]间接与此物有关的名称来替代，而其中以具体之事物来替代抽象之意念者为多。如此可以使读者所得之印象亦较为具体。例如杜甫诗“朱门酒肉臭”中之“朱门”，便以具体的事物来替代抽象的“富贵之家”；叶清臣的“不知来岁牡丹时，更相逢何处”中的“牡丹时”，是替代抽象的“暮春”的；又如李清照之“绿肥红瘦”，亦是此例。陆游诗：“生平最爱听长笛，裂石穿云何处吹？”

① 底本无，据文意补。

以“笛”代“笛声”；又如郑文宝之“不管烟波与风雨，载将离恨过江南”；马致远的“是兀那载离恨的毡车，半坡里响”。均是以抽象的“离恨”，代“离恨之人”的例。

所谓“复叠”，包含了两种，一种是“反复”,《诗经》上这种例子很多，如“参差荇菜，左右流之”“参差荇菜，左右采之”“参差荇菜，左右芼之”。其他如《伐檀》等篇，均是此类。乐府中古诗中亦有反复之例，词中如《忆秦娥》《调笑令》也有重复的句子，一有反复，则声调意境上均有帮助。“叠”是叠字，叠字之功用，不外以作者视觉听觉触觉所得直接告知读者，如“伐木丁丁，鸟鸣嘤嘤”,“丁丁”“嘤嘤”均是状声，是听觉所得之印象；又如“吴山点点愁”,“娥娥红粉妆，纤纤出素手”，均是视觉所得的印象；“宝髻松松挽就”，是触觉所得之印象；又如“摇摇幽恨难禁”“碧云冉冉衡皋暮”是感情所得之印象，用了也是可以帮助文字感人之力量。

以上是我国诗歌文学文字上的美点。尚有一种重要的手段，向来认为是诗歌文学中所不可少的美质，然而在我看来却是弊多利少的东西。那一种手段叫做“对偶”。

“对偶”也是“古已有之”的东西，我们俗语中也很多有这种例子，如:“养儿防老，积谷防饥”,“有情皮肉，无情板子”。但只是排比而不求工切。到了后来，文人竟然专在这上面用功夫。

"应以一言蔽[1]之者，辄足为二言；应以三句成文者，必分为四句"（刘知幾语）。《文心雕龙·丽辞》篇：

> 丽辞之体，凡有四对：言对为易，事对为难，反对为优，正对为劣。言对者，双比空辞者也；事对者，并举人验者也；反对者，理殊趣合者也；正对者，事异义同者也。

又李淑《诗苑类格》：

> 上官仪曰："诗六对，一曰正名对，天地日月是也；二曰同类对，花叶草芽是也；三曰联珠对，萧萧赫赫是也；四曰双声对，黄槐绿柳是也；五曰叠韵对，彷徨放旷是也；六曰双拟对，春树秋池是也。"又曰："诗有八对，一曰的名对，送酒东南去，迎琴西北来是也；二曰异类对，风织池间树，虫穿草上文是也；三曰双声对，秋露香佳菊，春风馥丽兰是也；四曰叠韵对，放荡千般意，迁延一介心是也；五曰联绵对，残河若带，初月如眉是也；六曰双拟对，议月眉欺月，论花颊胜花是也；七曰回文对，情新因意得，意得逐情新是也；八曰隔句对，相思复相忆，夜夜泪沾衣。空叹[2]复空泣，

---

① 蔽　底本作"蔹"，据《史通》（P.163）改。
② 叹　底本作"欢"，据《诗人玉屑》（P.229）改。

朝朝君未归是也。”

胡仔《渔隐丛话》引严有翼《艺苑雌黄》：

> 僧惠洪《冷斋夜话》载介甫诗云：“春残叶密花枝少，睡起茶多酒盏疏。”“多”字当作“亲”，世俗转写之误。洪之意，盖欲以“少”对“密”，以“疏”对“亲”。余作荆南教官，与江朝宗汇者同僚，偶论及此，江云：惠洪多妄诞，殊不晓古人诗格，此一联以“密”对“疏”字，以“多”字对“少”，正交股用之，所谓蹉对法也。”

此外，又有借音对，“谈笑有鸿儒，往来无白丁”，以“鸿”借音作“红”，与下文“白”字相对。其纤巧可想而知了。关于这一项，我的论断是排比式的自然之对偶可以采用；如果专心刻画于此，如王安石作诗的态度，那么正足以妨害诗意了。

与“对偶”同样的尚有一种“用事”。用事之原始为引用，引了别人的话来加强自己的论断，或者可以省却自己许多话。《诗经》中“人亦有言”，即是引用之先例，但后来却斤斤于此。有人称陆放翁词时时掉书袋，要是一癖。又辛弃疾《永遇乐》“千古江山，英雄无觅，孙仲谋处”一首为“微觉用事太多”。李商隐被称为“獭祭鱼”，杨大年被称为“百衲被”，均是钻牛角儿的毛病。

其实引用俗谚，也是可以的，如以堆砌为工，则大可不必。

以下想略论以前诗歌文学文字上之弊病。其中最大的两项缺点,（一）是求雅,（二）是模拟。

（一）求雅之病——这便是要“无一字无出处”，于是不敢作今语。刘禹锡重阳作诗，欲用“糕”字，以六经所无，不敢下笔。后人诗云:“刘郎不敢题糕字，空负诗中一代豪。”照此作法，则电灯明亮，必不敢用“电灯”，只能说“青灯”，火车辘辘，不敢用“火车”，只好称“一鞭归去”，岂非造谎？同时，所谓“雅”“俗”，也无一定之界限。如“了”字、“也”字，常见于文章，即理学家亦常用之，但按照它们的本义来说，甲骨文上的“了”作T，是男子生殖器之象形字；“也”字,《说文解字》:“女阴也。”这两件均是极不雅的东西，而文人人人用之。苏轼诗:“醉寻牛矢觅归路，家在牛栏西复西”；冯班诗:“欲问北来辛苦事，马通燃火夜缝靴”；郑燮词:“扫不尽牛溲满地，粪渣当户”；“牛矢”“马通”“牛溲”“粪渣”，岂不是俗的东西？然而用之得当，则乡村风味、军中生活情形，活跃于纸上了。所以“我写我口”是一个好方法，不必求古求雅。

（二）模拟——刘知幾论模拟，有“貌同心异”“貌异心同”之说，但模拟终须依傍别人，不能自出新意。黄山谷的夺胎换骨，也是“剽窃之黠者”。而模拟之流弊，则变为盗窃他人的诗句。陆游云:“文章切忌参死句”；陈后山云:“文章切忌随人后”；五亭

山人云:“争似流莺当百转，天真还是一家言。”《鹤林玉露》载一有趣的故事:

唐僧诗云:“河分冈势断，春入烧痕青。”有僧嘲其蹈袭云:“河分冈势司空曙，春入烧痕刘长卿。不是师兄偷古句，古人诗句犯师兄。”此虽戏言，作诗者岂故欲窃古人之语，以为己语哉!（宋刘攽《贡文诗话》诣此僧名惠崇，作嘲诗者乃其弟子）

袁枚《随园诗话》也有一件发现偷窃古人诗句的案子:

四十年前，余读钟伯敬《慰人落第》云:“似子何须论富贵，旁人未免重科名。”以为佳绝。不料甲寅七月，偶翻唐诗，姚合《送江陵从事》云:“才子何须藉富贵，男儿终竟要科名。”钟先生如此偷诗，伤事主矣。

所以模拟在初学则尚可，专以模拟为作诗词的唯一方法，终属不大妥当。凡此诸说，古人立论各有不同，这些均是作者个人主观的见解，是否如此，还待研究。今将重要论评诗歌文学之书，列举于后，以备参考:

梁钟嵘《诗品》 唐皎然《诗式》 司空图《二十四诗品》 宋欧阳修《六一诗话》 刘攽《中山诗话》 陈师道《后山诗话》 叶梦得《石林诗话》 严羽《沧浪诗话》 胡仔《苕溪渔隐丛话》 计有功《唐诗纪事》 明王世贞《艺苑卮言》 清王渔洋《渔洋诗话》 袁枚《随园诗话》 施补华《岘佣说诗》 厉鹗《宋诗纪事》(以上诗)

宋张炎《词源》 王灼《碧鸡漫志》 沈义父《乐府指迷》 明杨慎《词品》 清徐釚《词苑丛谈》 毛奇龄《西河词话》 沈雄《柳塘词话》 吴衡照《莲子居词话》 周济《词辨》 张宗橚《词林纪事》 况蕙风《蕙风词话》 王国维《人间词话》(以上词)

钟嗣成《录鬼簿》 芝庵《唱论》 徐渭《南词叙录》 魏良辅《曲律》 王骥德《曲律》 王世贞《曲藻》 沈宠绥《度曲须知》 又《弦索辨讹》 黄周星《制曲枝语》 沈德符《顾曲杂言》 吕天成《曲品》 李调元《雨村曲话》 梁廷木《藤花亭曲话》 杨恩寿《词余丛话》 王国维《录曲余谈》 吴梅《顾曲麈谈》 王季烈《螾庐曲谈》 任讷《散曲概论》(以上曲)

第三章 ○

论体制

一般作诗填词的人，以为格调是必需最先了解的条件，但是古诗乐府本无定格，五代北宋初之词，也没有一定的格调，元曲初期也可以自由变更，无规律可言。后来一切诗歌文学失去了音乐，一般作者斤斤计较于字句之多少，平仄的安排，于是便有所谓“体裁”之分。同时“诗”“词”“曲”三者本是同样的东西，后人分而为三。我们从这三种文学形式的名称看来，可以知道本无二致。例如“诗”从言，之声，是指可唱的歌调而言。词，后人常以“意内言外”作解释。实则“词”是后起的名词，宋代称“词”为“曲子”“今曲子”“乐府”。和凝有“曲子相公”之称，便是一例。凡乐章，称它的歌谱叫做“曲”，歌辞叫做“词”，所以“词”“曲”两字本可通用。元人明人称南北曲曰“乐府”，也是指乐辞而言。所以最初的“词”“曲”只是借用，而后来沿用为指文学某一形式的专称。因此，照原则看来，三者均是合乐的东西，是二而一，一而二的东西。

但是在现代这三者的确已分了家，形式上也有了不同，有的可以说出其体制来的，我们为了欣赏研究这些文学遗产起见，也不妨略论一下。

先说诗的体裁。古诗据王士祯、赵秋谷的研究，以为也有法则可循，然而在他们的规则中却有许多例外的（如通常隔句一韵，而亦有一句一韵，三句一韵者）。又照文学流变之原理看来，古诗是不定型时期的产物，那么不必以什么规律去限制它。近体分律绝两种，律诗一定八句，中四句必相对，绝句四句，以不对为原则。律绝第一句韵，以后二四六八叶韵，但第一二两句相对，则第一句可以不叶韵。这是同点，但全首相对而又照例叶韵的也有。律绝的变化，只是以两组“平声”两组“仄声”交互间用，但一三五字或可通融（也有人主张不能通融的）。其变化是：

首句——分“平起”“仄起”两种。次句——与首句反。三句——承次句而末一字与首次句反。四句——与首句同。

这是绝句之体，再如此循环下去而成八句，即是律诗之例了。今各举一例，并注明其平仄：

仄仄平平仄　平平仄仄平　平平平仄仄　仄仄仄平平

绿蚁新醅酒，红泥小火炉。晚来天欲雪，能饮一杯无？

（仄起平韵，其中“晚”“能”两字通用）

平平平仄仄 仄仄平平仄 仄仄仄平平 平平平仄仄

孤云归野鹤，岂向人间住？莫买沃洲山，时人已知处。（平起仄韵）

仄仄平平仄仄平 平平仄仄仄平平 平平仄仄平平仄 仄仄平平仄仄平

奉帚平明金殿开，且将团扇暂徘徊。玉颜不及寒鸦色，犹带朝阳日影来。（七言仄起，其中“金”“且”“团”“玉”均不叶）

平平仄仄仄平平 仄仄平平仄仄平 仄仄平平平仄仄 平平仄仄平平

闺中少妇不知愁；春日凝妆上翠楼。息见陌头杨柳色，悔教夫婿觅封侯。（七言平起）

关于律诗，但抄本文，不注平仄，七言五言各以平起仄起逐一举例：

楚江微雨里，建业暮钟时。漠漠帆来重，冥冥鸟去迟。海门深不见，浦树远含滋。相送情无限，沾襟比散丝。（五言律诗平起）

楚驿南渡口，夜深来客稀。月明见潮上，江静觉鸥飞。

旅宿今已远，此行犹未归。离家久无信，又听捣寒衣。（五言律诗仄起）

朝闻游子唱骊歌，昨夜微霜初渡河。鸿雁不堪愁里听，云山况是客中过。关城树色催寒近，御苑砧声向晚多。莫是长安行乐处，空令岁月易蹉跎。（七言平起）

零落残魂倍黯然，双垂别泪越江边。一身去国六千里，万死投荒十二年。桂岭瘴来云似墨，洞庭春尽水如天。欲知此后相思梦，长在荆门郢树烟。（七言仄起）

关于词的体裁，与调名有关，词的调子有一千六百多，要每首举例，事实上是不可能的。同时叶韵的方式也很复杂，没有一个一定的规律，大致分起来，有“小令”“中调”“长调”三种，现在试将每一种的常用调子来举一个例：

小令是字数少的词调，《草堂诗余》以八十五字以内为小令，这话是靠不住的。举《菩萨蛮》一首作例：

平平仄仄平平（仄韵）平平仄仄平平（叶仄）仄仄仄平（平韵）平仄平仄（叶平）

平林漠漠烟如织，寒山一带伤心碧。暝色入高楼，有人楼上愁。

仄仄平仄（叶仄）仄仄平平（叶仄）平仄仄平（换平）

平平仄仄（叶平）

玉阶空伫立，宿鸟归飞急。何处是归程，长亭更短亭。（每首首一字仄平可通用，凡四换韵）

中调较小令为复杂，其字数也较多，今但举原文，其中有必须注意的地方分别说明。如《恋绣衾》：

不惜貂裘换钓篷，嗟时人谁识放翁。归棹借风轻稳，数声闻林外暮钟。　幽栖莫笑蜗庐小，有云山烟水万[①]重。半世向丹青看，喜如今身在画中。

此调一韵到底，"钓""放""暮""万""画"必须用去声，不可改上入。其余平仄均照此调，而仄声可以上入通用。长调如姜白石之咏蝉《齐天乐》，最长者为《莺啼序》。文长不录。词调中应该注意的，依戈载《词林正韵》有下列之规定：

（一）仄声调必押入声者，有《丹凤吟》《三部乐》《大酺》《霓裳[②]中序第一》《兰陵王》《应天长慢》《凤凰阁》《西湖月》《解连环》《侍香金童》《曲江秋》《琵琶仙》《雨淋铃》《好事近》《蕙兰芳引》《六幺令》《暗香》《疏影》《凄凉犯》《淡黄柳》《惜红

① 万　底本脱，据《放翁词编年笺注》（P.109）补。

② 裳　底本作"震"，据《词林正韵》（P.77）改。

衣》《尾犯》《白苎》《玉京秋》《一寸金》《浪淘沙慢》。

（二）仄声韵而可改平声韵者，其仄声韵亦必须用入声叶，如《霜天晓月》《庆宫春》《忆秦娥》《庆佳节》《江城子》《柳梢青》《望梅花》《声声慢》《看花回》《两同心》《南歌子》《满江红》。

（三）仄声调必叶上去者，戈载云：

> 黄钟商之《秋宵吟》，林钟商之《清商怨》，无射商之《鱼游春水》，宜单押上声，仙吕调之《玉楼春》，中吕调之《菊花新》，双调之《翠楼吟》，宜单押去声；复[①]有一调之中必须押上、必须押去之处；有起韵、结韵宜皆押上、宜皆押去之处，不能一一胪列。

但词中调子的别名甚多，亦有题目相同而其实不同的。万树《词律发凡》云：

> 词有调异名同者，其辨有二：一则如《长相思》《西江月》之类，篇之长短迥异，而名则同。一则如《相见欢》《锦堂春》俱别名《乌夜啼》《浪淘沙》《谢池春》俱别名《卖花声》之类……又如《新雁过妆楼》别名《八宝妆》，而另有

① 复　底本作“后”，据《词林正韵》（P.77）改。

《八宝妆》正调;《菩萨蛮》别名《子夜歌》,而另有《子夜歌》正调;《一络索》别名《上林春》,而别有《上林春》正调;《眉妩》别名《百宜娇》,而另有《百宜娇》正调;《绣带子》一名《好女儿》,而另有《好女儿》正调。

这一点是应该加以注意的。同时调名之选择,不可依字面的意义来解释,如《贺新郎》声调悲壮,不能作贺词;《南浦》是挽词,不能作欢歌。调名只是曲调的符号,与文义无关。

至于曲的体裁,先说“套曲”,南曲无定式,北曲在九宫调中有下列之限制:

[仙吕宫]1.[点绛唇][混江龙][油葫芦][天下乐][那咤令][鹊踏枝][寄生草][煞尾]

2.[点绛唇][混江龙][油葫芦][天下乐][后庭花][青歌儿][煞尾]

3.[点绛唇][混江龙][村里迓鼓][寄生草][煞尾]

4.[村里迓鼓][元和令][上马娇][胜葫芦][煞尾]

[南吕宫]1.[一枝花][梁州第七][四块玉][哭皇天][乌夜啼][尾声]

2.[一枝花][梁州第七][牧羊关][四块玉][骂玉郎][元鹤鸣][乌夜啼][尾声]

3.［一枝花］［四块玉］［骂玉郎］［感皇恩］［采茶歌］［草池春］

4.［一枝花］［梁州第七］［九转货郎儿］

［黄钟宫］1.［醉花阴］［喜迁莺］［出队子］［刮地风］［四门子］［水仙子］［煞尾］

2.［醉花阴］［出队子］［刮地风］［四门子］［水仙子］［尾声］

［中吕宫］1.［粉蝶儿］［醉春风］［石榴花］［斗鹌鹑］［上小楼］［煞尾］

2.［粉蝶儿］［醉春风］［迎仙客］［石榴花］［上小楼］［幺篇］［小梁州］［幺篇］［朝天子］［煞尾］

3.［粉蝶儿］［醉春风］［迎仙客］［红绣鞋］［石榴花］［斗鹌鹑］［快活三］［十二月］［尧民歌］［上小楼］［幺篇］［煞尾］

4.［粉蝶儿］［上小楼］［幺篇］［满庭芳］［快活三］［朝天子］［四边静］［耍孩儿］［三煞］［二煞］［一煞］［煞尾］

［正宫］1.［端正好］［滚绣球］［叨叨令］［脱布衫］［小梁州］［幺篇］［快活三］［朝天子］［煞尾］

2.［端正好］［滚绣球］［叨叨令］［脱布衫］［小梁州］［幺篇］［上小楼］［幺篇］［满庭芳］［快活三］

［朝天子］［四边静］［耍孩儿］［五煞］［四煞］［三煞］［一煞］［煞尾］

3.［端正好］［蛮姑儿］［滚绣球］［叨叨令］［伴读书］［笑和尚］［俏秀才］［滚绣球］［煞尾］

4.［端正好］［滚绣球］［俏秀才］［滚绣球］［俏秀才］［滚绣球］［俏秀才］［滚绣球］［煞尾］

5.［端正好］［滚绣球］［叨叨令］［俏秀才］［滚绣球］［白鹤子］［耍孩儿］［三煞］［二煞］［一煞］［煞尾］

［大石调］1.［六国朝］［喜秋风］［归塞北］［六国朝］［雁过南楼］［擂鼓体］［归塞北］［好观音］［好观音煞］

［商调］1.［集贤宾］［逍遥乐］［上京马］［梧叶儿］［醋葫芦］［幺篇］［后庭花］［柳叶儿］［浪里来煞］

2.［集贤宾］［逍遥乐］［梧叶儿］［醋葫芦］［幺篇］［金菊香］［柳叶儿］［浪里来］［高过随调煞］

［越调］1.［斗鹌鹑］［紫花儿序］［小桃红］［金蕉叶］［调笑令］［秃厮儿］［圣药王］［麻郎儿］［络丝娘］［尾声］

2.［斗鹌鹑］［紫花儿序］［金蕉叶］［小桃红］［天净沙］［幺篇］［秃厮儿］［圣药王］［尾声］

3.［看花回］［绵搭絮］［幺篇］［青山口］［圣药王］［庆元贞］［古竹马］［煞尾］

［双调］1.［新水令］［折桂令］［雁儿落］［得胜令］

［沽美酒］［太平令］［鸳鸯煞］

2.［新水令］［驻马听］［乔牌儿］［搅筝琶］［雁儿落］［得胜令］［沽美酒］［川拨棹］［太平令］［梅花酒］［收江南］［清江引］

3.［新水令］［驻马听］［沈醉东风］［雁儿落］［得胜令］［挂玉钩］［川拨棹］［七弟兄］［梅花酒］［收江南］［煞尾］

4.［新水令］［驻马听］［胡十八］［沽美酒］［太平令］［沉醉东风］［庆东原］［雁儿落］［得胜令］［搅筝琶］［煞尾］

5.［新水令］［步步娇］［沉醉东风］［搅筝琶］［雁儿落］［得胜令］［挂玉钩］［殿前欢］［煞尾］

6.［夜行船］［乔木查］［庆宣和］［落梅风］［风入松］［拨不断］［离亭宴］［带歇拍煞］

至于南北合套也有规定。今依常用之调举［仙吕宫］一套作例：

［北点绛唇］［南剑器令］［北混江龙］［南桂枝香］［北油葫芦］［南八声甘州］［北天下乐］［南解三酲］［北那宅令］［南醉扶归］［北寄生草］［南皂罗袍］［尾声］

王季烈［螾庐曲谈］论曲之套数道：

> 套数，南北曲中皆有一定之体式，在北曲虽有长套短套之别，而各宫调之套数，其首尾数曲，殆为一定，不过中间之曲，可以增删改易及前后倒置耳。在南曲则惟引子必用于出场时，尾声必用之于归结处，至中间各曲，孰前孰后，颇难一定。然非无定也，盖南曲有慢急之别，慢曲必在前，急曲必在后，欲联南曲成套数，先当辨别何者为慢曲，何者为急曲，何者为可慢可急之曲，而后体式可无误也。

再谈小令。小令之填制，与词相似，今举南曲北曲小令各若干首为例：

> 仄平平　平平（韵）平平平仄　仄平平（韵）（入作平声）平仄平平（务头阳平）平（韵）（去上）平平仄平（韵）仄平仄仄平平（韵）（入作平声）平平仄上　平平仄（韵）平平仄（韵）
>
> 浙江秋，吴山夜。愁随潮去，恨与山叠。鸿雁来，芙蓉谢。冷雨青灯读书舍。怕离别又早离别。今朝醉也，明朝去也，留恋些些。

北曲［中吕·普天乐］，与［正宫］之［南普天乐］、［高大石角］之［北普天乐］均不同。句法三三四四、三三七七、四四四共十一句，八韵。第二“也”字可以不叶。第八句为务头，上三下四不可易。

【黄】芦岸白苹渡口（韵），【绿】杨（平）（务头阳平）红蓼滩头（韵）。【虽无】刎颈交（宜去上），【却有】忘机[1]友（韵）。点秋江白鹭沙鸥（韵），傲杀（仄去）人间万（宜上）户侯（去韵）。不识字烟波钓叟（仄仄仄平平仄韵）。

此北曲［双调·沉醉东风］与南曲［仙吕］之［沉醉东风］不同。句法六六、三三、七、七七，共七句、六韵，七字句或上四下三或上三下四，均宜仿此不可改易。［ ］中字为衬字。

减芳容（上平韵）、愁越重（平仄去韵）。闲却了描[2]鸾凤（平仄仄平上去韵）。雕檐畔铁马丁东（平平仄仄上平平韵）。沙窗外絮聒寒蛩（平平仄仄仄平平韵）。砧声又攻，更那堪雁声嘹唳长空（平平去宜上仄平平仄平仄平平韵）。

① 机 底本作“几”，据《全元散曲》（P.200）改。
② 描 底本脱，据《全明散曲》（P.4875）改。

此南曲［正宫·普天乐］，一作［锦庭乐］。句法三三、六七、七、四九，共七句、七韵。“又”字必去声，“鸾凤”必上去。

看遍闲花草（仄仄平平韵），争如自家好（平平仄平韵）。这样风流事（仄仄平平仄），那个人不好（仄仄平仄韵）？才子佳人如今正年少（平仄平平平平仄平韵），看他席上（仄平仄仄），两处伤怀抱（仄仄平平韵）。

此南曲［仙吕］之［月儿高］，一名［误佳期］。句法五五、五五……共八句、五韵。“才”“他”可仄，“那”“雨”可平，韵以上去去上间用为妙。

小令，元人称为“叶儿”，与词所谓小令不同。曲中之令指一支而言，而套曲却不止一支。介乎两者之间的，尚有许多不同的名称，如“重头”，与套曲不同之处，在可以前后异韵，如“摘调”，是从一套中摘一支出来的。又有“带过曲”，是二支或二支以上的曲子凑合成一支的。又有“集曲”，也是节取几支的词句，替它另立一调名的。今将曲的分类列表如下：

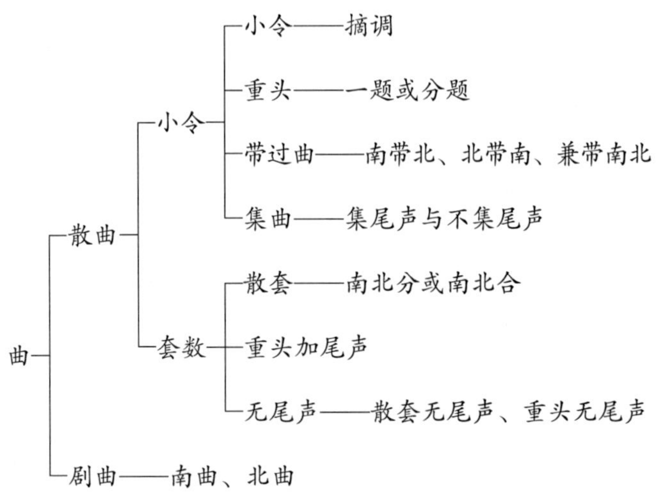

诗、词、曲三者的体制，大致均如上述。其他尚有因纤巧而有的体裁，如“隐括体”“回文体”等，虽为后世所称，但终不可学。不过足供谈助的资料罢了。如：

> 下帘低唤郎知也，也知郎唤低帘下。来到莫疑猜，猜疑莫到来。道侬随处好，好处随侬道。书寄待何如，如何待寄书。

这是回文诗，词中亦有此例。其他尚有盘中诗、璇玑图、神智体、宝塔诗、六角诗等等，多不胜举，《回文类聚》一书中可以找到许多巧妙的作品。这些兴之所至，偶然玩玩则不妨；如果以此为工，专心力学，则是“徒抛心力，无裨实际”的。

本次整理征引文献

孔安国传，孔颖达等正义:《尚书正义》，阮元校刻《十三经注疏》，中华书局 2009 年版。

郑玄笺，孔颖达等正义:《毛诗正义》，阮元校刻《十三经注疏》，中华书局 2009 年版。

杜预注，孔颖达等正义:《春秋左传正义》，阮元校刻《十三经注疏》，中华书局 2009 年版。

陆德明撰，吴承仕疏证，张力伟点校:《经典释文序录疏证》，中华书局 2008 年版。

顾炎武撰，刘永翔校点:《音学五书》，上海古籍出版社 2012 年版。

司马迁:《史记》，中华书局 1982 年版。

班固:《汉书》，中华书局 1962 年版。

范晔:《后汉书》，中华书局 1965 年版。

王绍曾主编:《清史稿艺文志拾遗》，中华书局 2000 年版。

章学诚著，叶瑛校注:《文史通义校注》，中华书局 1985 年版。

永瑢等:《四库全书总目》，中华书局 1965 年版。

刘知幾:《史通》，上海古籍出版社 2015 年版。

王鸣盛:《十七史商榷》，陈文和主编《嘉定王鸣盛全集》第 4 册，中华书局 2010 年版。

范祥雍校注:《洛阳伽蓝记校注》，上海古籍出版社 1978 年版。

灌圃耐得翁:《都城纪胜》，周峰点校《东京梦华录（外四种）》文化艺术出版社 1998 年版。

吴自牧:《梦粱录》，浙江人民出版社 1984 年版。

姚宽撰，孔凡礼点校:《西溪丛语》，中华书局 1993 年版。

欧阳询撰，汪绍楹校:《艺文类聚》，上海古籍出版社 1982 年版。

李肇等撰:《唐国史补　因话录》，上海古籍出版社 1979 年版。

刘肃撰，许德楠，李鼎霞点校:《大唐新语》，中华书局 1984 年版。

李昉等编:《太平广记》，中华书局 1961 年版。

陈宏绪:《寒夜录》，中华书局 1985 年版。

洪兴祖撰，白化文等点校:《楚辞补注》，中华书局1983年版。

陶渊明著，逯钦立校注:《陶渊明集》，中华书局1979年版。

李白著，王琦注:《李太白全集》，中华书局1977年版。

杜甫著，仇兆鳌注:《杜诗详注》，中华书局1979年版。

刘禹锡:《刘禹锡集》，中华书局1990年版。

杨镰主编:《全元诗》，中华书局2013年版。

柳宗元:《柳宗元集》，中华书局1979年版。

黄鹏笺注:《贾岛诗集笺注》，巴蜀书社2002年版。

温庭筠撰，刘学锴校注:《温庭筠全集校注》，中华书局2007年版。

何锡光校注:《陆龟蒙全集校注》，凤凰出版社2015年版。

钱仲联校注:《剑南诗稿校注》，钱仲联、马亚中主编《陆游全集校注》第2册，浙江教育出版社2011年版。

陆游著，夏承焘，吴熊和笺注，陶然订补:《放翁词编年笺注》，上海古籍出版社2017年版。

钱谦益著，钱仲联标校:《牧斋有学集》，上海古籍出版社1996年版。

陈铮主编:《黄遵宪集》，中华书局2019年版。

萧统编，李善注:《文选》，上海古籍出版社1986年版。

郭茂倩编:《乐府诗集》，中华书局1979年版。

彭定求等编:《全唐诗》，中华书局 1960 年版。

刘勰著，黄叔琳注，李详补注，杨明照校注拾遗:《增订文心雕龙校注》，中华书局 2012 年版。

钟嵘著，陈延杰注:《诗品注》，人民文学出版社 1958 年版。

魏庆之著，王仲闻点校:《诗人玉屑》，中华书局 2007 年版。

张伯伟编校:《稀见本宋人诗话四种》，江苏古籍出版社 2002 年版。

胡震亨:《唐音癸签》，上海古籍出版社 1981 年版。

王夫之等:《清诗话》，上海古籍出版社 1963 年版。

赵翼著，霍松林，胡主佑校点:《瓯北诗话》，人民文学出版社 1963 年版。

方东树著，汪绍楹校:《昭昧詹言》，人民文学出版社 1958 年版。

刘熙载撰，袁津琥校注:《艺概注稿》，中华书局 2009 年版。

丁福保辑:《历代诗话续编》，中华书局 2006 年版。

吴文英著，吴蓓笺校:《梦窗词汇校笺释集评》，浙江古籍出版社 2014 年版。

曾昭岷等编撰:《全唐五代词》，中华书局 1999 年版。

唐圭璋编:《全宋词》，中华书局 1965 年版。

钱南扬:《宋元戏文辑佚》，中华书局 2009 年版。

隋树森编:《全元散曲》，中华书局 1964 年版。

王季烈:《孤本元明杂剧提要》，上海商务印书馆 1941 年版。

顾佛影选注:《元明散曲》，春明出版社 1955 年版。

谢伯阳编纂:《全明散曲》，齐鲁书社 2016 年版。

唐圭璋编:《词话丛编》，中华书局 2005 年版。

戈载著，田松青编校:《词林正韵》，上海古籍出版社 2011 年版。

周德清辑:《中原音韵》，中华书局 1978 年版。

吴梅:《词学通论》，上海古籍出版社 2010 年版。

王文才编著:《元曲纪事》，中华书局 2019 年版。

张进等编:《王维资料汇编》，中华书局 2014 年版。

夏庭芝:《青楼集》，中国戏曲研究院编《中国古典戏曲论著集成》第 2 册，中国戏剧出版社 1959 年版。

徐渭:《南词叙录》，中国戏曲研究院编《中国古典戏曲论著集成》第 3 册，中国戏剧出版社 1959 年版。

吕天成撰，吴书荫校注:《曲品校注》，中华书局 2006 年版。

王国维:《录曲余谈》，谢维扬，房鑫亮主编；房鑫亮分卷主编《王国维全集》第 2 卷，浙江教育出版社 2009 年版。

王国维:《宋元戏曲史》，谢维扬，房鑫亮主编；胡逢祥分卷主编《王国维全集》第 3 卷，浙江教育出版社 2009 年版。

吴梅:《顾曲麈谈》，商务印书馆 1915 年版。